天才月澪彩葉の精神病質学研究ノート

玄武聡一郎 Soichiro Genbu

アルファポリス文庫

JN211389

http://www.alphapolis.co.jp/

第一部：胎動

プロローグ

呼び出された公園に向かうと、先輩は既に僕を待っていた。

周囲には誰もいない。今朝の天気予報で、「今日は大型の台風が近付いております。不要不急の外出はお控えください」とお天気お姉さんが読み上げていたのを思い出して、そりゃそうかと僕は一人で納得した。

ポケットに手をぎゅっとつっ込んで、今にも押しつぶされそうな灰色の雲の下、僕は先輩の方へと歩を進めた。

僕が近付いてくることに気付いていないのか、はたまた気付いてはいるけれど、あえてそうしているのか。先輩は空を見上げたまま微動だにしなかった。

「先輩」

紺色のカーディガンの裾のほつれや、襟についた小さな毛糸が確認できるくらいまで近付いたとき、僕は声をかけた。顔を少し傾けて、アーモンド形の大きな目で僕の姿をちらりと確認すると、先輩は口を開く。

「ああ、来たのか」

それだけ言って、また空を見上げた。ずしりと重なった曇り空に興味があるわけでは、もちろんないだろう。絹糸のように滑らかな髪が、吹き抜けた風を受けて踊《おど》る。

「覚えているかい。君に話した、私の夢を」

ぽとり、ぽとりと、まるで言葉を地面に落とすように先輩は話しはじめた。

「ええ」

「そうか」

静かな……とても静かなその声を聞きながら、僕はこの光景を絵にするならば、背景は灰色に塗りたいと思った。水をたっぷりと含ませた絵筆で極限まで伸ばした、薄い薄い灰色だ。

「『私が理解できないサイコパスに出会いたい』ですよね」

「うん」

そう、彼女は。

どんなに猟奇的な犯罪でも。

どんなに快楽的な犯罪でも。

どんなに狂気的な犯罪でも。

罪を犯した者の気持ちを、理解できてしまう。だからつまらないのだと、常日頃から口にしていた。世間が勝手にタグ付けした精神病質者《サイコパス》など、私にとっては一般人と変わらない、というのが彼女の持論だった。理解できない犯罪者を望む彼女を、僕は理解できなかった。

「例えば、その相手に出会えてしまったとして——」

ああ、やめてくれ。先輩が紡《つむ》ぐ言葉を聞きつつ、僕はポケットの中で強く拳《こぶし》を握り締めていた。

「——その相手に……こ、恋を、してしまったとして」

そう言えば、今日は見たい番組があったんだ。早く帰って適当な駄菓子でも食べながら、ただ流れてくる情報を阿呆《あほ》みたいに聞いて、聞いているふりをして、聞き流して……何も考えたくない。

「私は、どうすればいいと思う？」

知るか。とは言えず、僕も先輩と同じく空を仰《あお》ぎ見た。

残念ながら、その相手には心当たりがある。きっかけにも思い当たる。

だからなんだという話だ。僕にはどうすることもできない。

「助言を、くれないか……？」

いつもよりだいぶ弱々しい先輩に呆《あき》れて、僕は大きく吐いた息に乗せて言う。

「無理ですよ。だって、僕は——」


「今」という概念に形状を与えるなら、それは一体どんな形をしているだろうか？

常に移ろいゆき、選択一つで大きく形を変え、まったく違う表情を見せる。そんな曖昧《あいまい》でふわふわした概念の上に、僕たちは立っている。

少しだけ、付き合って欲しいんだ。

これから語るのは、たくさんの分岐点があった物語。

複数の幸せと、複数の不幸せが待ち受けていた物語だ。

そして、どうか見届けて欲しい。

僕が行きついた終着点《エピローグ》を。

1

講義室に入った瞬間、人の多さに辟易《へきえき》した。

「どした、マサト。早く席を取らないとなくなるぜ」

「……帰りたい」

「うん、落ち着け。授業はまだ始まってすらいないから。だから、その外に向いた体を元に戻しなさい」

襟首を掴まれて、そのままぐいぐい教室の中へ引きずられる。

身長が一八〇センチ後半の浩太《こうた》の腕力に、小柄な僕はなす術《すべ》もない。

「お、ここ二つ空いてるじゃん。ラッキー。マサトは通路側でいい？」

「うん、僕もう帰ってもいい？」

「せめて会話を成り立たせてくれ。やっぱ俺が通路側だな、気付いたら逃げてそうだし」

ぐいっと奥側の席へ押し込まれ、浩太が一番端の席に座る。帰るためには浩太を押しのけるか、知らない人に無理を言ってどいてもらうしかないわけだ。

「分かった、受けるよ……」

「ようやく諦《あきら》めたか。サボってばかりいたら、単位落としちまうぜ？」

「お前にだけは言われたくない」

相変わらずお節介《せっかい》なやつだと、僕は有園《ありぞの》浩太の横顔を見てため息をつく。確かにこいつに出会わなければ、僕は授業スケジュールを組むことすらできず、途方に暮れていたかもしれない。入学してから約三か月、僕が安定した大学生活を過ごせているのは、浩太のおかげと言っても、過言ではない。

そう考えると、この男は本当に――

「浩太ー」

「ん？」

「お前って、超、便利ってぇぇぇ……」

僕が言い終えるより前に、大きな拳が僕の頭に直撃した。

「なんで殴るんだよ。しかも『ぐー』で」

「人をものみたいに言うからだ」

「失礼な、褒めてるんだよ」

「失礼なのはお前だからな――っと。来た来た」

ほくほくと顔をほころばせて浩太が見つめるのは、今しがた講義室に入ってきた、人の好さそうな顔をした心理学の担当講師、木之瀬《きのせ》准教授――ではなく、その横に立っているアシスタントの女性だ。

「やっぱり今日も輝いてるよなあ。美しいよなあ。遠くから見ても一瞬で分かるっていうか、オーラがあるっていうか……」

「うーん」

そうかなあ、と思いながら、浩太が絶賛する女性、月澪彩葉《つきみおいろは》先輩に目を向ける。

木之瀬研究室所属の修士二年生である月澪先輩は、この講義のティーチングアシスタントをしている。彼女の美貌を一目見ようと、講義を受講している学生も多いという話だ。

「どちらかと言えば、揺らめいてるような……陽炎《かげろう》？」

「ゆらめく？　かげろう？　前から思ってたけど、マサトの感性って独特だよなー」

「んー、感性とはちょっと違うけど……」

まあいいか、これを説明するのも考えるのも面倒くさい。僕はノートを開き、今しがた始まった講義のメモを取ることにした。

月澪先輩の魅力のせいで話題に上がりにくいが、木之瀬准教授の講義はとても面白い。杓子定規《しゃくしじょうぎ》に知識を垂れ流すのではなく、独自の見解や自分の研究を交えて、ユニークかつコミカルに話を進めてくれる。

この前の、恋愛感情の有無による国家存続如何《いかん》の話は印象深かった。恋をした人間は、通常時なら行わないような非合理的な選択、すなわち誤った選択を容易《たやす》く選び取ってしまう。

だから恋愛感情というのは、人間の歴史上もっとも必要のない感情なのかもしれない、だったかな。

　こんなに面白いのに、一体何人の学生がちゃんと講義を聞いているのか甚《はなは》だ疑問なのが、とても残念だ。

「超きれー……髪の毛さらさら……おっぱいでけー……肉付きさいこー……」

　こいつみたいに聞いてないやつもいるし。知能レベルがサル以下の言葉をぼろぼろ落としながら、巡回している月澪先輩の姿を目で追う浩太の足を蹴りつける。

「いてぇ！」

「アホ面《づら》でアホなことを言って自分のアホさ加減を晒《さら》してないで、ちょっとはノート取ったら」

「な、なんだよお前。さっきまで散々帰りたがってたくせに、いきなりまじめになって」

「僕は人が多い場所が苦手なだけで、講義自体は大好きなの」

「帰っちゃったら受けられないじゃん」

　細かいことをいちいちうるさいなあ、と顔をノートで叩こうとした瞬間、頭にこつんと固いものが当たった。

「こーら、君たち、ちょっとうるさいぞ」

　それが件《くだん》の月澪先輩に、クリップボードで小突かれた感触だと気付くまでに、少しの時間を要した。

「あ、すみません。気を付けます」

「つ、つき、つきみ！　お、せんぱ！」

　両極端な反応をした僕らに、涼風みたいに気持ちのいい笑みを投げかけつつ、先輩は小声で続けた。

「君なんてノートすら出してないじゃないか。出席点ないんだから、ちゃんとしないと単位を落としてしまうぞ？」

「すみ、ま！」

　うわあ、浩太がこんなにポンコツになってるの初めて見た。

「で、君は……おお！　しっかりメモしてるね！　うんうん、しかもとても丁寧だ。レイアウトは独特だけど……」

「あの……恥ずかしいのであまり見ないでください」

　研究を専門としている人に、こんなノートを見られるのは恥ずかしい。自分の意見や、疑問点などをちりばめたノートを閉じる。

「ああ、ごめんごめん。よくできていたから、つい……待った」

　先輩が通路から身を乗り出して、ノートをしまおうとした僕の手を掴んだ。

「お！　お！　っぱ！　おっぱ！」

　横で浩太が謎の奇声を上げはじめる。どうやら先輩が身を乗り出したことで、豊満な胸が彼の背中に当たっているらしい。そんなことには気付いていないのか、はたまた気にしていないのか、先輩はがっちりと僕の手を握って離さない。

「な、なんでしょう」

「君、北條正《ほうじょうまさ》人《と》君、か？」

「おぱ……おぱ……」

「ええ、そうですけど」

そう言えば、なんとなく高校の頃の習慣が抜けなくて、ノートに名前を書いていたっけ。

しかし、それがどうしたというのか。

「ふ、ふふふ……」

「おっ……ぱ……ぱ」

ええ……何この二人……

突然笑いはじめた先輩と、おそらく色んな意味で固くなっている浩太を前に、僕は自然と体が引いてしまう。

「ようやく、見つけた」

「――っ！」

瞬間、彼女が「揺らめいていた」理由を僕は知った。いや、視た。

「北條、正人」

揺らめきは、陽炎。

「講義が終わったら、私と一緒に、木之瀬研に来なさい」

それは彼女の奥底に眠る、轟々《ごうごう》と猛り、うねり、爆《は》ぜ燃ゆる炎が見せた、ただの表層。近付くだけで肌の水分が気化してしまいそうなほどの熱量と、吸えば肺が焼け爛《ただ》れ、触れれば全てが灰燼《かいじん》と化すほどのを劫火《ごうか》を彼女から感じたとき――

「絶対に、嫌です」

僕は逃げ出すことを決意していた。

2

「後生だ、浩太。見逃してくれ、頼む！」

「いいじゃんか、別に研究室に行くくらい。月澪先輩にも会えるしさー。なんでそんなに嫌がるんだよ」

講義が終わった後、一目散に逃げだそうとした僕の首根っこを掴み「俺が責任をもって届けます！」と宣言した通り、浩太は僕を引きずり研究室へズンズン向かっていた。

「うるさい離せ！　この……おっぱい星人！」

「なっ！　お、お、お前は違うっていうのかよ！」

「ああ違うね！」

ヒップライン重視派の僕は余裕の笑みを浮かべてそう言い放ち、じたばたもがく。

「そうかそうか。なら、先輩の双丘の素晴らしさを知るためにも、やっぱり行かないとな」

「どういう理屈だよ、まったく筋が通ってない！　離せぇぇぇぇえ！」

抵抗もむなしく、結局ずるずると引きずられ、五分としない内に目的地に到着してしまった。

「おお、ここだな、木之瀬研」

「違うよ、ここから真東に三百メートルほど歩いたところだよ」

「うん、そこ食堂な。失礼しまーす」

律儀《りちぎ》に三回ノックした後、浩太と僕は木之瀬研と書かれた張り紙の付いた扉をくぐった。

「おお……」

研究室の中は本で溢《あふ》れ返っていた。壁は本棚に隠れてほとんど見えず、その本棚にはラックが悲鳴を上げそうな分厚い専門書が詰まっている。

「すっげぇ……研究室ってこんなんなんだな……」

「茶色い」

「なにが？」

「なんでもない」

浩太と軽口を叩き合いながら部屋の中をきょろきょろと落ち着きなく眺めていると、奥の部屋から月澪先輩が現れた。

「お、もう来ていたのか。逃げずに来てくれたんだね、嬉しいよ」

「いえ、こいつに強制連行されてきただけなので、今すぐにでも帰りたい気持ちでいっぱいです」

「ははは。まあ、そう言わず話だけでも聞いてくれ。さ、座って座って」

そう言って、先輩はホワイトボードの前にある大きな机を指した。ここまで来てしまった以上、話を聞かずに帰るのは難しい。僕は観念して青いオフィスチェアーに腰掛けた。

「オッパー君、北條君をここまで連れてきてくれて、本当にありがとう」

「……あ、俺のことですか？」

たっぷり数拍の間をおいて、浩太が答えた。今までの人生でこんな名前で呼ばれたことはないだろうから、反応が遅れたのは仕方がないと思う。

「ああ、さっきずっとオッパオッパ言ってたからね。君は今日からオッパー君だ」

「おー！　なんかラッパーみたいでかっこいいですね！」

「そうだろう、そうだろう！」

「はい！」

「浩太って、先輩の前だと頭のねじ数本消し飛んでるよね……」

馬鹿がうつっては困るので、僕はどう考えても不名誉なあだ名に喜んでいる浩太から、二、三十センチ距離を取った。

「しかし、だ、オッパー君。ここまでしてもらったのに大変恐縮なのだが……ここから先の話は北條君と二人だけで話したいんだ」

「二人だけで、ですか？」

「ああ、少々……込み入った話になるのでね。気になるなら私たちの話が終わった後、北條君から聞いて欲しいんだ」

聞き捨てならない単語が耳に入った。

込み入った話？　できれば手短にお願いしたいところだけれど……

「分かりました。そういうことでしたら、俺は失礼しますね！」

「助かるよ。君は本当に話の分かる男だね、オッパー君。今度、改めて研究室に遊びに来てくれ。一緒にご飯でも食べようじゃないか」

「ほ、本当ですか！　来ます！　講義休んででも来ます！」

「うんうん、うちの准教授の講義でなければサボったって構わないさ。私は平日、大体ここにいるから、いつでも来るといい」

「はい！　ありがとうございます！」

尻尾《しっぽ》があったらちぎれんばかりに振り回しそうなテンションで、浩太は研究室から出ていった。

「面白い子だね」

「そうですね、まあ珍獣を見る気持ちに近いです」

「仲がいいんだ」

「あっちが勝手にくっついてきてるだけです」

「君はなかなかドライだ」

愉快そうにくっくっくと笑いながら、先輩は僕に向けた視線を外さない。アーモンド形の大きな瞳で見つめられると、大変居心地が悪い。

「さて、せっかく来てもらったんだ。さっさと本題に入ろうか。ぐだぐだと最初に御託《ごたく》を並べるのは嫌いでね。まずは本題、そこから細やかな理由付け。国際ジャーナルに載せる論文なんかは、そういう構成で書くだろう？」

「はあ」

論文なんて書いたことないから分かるはずがない。だが、英語の文法を思い出せば、あながち分からない話でもない。文頭からダラダラと書き連ねるのは、日本語特有の書き方だ。

「ずばり、君には私の研究、『サイコパスの識別』を手伝ってもらいたい。サイコパスとは何か。知っているかな？」

「いきなりですね」

「まあまあ。楽に答えてくれ」

「んー……変わった人？」

サイコパス、と聞いて浮かんだ小説や漫画の知識をもとに返した答えは、自分でも笑ってしまうくらいに低レベルだった。そんな僕の返答を笑うでもなく、貶《けな》すでもなく、先輩は深く頷《うなず》いた。

「なるほど。一面ではある。だが、全てではない」

そう言うとおもむろにペンを取り、後ろにあったホワイトボードに「サイコパスとは」と書きはじめた。

「サイコパスというのは一般的に、愛情や善意、良心といった感情が欠落している人間のことを言う。そのため特徴として、損得勘定でしか動かない、常習的に嘘をつく、冷淡、性に奔放《ほんぽう》などが挙げられる」

一瞬にしてホワイトボードが切れ長な癖《くせ》のある文字で埋め尽くされていく。

「こういった特徴を持つサイコパスは、私たちとはそもそも思考回路が異なるため、社会にうまく適合できない場合が多い。反社会的、とも言う。深くかかわるほど、一般人との感情、行動の乖離《かいり》は目立ち、それが異常性として認識される。そして最終的には両者の間に摩擦《まさつ》が生じ、時には看過できない事態を招く」

「看過できない事態、ですか？」

「簡単な例を出すなら、殺人だ。感情の欠落からか、サイコパスは命の扱いが非常に軽い。だから『人を殺す』というハードルを、いとも容易く飛び越えてくる」

「なるほど」

「これを回避するべく、ロバート・D・ヘアはサイコパシー・チェックリストという診断表を作成した。これは二十程度に及ぶ項目をもとに、専門家が行うことで初めて意味を成す診断表だ。そして、これを使えば、サイコパスをあぶり出すことはできる。だが――完璧ではない」

一呼吸置き、先輩はさらに続ける。

「例えばこの診断表を熟知した人間なら、わざと自分がサイコパスであるという方向へ導くことができる。あるいは、サイコパスである者が返答を偽ることで、一般人と診断されてしまうこともある。これらが起こりうる可能性は、残念ながらゼロとはいえない。ここまで、ついてきているかい？」

「えーっと……」

先輩が一区切りつけてくれたことに感謝する。

大量の情報を処理しきれずに、脳がパンクするところだった。そもそも僕は、深く物事を考えるのが苦手なのだ。先輩の話を整理し、要点だけを抽出すると……

「要するに、現状、サイコパスと一般人の境界は曖昧である、ってことですね」

「その通り。簡潔かつ的確な答えだ。素晴らしい」

手放しに褒められると照れてしまう。意味もなく髪をいじりながら僕は答えた。

「いや……先輩の教え方が分かりやすかったからだと思います」

「――っ！　そうかそうか！　分かりやすかったか！　嬉しいことを言ってくれるじゃないか。研究者界隈では、研究馬鹿、人の心が分からない系女子、もはやお前がサイコパス、なんて言われている私だが、ちゃんと専門外の学生にも伝わる講義ができるのだな」

照れ隠しに言った言葉は、予想外に月澪先輩の心に響いたようだった。

うんうんと頷きつつ顔をほころばせる先輩は、なんというか年相応に可愛《かわい》らしかった。

「そんなことを言われるんですか……大変ですね」

「まったくだ。私のことを雑に扱う人間が多すぎる」

噂程度にしか知らないが、月澪先輩は優《すぐ》れた研究者らしい。

修士二年目にして何本かの論文を著名なジャーナルに発表し、学会では賞も受賞しているとかなんとか。僕にはそれがどれくらいすごいことなのかピンとこないが、きっと同じ土俵に立った人たちには、彼女は怪物のように見えているのだろう。

「この前なんて杉下《すぎした》研のポスドクが『木之瀬准教授は恋愛感情が引き起こす心理的連鎖反応の研究をされていたはずですが、あなたのような恋愛未経験者でも研究できるのですか？』とか言ってきたんだ。これ、セクハラだと思わないか？　大体、私に交際経験があるかないかなんてどこで判断したんだという話さ。だから頭にきて、私はこう言ってやったんだ――」

しかし。こうやって自分に向けられた言葉にものすごく腹を立てたり、知り合って間もない僕の言葉に喜んだりする先輩は、どこにでもいる普通の女性と変わらないように見えた。

……それにしてもあれだ。序盤から薄々《うすうす》感づいてはいたけど、先輩は話しはじめると長いタイプだな。

「――っと。話が逸《そ》れてしまったね。申し訳ない……で、どこまで話したんだったかな」

「現状ではサイコパスと一般人の識別は難しい、というところまでは分かりました」

「ああ、そうだそうだ。そこで君が必要になる、という流れだったね」

「いや、その流れは全然分かりません」

先輩の研究については、完璧からはほど遠いと思うが、さわりは理解できた。

だが、僕がそれを手伝うという部分に関しては、未《いま》だに話が見えてこなかった。取り立てて特技もなく長所もない、僕なんかに手伝えることがあるのだろうか?

「大丈夫、ちゃんと順序立てて説明するから。君、『共感覚《シナスタジア》』を持っているだろう?」

3

共感覚。ある刺激に対し、通常の感覚に加え、異なる種類の感覚を生じさせる特殊な知覚現象。サイコパスとは違って、こちらの単語は説明してもらうまでもなく知っている。

「どうして、それを……」

文字や音に色を感じたり、形に味を感じたりするというのが、有名な事例だろうか。人によっては、痛覚や触覚を感じることもあるという。

「簡単な話さ。君の入学試験の答案用紙を見させてもらった」

「げ」

思わず間の抜けた声が飛び出た。あれを見られたのか……

「そう嫌そうな顔をするな。ちなみに大学側にちゃんと許可は取ってある。そもそも、あの項目の採点にはうちの木之瀬准教授も関わっているから、私の目に触れるのはなんらおかしなことではないよ」

まるで僕の心を読んだように、月澪先輩はそう言った。

僕の所属する学部「人間総合ユニーク学部」は新設されたばかりで、少し特殊な受験方式を取っていた。通常の受験科目に加え、「ユニーク技能」なる意味不明な科目があるのだ。

問題はいたってシンプル、出されたお題に対して自由に記述するだけだ。記述内容も自由で、小論文でも詩でも小説でも、なんなら絵や漫画でも構わないという、採点方法と基準が気になる試験だった。

試験の趣旨は、通常の試験では測りきれない「人間の持つユニークな可能性」を模索し、本大学の自由な校風のもと、そのスキルを磨いてもらうため――などと書いてあったが、果たして定着するのかは甚だ疑問だ。数年したらそしらぬふりで消えていそうだ。

とにかく、高校の頃の担任のごり押しでこんな怪しげな学部の入試を受けることになった僕も、例にもれずこの試験を受け……なぜか合格してしまった。まあ、補欠合格だったけど。

試験問題は「絶望について自由に記述しなさい」だった。

「絶望はドブの色に似ている……くくく、なかなかどうしようもない書き出しだね」

「く、口に出さないでください……」

自分が書いたものを他人に朗読されるほど、恥ずかしいことはないだろう。羞恥《しゅうち》に悶《もだ》える僕を楽しそうに眺めながら、先輩は続ける。

「君のこの答案、形式としては詩にあたるのだろうが、ここにはかなり特殊な表現が散見される。面白いのは、どれも『絶望』『希望』『喜怒哀楽』など、目には見えないはずの『概念』を全て可視化した表現に変えているところだ。色に限らず、花柄のフェルト、粘土味の霧、堕ちてくる空、などなど。突飛なくせに、どこか真に迫っている」

「あの、もうやめましょう……」

なんだろう、この羞恥プレイは……

「で、私は確信した。この答案用紙を書いた人間は、私たちとは違う世界が視えている、共感覚の持ち主だと」

「……ものすごく変な表現方法が好きなだけの一般人だとは思わなかったんですか？」

「もちろん、その可能性も大いにあった。だが、何々に似ているなんて表現方法は、それを実際に視たことのある人間だからこそ書けるものだと、思ってはいたけどね」

実際、当たりなのだろう？　と笑ってこちらを見る先輩に、僕はため息をつきつつ答える。

「確かに、お医者さんにそう言われたことはあります。でもそれに近い感覚を持っているだけで、先輩の望むものかどうかは、正直分かりません」

「ほう、どうして？」

「まず、僕の共感覚には規則性がありません。文字だけに色が視えるとか、高い音ほど明るい色とか、母音に強い色を感じるとか、そんなんじゃないんです。体感的に言えば、ほとんど幻覚を視ているのに近い」

当然「色」が視えることもある。例えばこの部屋。

全体的に茶緑色の靄《もや》が視えるけれど、どちらかといえば茶色が強い。経験的に新書は緑、古書は茶色の靄がかかる。つまり、この部屋には古書が多めだと「なんとなく」分かるのだ。

「先輩には炎が視えます。地獄の業火《ごうか》みたいな……正直、近寄りたくない類《たぐい》の炎です」

おそらくあの炎は、何かに対する執念のようなものを反映しているのだろう。そういう強い思いを抱いている人からは、距離を取るに限る。巻き込まれれば大火傷をする。

「なるほどね。まあ規則云々《うんぬん》に関しては、問題ないと断言できる。気に病む必要はないよ」

「いや、別に気に病んでは……というか、断言できるんですか？」

気になって問い返した瞬間——僕は少し後悔した。

この先輩は話しはじめるとやたらと長いことを、さっきのサイコパスの説明で学んだはずなのに。ほどよく聞き流す準備を心の中でして、僕は先輩の言葉を待った。

「ああ、もちろんだ。なぜなら、君の共感覚は色や味といった明確なアウトプットではないから規則が判然としないだけで、必ず何かしらの法則はあるはずだからだ。細かい説明に入るぞ。そもそも共感覚は主観的な知覚現象、すなわち個々の価値観によって構築された独自の世界観《クオリア》であり、他の共感覚の持ち主が感じている法則が必ずしも君に適応されるとは限らないわけだ。では何をもって共感覚が共感覚足りえているかというと、それはおそらく本人の経験にもとづくものが大きいと推測される。共感覚は視覚や聴覚、味覚などといった異なる五感が互いに結合、もしくは影響しあっている状態であるという説もある。だから、無意識にインプットした様々な情報を君の脳が処理し、それらが互いに影響しあって君に幻覚のような光景を見せていると推測もできる。さっきも言ったように、君の共感覚は君の経験にもとづいて映し出された光景だ。つまり、君が今までの人生で取得したすべての情報に対して抱いている思い、感情、価値観が基盤になっているわけだから、それらを一つずつ紐解いていけば自ずと規則性、あるいは法則性が見えてくるはずなんだ」

「えー……っと」

「より簡単に言うなら、君があるもの、仮にこれをXとして、それに対する共感覚、これをYとしようか。Xに対するYを五十例ほど取って、それらの相関関係を見る。おっと、その前にYを数値化しなければならないね。話を聞いていると、Yは多種多様な表現が出現することが予想されるから、例えば主成分分析にでもかけてみようか。色、物、数字、文字、などなどを1～αまでの複数の数値群に置き換えて、これらのまとまりを見てあげればいい。もしくは、Xの方を固定することを前提に置くなら、一般化線形混合モデルを用いてもいい。うん、こちらの方がより何がXを規定しているかを明確に絞り込めるね。場合によっては、ベイズとか他の統計学的手法を使うことにはなるだろうが……あ、ここまでおっけー？」

「あ、おっけーです」

途中から考えるのをやめていた僕は、最後の言葉を聞いて、とりあえず返答した。

僕はそんなに頭がいい方ではない。色々と小難しいことを考えると、脳が熱暴走を起こしたみたいに熱くなるから、危なそうなときは途中で思考を放棄することにしている。だから今回も、考えることをやめていた僕は、なんとなく先輩の話の表層をくみ取って、まとめてみる。

「要するに、僕が視た光景を先輩にたくさん教えれば、その傾向から法則性を導き出してくれる、ということですね」

「その通り！　今の説明を完璧に理解するなんてさすがだね！」

「いえ、微塵《みじん》も理解はしてないです」

理解はしていないが、問題がないことは痛いほど伝わった。

「えーと……とりあえず、あともう一点」

「どうぞどうぞ」

「僕はいつでも共感覚が発現するわけではありません。たまに視えるって感じです」

「なるほど。興味深いが、それも問題はないな」

「問題ないですか」

「ああ、なぜなら、視えているときもある、からだ。その条件さえ分かれば、君にいつでも共感覚を発現してもらえる」

「いや、いつでもはやめてください……」

僕の共感覚は本当に色々な「モノ」が視えてしまう。中には血を滴《したた》らせた動物や、グロテスクな触手など、直視できないほど気持悪いモノが視えることもあり……この能力で得したと思ったことはない。

「さて、他に言いたいことは？」

「言いたいことというか、根本的な部分なんですけど……僕のこの『共感覚』が先輩の研究にどう絡むんですか？」

先輩の研究は、サイコパスの識別。一般人とサイコパスの境界線を探る研究だ。

そんな研究に、僕のこの不完全な共感覚がどう関わってくるのだろうか？

「なんだ。君のことだから、そんなのはとっくに理解していると思っていたよ」

「いやいや、買いかぶりすぎです」

「簡単な話さ。君がサイコパスを視る。そして私にその光景を伝える。何回も何回もそれを繰り返して、君の『共感覚』の観点からサイコパスの特徴をあぶり出す」

「それって……意味があるんでしょうか。さっき先輩が言ってましたよね。共感覚は主観的だって」

僕がサイコパスを識別できるようになったとして、そこに意味はあるのだろうか。

「だってそれは――」

「客観性に欠ける、科学でない。そういうことだね」

「はい」

科学は、研究は、常に客観的でなければならないはずだ。誰が見ても、誰が聞いても、あそうだね、と頷ける事象。そういった解明でなければ、それは独善的で自慰的な自由研究に成り下がる。これまでの話を踏まえると、共感覚を用いた研究は後者に偏りやすいだろう。

「その点は私に任せてくれ。必ず一般化してみせる。君はただ、君の視た世界を私に伝えてくれればいい」

先輩は僕の心配なぞ問題ない、と言わんばかりにあっけらかんと言ってのけた。

「サイコパスと共感覚者は、ある種、似ていると思うんだ。どちらも、私たちとは違う階層に生きている。サイコパスを理解するためには、私たちは私たちが生きている階層を超えなくてはならない。ゲーデルの不完全性定理のようなものさ」

「……ある次元における問いは、同次元においては証明できない」

「よく知っているね、その通り。正直……私のサイコパスの研究は行き詰まっていた。一般化するにはキーが一つ足りなかった。そこに現れたのが君だ、北條君」

先輩の奥に、例の炎がゆらりと現れた。赤と橙色《だいだいいろ》の火柱が、ぬらぬらとトグロを巻いて火花を散らしている。

「君がいれば、私の研究は躍進する。私の欲望は満たされる。君しかいないんだよ、北條君。……なあ、どうか私に君を――」

轟々と燃ゆる炎が、僕を包み込む。

「研究させてくれ」

「え、お断りします」

僕の両手を包んだ先輩の手をそっと外し、僕は答えた。

「――!?　な、なぜだ！」

「だってめんどくさ……あんまり共感覚で視る光景、好きじゃないんです。たまにすごく気持ち悪いモノを視ることもあるし」

サイコパスと呼ばれる人たちを視たとき、どのような光景が浮かび上がるのかは想像もつかないが、危ない橋は渡らないに限るだろう。

「そこまでするメリットが、僕にはないかなって思いました。すみません、ここまで色々とお話をしてもらったのに」

「いや……君の言うことはもっともだ。君の気持ちをまったく考えず、突っ走ってしまった。こちらこそ、申し訳ない」

先輩は見るからにしょんぼりとしていた。こんなに意気消沈するほど僕に期待していた、もとい、僕をあてにしていたという事実に、少し心を動かされないでもないが……やりたくないものは仕方がない。さっさとこの場を離れようと帰り支度をはじめたところで、研究室の扉が静かに開いた。

「おや、君は……北條君、だね。そうかそうか、もう話を進めていたのか。研究は、明日から始めるのかい？」

この研究室のボスである木之瀬准教授は、人当たりのいい笑みを浮かべながらそう言った。いつも笑っているからか、細長い印象を受ける目、柔《やわ》らかく諭すような口調。歳は四十前後という噂だが、僕はどうしても近所の優しいおじいちゃんを思い浮かべてしまう。

「いえ、その話は今、お断りしたところで……」

「え⁉　断っちゃったのかい？　どうして？　かなりいい話だと思うんだけど……あ、もしかして他のバイトとか忙しい？」

「バイト……ですか？　いえ、今はしていませんけど、それが何か関係が……？」

なんだか話がうまく噛み合っていない気がする。木之瀬准教授が続ける。

「あー。もしかして月澪さん、ペイの話してないの？」

「ああ、そんな話もありましたね。すっかり忘れていました。けれどそんなもので彼の心が動くとは思えませんよ」

「いやいや、お金は大事だよ！　というか、事務手続き的にもちゃんと伝えておかなくちゃいけないんだから。もー、月澪さんはその辺、本当に適当なんだから……」

すっかり置いてきぼりを食らってしまった僕は、木之瀬准教授に問いかける。

「あの、話が見えないんですけど……？」

「あのね、北條君。研究のお手伝いをしてもらうってことは、研究室で君を雇用するってことなの」

「はい」

「つまり、お金が出るの」

「誰にですか？」

「君に」

「僕に⁉」

てっきりただ働きだと思っていた僕は、俄然《がぜん》興味がわいた。

「そ、その。おいくらくらい……？」

「そうだねー。学部生は雇える限度時間が決まってるから、一週間あたりで……これくらいかな。で、これを一か月すると……これくらい？」

スマートフォンの電卓をぽちぽちと押して算出された額は、その辺の居酒屋やファミレスでバイトするよりはるかに高い金額だった。

「……なるほど」

「それにね、北條君。君自身、共感覚とは一度ちゃんと向き合った方がいいと思うよ。それは君だけに与えられた素晴らしい個性だ。できれば怖がらず、受け入れてあげて欲しいな……だからどうだろう？　これは生活面でも精神面でも、君にとって決して悪い話ではないと思うんだけど……」

「先生」

「ん？」

「ぜひやらせてください」

お金が出るなら話は別だ。僕は手首がひきちぎれんばかりに手のひら返しをして、木之瀬准教授の目を見据えて、しっかりとそう答えていた。

幕間1　月澪彩葉

「まったく、なんて現金な男なんだ」

「まあまぁ、落ち着いて月澪さん。どちらかといえば彼の反応が普通だよ」

「私があんなに熱心に誘ったというのに……三十分ですよ？　私が三十分も話をして首を縦に振らなかったのに、先生がたった三分話しただけで承諾するなんて、こんなバカな話がありますか!?」

「ちゃんとお給料の話を伝えていたら、君の説得でも彼はオッケーしてくれたと思うけどねえ……」

　北條君が帰った後、私と准教授はお茶をしながら北條君の話をしていた。

「そんなにお金が大事なのか？　研究より？　私より!?」

「え、うん、お金は大事だよ。なにより君は彼ときちんと知り合って一日も経っていないじゃないか。君のために彼が動くとはとても思えないよ」

「経験上、大半の男は私が手を握ったら首を縦に振ってくれましたよ？」

「君はそういうところを直した方がいいと思うなあ……」

　やれやれ、と首を振りながら、准教授はズズッと熱いお茶を啜《すす》った。

　その様は親戚のおじいちゃんそのもので、私は少し笑ってしまいそうになる。見た目はそこそこ若いのに、表情や所作がいちいち年寄りじみている。

「私が問題のある人間だとでも言うんですか？」

「いやいや、月澪さんは飛び抜けた研究の才能があるから大丈夫、生きていけるよ」

「話がすり替わっている上にフォローしていないし、なんなら慰めてすらいませんよね、それ」

だが、抜けているように見えて、要所要所で毒を吐くから、この准教授は侮《あなど》れない。

「とりあえず研究は進みそうでよかったじゃない。進捗があったら話を聞かせて欲しいって先生、多いよ？」

「学会か論文で発表するまで、誰にも話さない方がいいでしょう。今回の実験は特に慎重に事を運びたいですし」

「そうした方がいいかもねえ。独創的すぎるし。それに――」

机に湯呑を置いた固い音が、他に誰もいない静かな部屋に響いた。

「――君の本当の目的も、早く達成したいだろうし、ね」

「……先生はそういうところを直した方がいいですよ」

「何の話かな？」

相変わらず人当たりのいい笑みを張りつけた准教授から目を逸らし、私は灰色のファイルに目を向けた。そこには、私が集めたサイコパスによる事件に関する資料が、びっしりと詰まっている。

「人間ジュース事件」――人の顔の皮を剥《は》いで細切れにし、野菜と一緒にミキサーにかけてジュースにして売っていた喫茶店オーナーの話。

「狂気のぬいぐるみ事件」――ニワトリや犬や猫の死体と人体の一部を縫合《ほうごう》し、部屋に飾っていた会社員の話。

「指切りげんまん事件」――毎日毎日針を食べ続けた女性の話。

「絶対王政事件」――自分のクラスの生徒に順番に動物を殺させるルールを半年間強要させた教師の話。

ああ、なんて……なんて普通な事件。

どの事件も、新聞や週刊誌が大げさな見出しと飾り文字で異常な犯罪だと煽り、騒ぎ立てていた。

「心の闇」「異常な心境」「サイコパス」「狂人」「狂気」「理解できない行動」……

異常？　理解できない？　違うだろう？

分からないということにしたいんだろう？

「私は……異常なのだろうか」

「んー、正常とか異常とか、無意味な線引きだよねえ」

「……違いない」

思わずこぼれた自嘲的な笑いとともにファイルを閉じ、パソコンを立ち上げる。北條正人という新しい研究材料の顔を思い浮かべながら。

「ああ、そう言えば明日、明日葉《あしたば》君が来るよ。自分の研究室で仕事をしてから来るらしいから、着くのは夜の十時以降って言ってたけど、いいよね？」

「あ、分かりました。資料まとめておきます。それくらいの時間なら、私も先生もエンジンがかかってきた頃でしょうし」

明日葉昴《すばる》。主に人の感情や行動を、脳科学と心理学の手法を用いて解明する、秦野《はたの》研の修士一年生だ。非常に親しみやすい好青年で、笑顔は爽《さわ》やかで口調は柔らかく、嫌味がない。おまけに頭も切れる。

彼とは前々から共同研究の話を進めていたから、そのミーティングをすることになるだろう。彼の所属する大学からここまでは片道一時間以上かかるのに、ご苦労なことだ。

北條正人に明日葉昴。明日は忙しくなりそうだ。

4

【この事件は一体どうして起こってしまったのか、またなぜ、未然に防げなかったのか。専門家の秦野正晃《せいこう》さんにお伺《うかが》いしたいと思います】

【そうですねー、やはり周りが彼の異常性に気付かなかった、というのが一番大きいでしょう。加害者の言動や犯行動機を見る限り、彼は「相手の気持ちを理解できない」可能性がありますね】

テレビをつけると、アナウンサーとコメンテーターが訳の分からないことを言っていた。もう少し簡単に説明してくれればいいのに、と熱を帯びてきた頭を振りながら思った。

【「しない」ではなく、「できない」ですか】

【そうです。そこが非常に重要です。分かるけれどあえて無視することと、根本的にその発想がないこと。ここが違うだけでも、世間の認識とのズレ方に大きな違いがあります。ずれは歪みを生み、歪みはやがて大きな負のエネルギーに変わるのです。かの有名な哲学者である――】

いつもの通り思考を放棄した僕は、テレビの電源を消す。毎朝大学に行く前に、朝ご飯を食べつつニュースを見るのが僕の日課だった。難解な単語とともに意見を述べられると疲れてしまうけれど、ただ事実だけを淡々と流してくれるニュースは結構好きだった。

「さて、行くか」

講義資料や教科書、さっき作ったお弁当が入ったリュックをよいしょと背負い、家から徒歩十分程度の大学へと向かう。今日もいつも通り、平穏な一日が始まる。

「なんだよ、その刺激的な日常のはじまりは！　うらやましすぎる！」

「浩太、やっかましい。声のボリューム落として」

「これが黙っていられるか！　なんでお前だけ、そんなおいしいバイトにありついてるんだよ！」

やっぱり言わなきゃよかったかな、と若干後悔しつつお弁当をつつく。

午前の講義をつつがなく終え、僕と浩太は構内の芝生の上に座って昼食を取っていた。

「さあ、なんでだろうね……」

「なに、お前なんか特殊な能力でも持ってるの？」

共感覚の話は浩太には伝えていない。これまでも自分から人に話したのは、幼い頃、親とお医者さんに相談したときくらいだ。

「そんなわけないじゃん。なんか、レポートがよく書けていたかららしいよ」

だからとっても適当な、それでいてもっともらしい理由をでっちあげる。

「あぁあああそうかあああ……俺もまじめにレポートを提出してれば今頃、月澪先輩ときゃっきゃうふふなバイト生活が幕を開けていたのか……」

「何を想像してるのか知らないけど、絶対そんな楽しい感じじゃないよ」

「『月澪先輩！　言われていた資料のまとめ、できましたよ！』『さすが浩太君、仕事が早いね。少し時間も空いたし、何か食べようか』『いいですね、じゃあお言葉に甘えて』『きゃっ、こ、浩太君いったい何をするんだい？』『何って……分かるでしょう？　食べるんですよ、先輩を』『こ、浩太君ったら、大……胆……』『先輩』『浩太君』みたいなさぁあああああ！」

「聞けよ」

一人で悶える浩太はどうしようもなく気色が悪かったので、たっぷり距離を取った。

「前々から思ってたけど、マサトは月澪先輩に全然興味ないよな」

「まあ綺麗《きれい》だとは思うよ」

けれど、それを補って余りあるくらい関わりたくない。あの手のタイプは巻き込まれたら最後、永遠に引っ張りまわされるだろう。……もう遅い気もするけど。

「そっかー、マサトは明乃麗奈《あけのれな》派だったもんな」

「そんな派閥に入った覚えはない」

「え、でも好きって言ってたじゃん」

とんでもないことを言い出した浩太に、僕はすかさず訂正を入れる。

「い、言ってない！　ただ額縁に入れて飾って永遠に眺めていたいって言っただけだ！」

「やっぱ表現が独特だよなー。つまり、どういうことよ」

「どういうことって……明乃さんは、こう、綺麗なんだよ。美しいんだよ。全体的に」

共感覚を通して彼女を初めて視たとき、僕は衝撃を受けた。心を奪われる、なんて表現、大げさだってずっと思ってきたけれど、そのときばかりは大いに賛同せざるを得なかった。

「んー、まだふわっとしてんだよなー。もーっと詳しく」

「なんか今日はぐいぐい来るな……言葉通りの意味だよ。存在そのものが綺麗なんだ。静謐《せいひつ》で、どこまでも透《す》き通っていて、それでいて輝いていて……」

見えたものは、夜空と湖だった。

ダイヤの上に漆《うるし》を流しこんで細かな傷をつけたような、たっぷりとした黒い夜空と、ちりばめられた星々。中心には、青白く輝く満月が浮かんでいた。

それら全てを映し出す湖は鏡のようで、それでいて物悲しげに揺蕩《たゆた》っていた。夜空と湖の境目は曖昧で、月だけが二つの世界をそれを認識している。

もし叶《かな》うならば、マーブルであしらえた額縁に入れて飾りたいような、全ての音が吸い込まれ、優しく消えてしまう。そんな光景。

「とにかく、永遠に眺めていたいと思ったんだ。ただ、それだけ」

「ふーん」

さっきから何なんだ。やけに具体的に聞いてくるかと思えば、目線は僕に合わせないし、やたらとにやにやしてるし。というか、本当にどこを見てるんだ？　まるで僕の後ろに誰かいるような……

「あ」

「え、と」

気付くのが遅すぎた。あろうことか僕は、明乃麗奈本人の前で、堂々と綺麗だの美しいだのと褒めちぎっていたらしい。簡単に言えば、とても痛いやつだ。

綺麗なブラウンの瞳を右往左往させながら硬直する彼女を見上げて、僕は問いかけた。

「どこから、聞いてた？」

「『前々から思ってたけど』から？」

「想像してたより序盤だね！」

てっきり、「明乃さんは、こう、綺麗なんだよ」あたりからだと思ってたよ。そのときからいたなら早く声をかけてくれればいいのに……

「ご、ごめんね。話しかけるタイミングをどんどん逸《いっ》しちゃって……」

「あー、気にしないで。この浩太《バカ》が悪いんだし。後、僕が言ってたことも全部忘れてくれると助かるかな……」

恥ずかしくて身が縮みあがりそうになるセリフの数々を思い出しつつ、僕は言った。

「え、え？　忘れなきゃだめ？」

「はい？　いや、だめ……ではないけど、恥ずかしいし……」

「でもねでもね！　……私、綺麗とか輝いてるとか、そんなことを言われたの初めてだから、できれば覚えていたいんだけど……」

だめ？　と眉をハの字にし、小首をかしげる彼女を見て、思わずため息をつく。

そういう反応はずるいと思う。もし素でやってるんだとしたら、とんでもない男殺しだし、演じているのだとしても、それはそれで男殺しだし、どちらにしても免疫《めんえき》のない僕には刺激が強すぎた。

「明乃さんが、嫌じゃないのなら……」

「嫌じゃないよ！　すっごく嬉しかったもん！　えへへ、ありがとね北條くん」

「めっそうもないです……」

おい、そろそろ限界だぞと、この状況に追いやった張本人《バカ》を睨みつけると、そいつはにやにやと締まりのない顔を晒しながら言った。

「よかったな、マサト」

「よくない」

「よかったね、明乃さん」

「うん！」

「ああもう……」

だめだこの子。僕の手には負えない。理屈で考えれば、簡単なことだ。

明乃さんのことは容姿も含め、綺麗ではなくて可愛いと表現するのがふさわしい。

くりくりとした目はいつも元気よく動いているし、桃色の唇《くちびる》はどんなときでも楽しそうに形を変える。肩あたりで揃えた髪は彼女の動きに合わせてご機嫌に跳ね回り、よく通る快活な声はいつでも華やかな色を添える。

どんな場所にもすぐさま馴染《なじ》み、愛され、必要とされる。そんな彼女はきっと、綺麗とか美しいとか、そういう賛美の言葉からは対極のところにいて、だから僕の賛辞が珍しくて嬉しいのだろう。「僕」の言葉ではなく、僕の「言葉」に喜んだのだろう。分かる。分かっている。だから早く話題を変えよう。

「そ、それで明乃さん、僕たちに何か用？」

「ん？　あ、そうそう！　二人とも海行こうよ、海！」

「また唐突だね……」

「唐突じゃないよー！　もうすぐ八月でしょ？　そしたら夏休みは目の前でしょ？　夏休みは暑いでしょ？　暑いといったら海！　はいっ、海行きましょー！」

ほらね？　と無邪気な笑顔を向けられて、僕は色々と言いたいことを呑み込んでしまう。彼女の後ろに視える光景はこんなに美しく静かなのに、どうしてこの子はこんなに明るく、可愛いのだろうか。まあ、共感覚の光景が現物と一致しないことなんてよくある話なんだけど。

「いいねー、海！　人総のメンバー他にも誘ってるの？」

あ、人間総合ユニーク学部って、人総って略すんだ……

「うん！　今のところ男女合わせて十人くらいかなあ。男女比半々くらいで」

「学部の三分の一くらい集まってるじゃん！　こりゃ行くっきゃないな、マサト！」

「いや、僕は――」

何が行くっきゃないだ。行くわけがない。

二桁の人数でわざわざ人ごみの中に遊びに行くなんて、想像しただけで精神的に辛《つら》い。ただ、断る理由としては刺々《とげとげ》しいから、ちょうどいい持ち駒を引っ張り出す。

「――バイトがあるから」

「お前……バイトなんて、そんな毎日あるわけないだろ」

「いや、昨日の話だと、あながちあり得なくもないんだ」

というのは嘘だけど、実際、月澪先輩の研究を手伝うのは、そんなに楽な仕事ではないと思う。木之瀬准教授が提示した給料も、週三、四回は働く計算になっていたし。

「北條くん、バイトやってるんだー！　なんのバイト？」

「研究の手伝いをすることになったんだ」

「月澪先輩の直属なんだってさ。うらやましいよなー」

こいつ……わざと僕がぼかした部分を言ったな。あんまり広めたくないのに。

「え、そうなんだ！　私もね、月澪先輩のところでバイトするよ！　明後日！」

「え？」

それは初耳だった。月澪先輩からそんな話、聞いていなかった。僕とは別の仕事が彼女にもあるのだろうか。

「あー、でも単発のバイトって聞いてるし、北條くんのとはちょっと違うのかも……？　でも、バイト中に会えるかもしれないね！　楽しみー！」

「そ、そうだね」

「うん！　じゃあさ、北條くん。夏休み中、バイトお休みもらえるか聞いておいて！　で、空いてる日があったら、私に教えて欲しいな。スケジュールきつい人に合わせて日程組むからー！」

「え、あ。でも僕は……」

「んー？　どしたの？」

僕が少し難色を示すと、怒涛《どとう》のようにしゃべっていたはずの彼女はぴたりと口を閉じ、僕の言葉を待った。ちゃんと話を聞いてくれるあたりが、やっぱりずるい。

「……いや、聞いておくよ。また連絡する」

「おっけー！　ありがとう！　有園くんも、何かあったらいつでも言ってね！」

「了解、楽しみにしてる！」

「私もー！」

彼女が去っていった後、脱力する僕の肩にぽんと手を置き、浩太が言った。

「お前はあれだな、明乃さんと付き合ったら間違いなく尻に敷かれる」

「付き合わないし、敷かれないから」

5

本日最後の講義が終わり、浩太と別れた後、僕はいつもなら家に向かう足を木之瀬研に向けた。バイト初日だし、遅れるなんてもってのほかだ。

しかし、一体何をやらされるんだろう？　サイコパスをたくさん視てもらうとは言われたけれど、どんな方法なんだろう。その他は何もしなくてもいいんだろうか。共感覚が珍しいからって、変な人体実験とかされないよね？　そんなことを悶々《もんもん》と考えながら、木之瀬研の扉を開ける。

「おお、来たか北條君。では早速服を脱いでくれ」

「あ、すみません。部屋を間違えました」

危ない危ない。まさかこの大学に脱衣サークルがあったとは。文化部連合の人はしっかり管理をした方がいいと思う。さて、急いで木之瀬研に行かなくちゃ。

「いや、間違ってないぞ北條君。さあさあ中へ！」

「現実から目を背けたかったんですよ、察してください」

「なんだ、外で脱ぎたいのか？　私は人の性癖に文句を言うつもりはないが、敵は多いと思うぞ。主に国家権力とか」

先輩って口を開くと割とどうしようもないですよね、と言いかけて、すんでのところで口をつぐむ。そんなことを言えば、後々面倒くさいことになるのは間違いない。

「そういう意味じゃありません。というか、どうしたんですか急に」

扉を閉め、相変わらず古本屋を彷彿《ほうふつ》させる研究室の奥へと歩きながら問いかける。

「いやなに、脱ぐのは君でなくてもいいんだ」

「はい？」

「そうだな、君がどうしても嫌だというのであれば」

「ちょっと待ってください」

不穏なセリフとともに、後ろから衣擦《きぬず》れの音がした。非常に遺憾《いかん》ながら、先輩が躊躇《ちゅうちょ》なく服を脱ぎ捨てているのが、その音だけで分かってしまった。

「私が脱ごう」

「ご冗談でしょう⁉」

振り返ったときにはもう遅かった。ジーンズ生地のタイトスカートとグレーのシャツを羽織っていたはずの先輩は、一瞬にして豊かな胸元と臀部《でんぶ》をわずかばかりの布で隠しただけの、あられもない姿になっていた。

「ちょちょちょ、ちょっと！　服！　服、着てください！」

「何を慌《あわ》てているんだ北條君？　これは水着だ。そう恥ずかしがることはないだろう」

いやいや、いきなり部屋の中で脱がれたら慌てるでしょう！　とか、色々と言いたいことはあった。あったのだが、先輩の肢体《したい》に目が釘付けになってしまい、僕の口から飛び出すことはなかった。

「どうだ？　どう見える？」

「そ、そうですね……」

先輩の水着姿は確かに魅力的で、本当は美しいと表現したかった。しかし非常に残念なことに、短絡的で本能的、そして情欲的な感想が真っ先に口をついて出てしまう。

「なんていうか、エロいです。とんでもなく」

「ん？　あ、いや違う、そうじゃない。そっちじゃないんだ」

「え？」

「共感覚で視える光景は、どうなっている？　いつもと何か変わらないか？」

そうだ、僕はここにバイトをしに来たんだ。

どういう理由なのかは分からないが、これも僕の共感覚を捉えるために必要な実験なのだろう。とっさのこととはいえ、色欲にまみれた言葉を吐き出してしまった自分を恥じる。

「ええっと……そうですね……いつもと変わらず、大変立派な炎です」

相も変わらず轟々と勢いよく燃え盛る炎を確認し、報告する。

「普段とはまったく変わらず？」

「少なくとも昨日と一緒であるのは間違いないかと」

「なるほど、ありがとう。……ということは、北條君の感情の揺らぎに、共感覚は呼応しないということか？　いや、まだ断定はできないが……しかしそうなると、北條君が視ている光景は——しかし——うーむ……」

ぶつぶつと考察に入り、すっかり自分の世界に入り込んでしまった月澪先輩は、完全に研究者の顔をしていた。が、残念なことに身につけている衣服が水着なので、まったく恰好《かっこう》よくない。

「とりあえず、服を着たらどうですか？」

「ん？　ああ、そうだな。着替えてくる、少し待っていてくれ」

「ここで着たらいいじゃないですか」

「何を言っているんだ。下着に付け替えるんだから、ここでは無理だ。水着の上から衣服を羽織るなんて、動きにくくてたまらない。ついでに資料を取ってくるから、少し待っていてくれ」

じゃあ、さっきまではどうしてたんだよと突っ込む気力もなく、僕は奥の部屋に入る先輩を見送った。本当に何を考えているのか分からない人だ。

「月澪さんは自由だねえ」

「うわ、いたんですか准教授」

気付くと横に、黒い筒状の機械と何かの袋を持った木之瀬准教授が立っていた。なんだかほろ苦くて香ばしい、良い香りがする。これはコーヒーの匂い、かな？　いつも通り、目元に滲《にじ》んだ優しさが、僕をほっこりさせてくれる。

「最初からいたよ？　そんなに存在感ないかなあ、僕……」

「い、いや。本棚に隠れて見えなかっただけだと思います」

失言だったと若干後悔しつつフォローを入れると、木之瀬准教授は静かに笑いながら言った。

「ふふ、冗談冗談。実はさっきまで向こうの部屋でコーヒーミルを動かしてたんだよ。だから気付かなくて当然」

「コーヒーミル、ですか？」

「うん、使ったことある？」

そう言って木之瀬准教授は、僕に右手に持った黒い筒状の機械を渡してくれた。赤いスイッチが一つついただけのシンプルな造り。これがコーヒーミルか。名前だけは聞いたことあったけど、実際に使ったことはないなあと、僕は首を横に振った。

「えーっとすみません、そもそもあんまり知識がないんですけど……コーヒー豆を砕く機械、なんですよね？」

「その通り。手動と電動のものがあるんだけど、手動の方は結構力がいるから、電動の方を使ってるんだ」

「なるほど。でもどうしてわざわざ別の部屋で？」

この研究室には部屋が三つある。一つは今僕たちがいる、一番大きな部屋。もう一つは今、月澪先輩が着替えている部屋。そして最後の一つが、准教授がコーヒーミルを作動させていたという小さな部屋だ。そう聞くと、木之瀬准教授は眉を八の字に下げて、苦笑いしながら言った。

「いやあ、最初はこの部屋でやっていたんだけどね。月澪さんに『うるさいからせめて奥の部屋でやってください』って言われちゃって……」

「ああ……それはそれは……」

月澪先輩らしいばっさりした物言いだ。セリフを聞いただけで、彼女の凛《りん》とした声が脳内で綺麗に再生された。

「最初は『気が散るから市販のコーヒーで我慢してください』とまで言われてたんだけどね。せめて飲んでから判断して！　って言って飲ませたら、別部屋でやることは許してもらえたんだよ」

「そんなに違うものなんですか」

　僕もコーヒーは飲むけど、大体は缶コーヒーで済ませてしまう。わざわざ粉を買って淹《い》れようとは思わないし、ましてや豆を買おうとも思わない。

「それはもう段違いだよ。ふふ、僕の淹れたコーヒーを飲んだら、もう市販のコーヒーには戻れないよー？」

「へえ……それはすごく気になります」

「お、じゃあちょっと待ってて。今淹れるから」

　そう言うと、木之瀬准教授はいそいそとカップを用意してコーヒーを注ぐ。これがドリッパー、これがフィルター、淹れ方はまず一度蒸らして……と色々説明してくれたが、一度では覚えきれそうになかった。月澪先輩もそうだけど、研究者という人種は、何かを人に説明するのが好きなのかもしれない。

　数分後、黒ともこげ茶ともとれる、深い色のコーヒーが目の前に置かれた。ほわほわと立ち上る湯気とともに落ち着いた香りが漂い、僕の鼻腔をくすぐった。喫茶店に入ったときに迎え入れてくれるあの匂いに、そっくりだった。これはもう匂いだけで期待が高まるよな……そう思いつつ、一口啜る。

「どう？」

「美味《おい》しいですね……とんでもなく……もうなんていうか、飲んだ瞬間から美味しい、みたいな。気付いたら全部飲み切ってそう、みたいな……」

我ながら貧困な語彙力《ごいりょく》だ。美味しいものを美味しいと伝えることのなんと難しいことか。

「でしょでしょ？　一度これを飲んじゃうと、缶コーヒーとかインスタントコーヒーはもう飲めないんだよねえ。なんだか粉っぽいし、薄くって」

「確かに……」

つまり僕も、普通のコーヒーには戻れなくなってしまったということだ。

「ところで北條君、月澪さんとの話、進んでる？」

「ええ、まだ少しですけど」

詳しい実験の話まではまだ聞いていないです、と答えると、木之瀬准教授は言った。

「あのさ、僕のことも共感覚で視てくれない？　どんな風に北條君の目に映るのか、興味あるなー、なんて」

「あー……えーっとすみません。先生には何も視えてなくて」

僕の共感覚は、いつでも発現するわけではない。現に准教授の周りには、何も視えなかった。

「ふむ。何も視えない、か」

「はい。視えたり視えなかったり、不安定なんです。僕の共感覚は」

「ふふ……それはどうだろうねえ」

いつもの柔らかな微笑《ほほえ》みとは違う、どこかイタズラを思いついた子供のような笑みを浮かべつつ、准教授が口を開く。

「北條君。試しに一度、僕を共感覚で視てくれないかい？」

「え？　いやだから、何も視えないんです」

うまく通じていないのかと思い否定すると、准教授は「違う違う」と首を横に振った。

「『視よう』と意識するんだ。ただ、それだけでいい」

「意識、ですか……？」

「そう。例えば小さい頃にやっていたように」

「小さい、頃……」

そう言われたとき、僕は何を考えるでもなく少しだけ見方――意識を変えた。

木之瀬准教授ではなく、その少し奥に焦点を合わせながら、全体を俯瞰《ふかん》するように、ただぼーっと視つめてみる。

「あ」

「視えたかい？」

「は、はい。なんだろうこれ……花柄のフェルト生地でできた……お花畑？」

とてものんびりとしていて、ファンシーな光景だった。

幼稚園児がお弁当箱を包むような柄のフェルト生地で作られたお花畑。草むらは刺身についているバランの形をしていて、子供が描いたみたいな蝶々《ちょうちょう》がふわふわと舞っている。デフォルメされた造形物たちが織り成す光景は、まるで絵本の中に入りこんだようだった。

「くっ……はははは！　お花畑！　花柄の！　フェルト生地の！　まさにのんびりした先

生にぴったりじゃないか！　あはははははは！」

いつの間にか戻ってきていた月澪先輩の大きな笑い声で、ファンシーな世界はかき消えた。集中が途切れると見えなくなってしまうようだ。

「はー、笑った笑った。しかし先生、私の楽しみを奪ってしまうなんて、ひどいじゃないですか」

「ごめんごめん。でもほら、僕も研究者だし、色々と試してみたくなっちゃって」

「まあいいですけど。やはり彼の共感覚は、抑制されていたんですね」

「うん。特殊な体質を持つ人間の、典型的なパターンの一つだね」

うんうん、と頷き合う二人の会話に、当事者である僕がついていけなかった。こういうとき、研究者という職業はやっぱり特殊なのだと思い知らされる。

「あの、つまりどういうことなんでしょう？」

「簡単に言えばだね、北條君。君は無意識のうちに、共感覚を使わないようにしていたのさ」

月澪先輩の言葉に、さらに木之瀬准教授が補足する。

「幼い頃は、何が『普通』かが分からないだろう？　だから見えたものや感じたことをそのまま口にしてしまうんだ。例えば――共感覚で視えた光景とかを、ね」

言われてみれば、思い当たる節はあった。さっきの全体を俯瞰する見方は、僕が昔、共感覚の光景を視るときに行う一連の流れだった。

当時の僕は、共感覚の光景に夢中になりすぎていて、いつもぼんやりとしている気の抜けた子だと思われていたらしい。おまけに「あれが視える」「これが視える」とわけの分からないことばかり言うものだから、すっかり気味悪がられていた。

「当然、周りからは『異常』だと認識される。距離を置かれる。そういうとき、人は賢いもので、無意識にそれらを抑制するのさ。『視えない』ことにしたり、あるいは『視ない』ようにしたり」

「……なるほど」

つまり僕は、共感覚の光景から無意識に目を逸らし続けていて、「たまたま視えるだけで、いつでも視えるわけではない」と勘違いしていた、ということか。

「くくく、蓋を開ければ、実に単純だったたな。うん、とても気持ちがいい」

確かにその通りだけれど、ほんの少し僕と関わっただけでそれを見抜くなんて、やっぱりこの人たちはすごいと思う。軽快に笑う先輩とは対照的に、労《いた》わるような優しい声音で、木之瀬准教授が言った。

「ねえ、北條君。共感覚が視える条件が分かったことは、とても素敵なことだと思わないかい？」

「そう、ですか？」

「うん。だってこれって、曲がりなりにも、共感覚は『オン・オフ』ができるってことだろう？　もしかしたら、嫌なモノを視なくて済むように、なるんじゃないかなあ」

「た、確かに」

『意識すれば視える』、ということは、『意識して視ない』ようにもできる可能性がある。実際にやったことはないから分からないけど……試してみる価値はありそうだ。

「こんな風に、北條君の共感覚について一つ、また一つと色々なことが分かっていけば……僕らもハッピーだし、北條君自身も、ハッピーになれるよね」

そう言って優しく微笑んだ木之瀬准教授には、後光が差して見えた。

「――っ先生！」

あなたが、あなたこそが、菩薩《ぼさつ》、いや、仏！　仏ですよ、先生！

「うんうん。そしてバイト中はがんがん共感覚を発現してくれ。どんな光景でも目を逸らさず、目をかっぴらいて、隅から隅まで余すところなく眺めた後に、ちゃんと私に報告するんだぞ」

あ、そちらの方は羅刹《らせつ》ですね。慈悲《じひ》とか容赦《ようしゃ》とか、横の仏さまに教えてもらってください。

明日からはサイコパスと面談してもらうから、と不安しか抱けないような言葉をもって、今日のバイトはお開きとなった。

季節は初夏、僕は一人、夕暮れ時の家路の途中にいた。

冬場であればとっぷり暮れているであろう時間、少し疲れた太陽の光が街を照らしていた。

建物や人が落とす黒い影が橙色の夕日の上に乗る風景には、なんとなくノスタルジーを感じる。

この箒ノ《ほうき》坂《さか》通りは人通りが多く、飲食店やゲームセンター、あるいは花屋や本屋がずらりと並ぶ。人が多いのは気持ちが晴れないが、気の向くままに好きなお店に入れるので、しばしばこの道を使っていた。

「ねえ」

しかし今日の僕は、本屋で立ち読みをするでもなく、喫茶店で紅茶を飲むでもなく、ただコンクリートの壁に背を預け——

「何とか言いなさいよ」

初対面の女性に詰め寄られるという緊急事態に直面していた。

6

十数分前。事の発端はバイトの帰り際に、木之瀬准教授からかけられた言葉だった。

『少し自分で共感覚について調べてみるのも、いいかもしれないね。もちろん、無理のない範囲で』

それならばちょっと試してみようかと、人通りの多い箒ノ坂通りで共感覚のオン・オフの実験をしていたのだった。

結果から言えば、完全にオフにすることはできなかった。しかし、「ああ、なんかいるなあ」くらいに、意識の外側に追いやれることは判明した。

気をよくした僕は、逆に「すごく集中して視たらどうなるのか」という実験を始めた。

そこでこの人通りが激しい中、唯一、定位置から動かないティッシュ配りの女性に着目した。

研究室でやった通り、その女性の奥に焦点を当てつつ、視界全体を俯瞰するように眺める。

「アライ、グマ……」

ほどなくして発現した共感覚の景色。そこには、まごうことなきアライグマが視えた。しかもあろうことか、ビスケットの上でタップダンスをしているのだ。

「くっ……ふふっ……」

あまりにもシュールな絵面に耐えかねて、僕は少し笑ってしまった。共感覚で視える光景が意味不明なのはいつものことだが、この取り合わせは卑怯《ひきょう》だ。一生懸命ティッシュを配る女性の姿と、彼女の背後でタップダンスを踊り続けるアライグマのギャップがツボに入ってしまい、僕はしばらく笑い続けた。その結果――

「ねえ、さっきからこっち見て笑ってるけど、なんなの」

「え」

こうして、初対面の女性に詰め寄られる羽目になってしまったのだ。

「え、じゃないわよ。笑いだす前から、しばらくじーっとこっち見てたでしょ」

よくご存じで……ここまでバレていると、見ていませんでしたとは言いにくい。

さてどうしたものかと考えながら、僕は彼女の共感覚の光景を眺めていた。ティッシュを配っていたときと変わらず、アライグマはビスケットの上で狂ったようにタップダンスを踊り続けている。

月澪先輩に倣《なら》って考察するならば、この光景には彼女の感情や心情が反映されていないはずだ。さらに先輩の解釈に鑑《かんが》みれば、共感覚というのは僕の経験をもとに、相手の所作、言動、その他諸々の機微《きび》から無意識に想像した光景を、脳が勝手に映し出していることになる。

つまり、僕は彼女の何かに「ビスケットの上で踊るアライグマっぽさ」を感じたわけだ。

そしてその何かは、彼女の心の揺らぎにも、僕の心の揺らぎにも起因しない。

「ねえ、なんとか言いなさいよ」

つまりその何かは、この人の「本質」と言えるのではないだろうか。

「いや、別に君を見ていたわけではなくて……」

このアライグマを視ていたんだよなあ。でもそれを伝えたら、僕は間違いなく病院に連れていかれる。のんきにタップダンスをするアライグマを恨《うら》めしく思いつつ、次の言葉を考えていると……

「え？　そうなの？」

突然、アライグマに灰色の靄がかかった。この変化に僕は思わず声を上げてしまった。

「なにこれ!?」

「は?」

視ていた共感覚の光景がリアルタイムで変化したことなんて、今まであったっけ? アライグマは依然として変わらない。変わったのは「そこに灰色の靄が加わった」——この一点のみ。と、いうことは……

「いや、ごめん。嘘。君を見ていた。とっても……可愛かった、から」

「わ、わたしが⁉」

靄の色が灰色から、桃色に変わる。

「うん」

「で、でもあなた、笑ったじゃない! あれはなんなの?」

さらに、桃色から黄色に。

「いや、あれは友達から来たメールが面白くて笑っただけだよ」

「嘘、携帯なんて見てなかったじゃない」

「見てたよ? ……というか、もしかして、君の方こそ僕のこと——」

「——っ! そ、そんなわけないでしょ!」

また、桃色に。間違いない、これは「感情」だ。彼女の本質を取り巻く感情が、色の靄として視覚化されているんだ。

「そ、そっか。ごめん、勘違いだった」

「べ、別にいいけど……ていうか私、そろそろバイトに戻りたいんだけど?」

僕に構わず勝手に戻ればいいと思うけれど……僕は慎重に言葉を選ぶ。

「うん、そうした方がいい――」

桃色に赤みが増した。うーん、違うな……こうか。

「――本当はもう少し話したかったけど」

赤みが消えて、淡い桃色に戻る。

「そ、そう？　でもだめ。そろそろバイトリーダーが来ちゃうから」

「そっか、残念」

「……私、しばらくはこのあたりでバイトしてると思う」

桃色の色調が、少し濃くなった。なるほど。

「僕も近くに住んでるし、また会えるかもね」

「ふふ、そうだね。じゃあ」

少し嬉しそうに笑って、彼女はパタパタと持ち場に戻っていった。

なぜ急に、「感情の靄」が見えるようになったのか、原因は分からない。ただ一つ言えるのは、この体質があったから、僕は彼女に不快な思いをさせることなく、事を荒立てずに済んだということだ。

おそらく灰色は不服、不審、不満といった負の感情、桃色は好意を表していたんだろう。赤色や黄色は警戒色、かな？　このあたりは徐々に確認する必要がありそうだ。

少しぼーっとする頭で木之瀬准教授の言葉を思い出す。

『こんな風に、北條君の共感覚について一つ、また一つと色々なことが分かっていけば……僕らもハッピーだし、北條君自身も、ハッピーになれるよね』

その通りかもしれない。僕はこの体質について、もっともっと向き合う必要がある。

……例えば、ティッシュを受け取る人とそうでない人には、共通点や違いがあるんだろうか。優しいとか関心がないとかまで、僕は視ることができるんだろうか。

夕暮れ時、再びコンクリートの壁に背を預けて、僕はまた人波をぼんやり眺めた。

そうして日が沈むまで、僕は実験を続けた。

色々と分かったこともあったし、月濤先輩に報告したいこともできた。自分の共感覚にこんなにわくわくするのは、子供の頃以来かもしれない。

もう少し試したいことはあったけれど、そろそろ家に帰らなくては。そう思って歩き出した。

そのときだった。

僕はソレに出会った。

正確に言えば、ソレは僕の横を足早に通り過ぎただけ。

けれど僕はソレの存在を、嫌というほど強く、強く、感じ取った。

ソレは、醜悪で醜怪で卑劣で賤陋《せんろう》で、穢《けが》れていて卑しくて汚らわしくて、そして何より……気色が悪かった。

「な、ニ？」

たとえるなら……下水で洗った汚水の中に排水溝の汚れを入れて煮詰めて吐瀉物《としゃぶつ》を混ぜて攪拌《かくはん》して空気を入れて発酵《はっこう》させたモノを風船にどんどん詰め込んで破裂させてぶちまけたところにありとあらゆる昆虫の脚が生えたムカデが這《は》いずり回っているような、そんな気色の悪さ。

「うっ……ぁ、げ……ぇ……ぁ……」

あまりの気持ち悪さに、胃が痙攣《けいれん》する。咀嚼《そしゃく》し呑み込み、胃酸で溶かされどろどろになった内容物が食道を上る。咄嗟《とっさ》に嚥下《えんげ》しようとするが、吐瀉物はとめどなく逆流し、口内からあふれ出す。生温かいそれは食道をどうしようもなく焼きつけて、蹂躙《じゅうりん》した。

涙がこぼれて、鼻水が垂れる。体の表面は熱くて熱くてしょうがないのに、芯《しん》は凍《こご》えそうなくらい冷え切っている。寒い……寒いのに、汗が止まらない。服がべったり体に張りついて不快感を煽《あお》る。

「お、前は……」

経験したことのない共感覚の光景に朦朧《もうろう》としながら、ソレの後ろ姿を目で追った。しかし涙で歪んだ視界に映る姿は、かろうじて人の形に見えるだけで、男か女かすら判然としなかった。

一体どんな本質を持っていると、あんな光景が浮かび上がるのだろうか。あんな醜悪な本質を持つ人間は、どんな顔をしているのだろうか。分からない。考えたくない。考えたくもない。

思考を放棄した僕は、ただその場で縮こまって震えていた。

近くで殺人事件が起こったと僕が知ったのは、翌日のことだった。

幕間2　月澪彩葉

北條君が帰った後の研究室で、私はいつも通り准教授と会話を交わしていた。

准教授ともなると事務関係の雑務が増えるらしく、しょっちゅう研究室を抜けたり、帰ってきたりしている。今日とて、つい数時間ほど前まで職員会議か何かで抜けていた。

「――ということで、やはり北條君が見ている光景は、その人の『本質』を視覚化したものではないかと思います」

面と向かって話しているわけではなく、准教授はパーテーションで区切られた自分のワークスペースで、私は自分のデスクで仕事をしながら、声だけをかけあっていた。

ふと、コーヒーの良い香りが私のデスクに届いてきた。水筒に入れたコーヒーでも飲んでいるのだろう。この人のコーヒーへのこだわりは尋常じゃない。

准教授のコーヒーフリークな一面を知ったときは、やっぱり研究者には色々なこだわりを持った人がいるなんて思ったものだ。

「そうだねえ、僕もその意見に賛成かな。恐ろしく観察眼が鋭いんだろうね」

「はい。それと、とても豊かで独特な想像力と表現力を持っています」

他人の所作から本質を見抜く、鋭すぎる観察眼と、それを具体的な光景に置き換える豊かな想像力。それが彼の共感覚の正体だろう。

「これ、目論見《もくろみ》通りじゃない？　多分、サイコパス識別できちゃうよね」

「想像以上、ですね。共感覚の精度が尋常じゃない」

「ふふ、僕の見立てもなかなかのものでしょ？」

「私は昔から、先生の慧眼《けいがん》を尊敬していますよ」

もともと「共感覚」と「サイコパス」をつなげる研究を思いついたのは木之瀬准教授だ。入試試験の採点をしている際に嬉しそうに話しかけてきたときのことを、今でもよく覚えている。

「明日から早速、実験を始める？」

「ええ。まずはサンプル数を増やさないことには始まりませんから」

彼には明日からサイコパスと面談をしてもらう予定だ。本質が視えるのであれば、顔合わせは一瞬でいいだろう。もちろん忘れてはいけないのが、面談相手に一般人を紛れ込ませることだ。比較対象がなければ、実験は成り立たない。

実験に関しては准教授と綿密に話し合い、サンプル数、試行回数、データバイアスを考慮しながら慎重にデザインを組み立てた。抜かりはないはずだ。

「ふふふ、楽しみです」

「君が楽しみにしてるのは、想像通りの結果？　それとも――想定外の結果？」

「……両方です」

「一般人、紛れさせたもんね」

「実験にポジティブコントロールは必須でしょう」

「そうだね……っと、電話だ。無視していいと思う？」

「どちらでもいいですが、事務の〆切関係の電話だったとしても、私は知りませんから」

「だよねー……はい、木之瀬です」

けたたましく鳴り響いていた電話の音が止《や》み、部屋が静かになる。

まったくこの人は……抜けているんだか、鋭いんだか分からなくなる。おそらく両方を備えているんだろうが、落差が激しすぎてたまに対応に困る。自分で言うのもあれだが、私を困らせることができる人間はなかなかいないと思う。

「ああ、お久しぶりです。はい。……はい。ちょっと待ってくださいね。月澪さーん」

「なんでしょう」

「長瀬《ながせ》さん」

「あいつか……」

長瀬……下の名前は大樹《だいき》だったか大輝《たいき》だったか。警察に勤めていることは確かだが……役職がなんだったかすら興味がないので覚えていない。

「お前の持ってくる案件は食傷気味だと伝えてください」

「あ、長瀬さん？　月澪ですが、なんか聞きたくないってダダこねちゃって。すみませんねえ」

「あの、捏造《ねつぞう》しないでください」

長瀬が私に連絡する理由は決まっている。大方《おおかた》、サイコパスの関わる事件が起こったんだろう。

「はい、はい。話だけでも、はい。そうですよねえ。少々お待ちくださいね。……月澪さーん、本当にちょっとだけでもいいからって」

「お前のそのセリフは、先っぽだけでなんちゃらと同じくらい信用してない、と伝えてください」

彼に出会ったのは、確か「人間ジュース事件」のときだ。犯人像のプロファイリングがうまくいかないと研究室を訪ねてきたのだが……たまたまそこに居合わせた私の適当な助言が、犯人逮捕への重要な手掛かりになったらしい。それ以来彼は、猟奇殺人や快楽殺人があると、私を頼ってくるようになった。

「あ、長瀬さん？　なんか月澪が『あのとき先っぽだけって言ったのに』って」

「ちょっと、先生っ!?」

「んー？」

「……はあ、内線回してください」

「長瀬さん、月澪につなげますので、少しお待ちくださいね。月澪さん、六番で」

ため息をつきながら六番を押し、受話器を取る。

こいつの持ってくる案件の犯人は、サイコパスでない場合もある。せめて、もう少し内容を吟味《ぎんみ》してから相談して欲しいものだ。

「月澪さん、先っぽだけって……そんなことありましたっけ？」

「切るぞ」

開口一番、大変不快な言葉をかけられたので、私は子機を元の場所に戻そうとした。

「あぁぁああああごめん！　ごめんなさい！　淡い期待を抱きました！」

「期待も何もあるか。勝手に記憶を捏造するな、痴《し》れ者め」

「ですよねー……ごはん一緒したことすら、ないですもんねえ」

「さっさと用件を言え」

「容赦《ようしゃ》ないなあ……最初は敬語だったのに」

年がそう変わらないことと、あまりの仕事のできなさに呆れて、とうの昔に敬語はやめていた。

「えーっとですね、箒ノ坂通りで殺人事件が起こったんですよ、ついさっき」

「近いな」

　箒ノ坂通りといえば、大学から歩いて十分程度。学生が多くたむろしている場所だったはずだ。

「そうなんです。で、その死体が妙で――」

「待て、まず事件現場の場所を教えろ。あそこはかなり人通りが多いはずだろう」

「ああ、すみません。場所は目抜き通りの、ちょっと横に入ったとこですね。人目につきにくく、人通りもほとんどない小路です」

「続けろ」

「はいはい。で、たまたま通りかかった人が通報してくれて発覚。おそらく死後二、三時間以内だと思われます。死亡していたのは二十五歳男性、大学院生です。身長は一七〇センチ前後」

　今は夜の十一時。警察が駆けつけて調査をした時間などから逆算すると……事件があったのは夜の七時から八時、といったところか。

「死因は出血死ですかね。心臓をやられてます。ハサミで一突き。返り血とかは浴びていないだろうなあ、これ」

「それ以外の外傷は」

「そこなんです。まず、後頭部に殴られた痕《あと》があります。現場近くに落ちてたコンクリートブロックに血液が付着していたので、これで殴られたのではないかと」

「ただの殺人だな。気絶させて刺殺。よくある手だ」

「あと、体の一部が切り取られてます」

なるほど。それが今回の異常な点、ということか。

「詳しく」

「切り取る、というか、そぎ落とす、という感じですね。太もも、腹部と二の腕。計六ヶ所。切断面はかなり綺麗ですね。それと、切断部位の形は長さ二十センチくらいの楕円形《だえんけい》。深さは一センチほどです」

「切り取られたのは死んだ前か、後か」

「後、らしいです」

人気《ひとけ》のない路地に連れ込み、コンクリートブロックで殴り、気絶させた後にハサミで刺殺。その後、被害者の体の一部を切除し、逃走、か。

「なんですぐ逃げなかったんでしょう」

「少しは自分で考えたらどうだ」

「考えましたよ。分からないから、相談してるんじゃないですか」

「ったく……」

事件発生から一日すら経ってないんだぞ。どう考えても、検討の時間が短すぎるだろう。

「まずこの事件、サイコパスが関わっているかどうかだが」

「え、どう考えてもその手の人種が殺してません？」

「口を挟むな。そう一概には言えん。だが、もし仮にサイコパスの仕業であれば――近日中に似たような事件が発生する可能性が高い。それも、ごく近くで。警戒しておけ」

「えっ、まじっすか！」

「ああ」

体の一部を持ち帰った理由として、最初に思い当たるのは人体収集、すなわちコレクションだ。過去にも、殺した相手の目や指などを集め、瓶の中に入れて保存していたサイコパスはいた。そうしたサイコパスの場合、コレクションが目的なわけだから、一人殺しただけでは当然収まらない。何度も何度も人を殺し、パーツを集めるだろう。

そして凶器。今回犯行に用いられた道具は特殊なものだろう。普通のはさみでは心臓を一突きにはできないし、他の刃物であったとしても、市販のものでは切断面はズタズタになる。つまり自前の凶器で犯行に臨んでいる。

この場合、自分の使う道具に対し、異常な愛着がある可能性がある。

そういうタイプのサイコパスは、犯行現場にも強い執着心を持つことが多い。

犯行現場を自分の「狩場」と考える。

だとするなら、次の犯行も近辺で起こると考えるのが妥当だろう。

「はぇ～。てっきり今回ぽっきりの事件だと思ってました」

「だからお前は無能なんだ」

「重々承知してます……あ、で、犯人像なんですけど」

「……お前の強みはあれだな、プライドがない」

「よく言われます」

意外とこういう人間が出世したりするのだろうか。こんな上司はごめんだが。

「男性、だろうな。年は三十前後。背は低くはない。人当たりがいいだろう。口も達者だ。相手の心をつかみ、自分を信用させるのがとてもうまい。どんな職業に就《つ》いたとしても、業績はいい。良く言えば慎重、悪く言えば狡猾《こうかつ》だ。医者、研究者、教師あたりが怪しい。おそらく過去に何回かトラブルを起こしているな。恋愛絡みが一番濃厚だ。ああ、ワークスペースは小綺麗だが、私室は汚いだろう」

「……毎回思うんですけど、割と具体的ですよね。結構絞れましたよ、これ」

「お前がくれた情報だけで判断した、合っているかは知らん。が、そう外れてもいないだろう」

被害者は男性、一七〇センチ前後、ブロックで後頭部を殴られている。この時点で犯人が女性である可能性は低い。コンクリートブロックの重量を考えたら、男性と考えるのが妥当だ。

加えて、ブロックで後頭部を狙える時点で、同じくらいの背丈が必要だろう。小柄ではない。頭部の傷を見れば、もう少し絞り込めるだろうが……まあそれは私の仕事ではない。

事件現場が人気のない小路で、かつ加害者に背を向けていた。これは、被害者が加害者に気を許していたということだ。警戒していたとすると、少なくとも自分の後ろは歩かせない。

つまり、外面《そとづら》はかなりいい。

凶器が特殊な刃物であることも重要だ。そんなものを容易に手にできる職業は限られている。誰かにもらったと考えることもできるが、愛着や執着が強いサイコパスは「自分で手に入れた」という事実を重んじる。それに、この手のタイプは非常に慎重だ。他の人間からもらった道具を凶器に使う可能性はかなり低い。

愛着や執着の強さはまた、人間関係のトラブルを何度か引き起こしているだろう。特に恋愛関係が考えられる。こういったサイコパスは付き合った相手を「自分の所有物」として認識するだろうから、自分の意に沿わなかった場合、何かしらの揉め事を起こしているはずだ。

「いやー、毎度毎度、助かりますー！」

「忠告しておくが、これはあくまで犯人がサイコパスと仮定しての話だ。犯人が被害者の顔見知りだった場合、この限りではない」

「りょうかいです！」

本当に分かってるのか、この男は……まあしかし、この犯人はほどなく捕まるだろう。

「じゃあ、そういうことで」

「あっりがとうござい」

全て聞き終える前に受話器を置き、ワークチェアーに思いっきり背を預ける。

「どうだった？」

「取るに足らないサイコパスだと思います。テンプレートを外れないような」

「そうかぁ」

准教授の呑気《のんき》な声は残念そうにも、興味がなさそうにも聞こえた。

今回も「はずれ」か……期待などしていないつもりだったが、やはり追い求めてしまう。

私の求める――私が理解できないサイコパスは、やはりこの世にいないのだろうか？

ふと、研究室の扉がノックされた。

「こんな遅くにすみません、明日葉です！」

「はいはい、どうぞー」

木之瀬准教授が気の抜けた声で応対すると、扉ががちゃりと開く。

「失礼します！」

礼儀正しく入ってきたのは、明日葉君だった。

二重《ふたえ》で大きな目は少しやんちゃな色を灯し、すっと通った鼻に少し口角の上がった口元は「二枚目」と形容しても差し支《つか》えないだろう。なかなか女性受けしそうな見た目をした男だ。

「やあ、明日葉君。悪いねこんな時間に」

「月澪さん、こんばんは！　いえ、この時間を指定したのは僕なので、申し訳ないくらいです」

「くく、問題ないよ。むしろ、今からが研究のゴールデンタイムだ。ですよね、先生」

「ふふ、月澪さんの言う通り、夜が更けてからが本番だよ、明日葉君」

「あはは、なんだかドラキュラみたいでかっこいいですね！」

木之瀬准教授がいつものようにコーヒーを淹れ、テーブルに人数分置いた。

「さて……のんびりディスカッションしていこうか。秦野教授とのコンセンサスは取れたのか？」

「はい、最初は若干渋《しぶ》っていたんですけど、研究予定表を見せたら首を縦に振ってくれました！」

「縦に振ったというか、振らせた、という感じだな。くく、可愛い顔して、結構強引じゃないか」

「か、かわいいってそんな……恐縮です！」

「ふふ、明日葉君はそっちに反応するんだねえ。男の子だねえ」

その後、白熱した議論は明け方まで続き、長瀬から聞いた殺人事件のことは私の頭からすっぽりと抜け落ちていた。

7

僕は箒ノ坂通りにできた異常なまでの人ごみにうんざりしていた。人通りが多いとはいえ、いつもはここまで人が密集することはない。一体どうしたんだと思っていたら、風に乗って誰かの話す声が聞こえてきた。

「殺人事件ですって」

「怖いわあ……私このあたりでよくお買い物するのに」

「犯人捕まるまでは、あんまり出歩かない方がいいかもねえ……」

声の主が誰かも分からないくらい雑然とした人ごみをかき分けながら、僕はうんうんと頷いた。詳しいことはまったく分からないけれど、事件があった場所にはできる限り近寄りたくない。明日からは通学路を変更しようかな。

「なんでも猟奇殺人らしいよ」

「体の一部が切り取られてたってさ！」

「やだ、こわーい」

再び聞こえてきた別の声に、僕は一瞬立ち止まる。

猟奇殺人、昨日の――異形のモノ。

「まさか、ね……」

僕が犯人を目撃しただなんて、そんな偶然あるはずがないじゃないか。

脳裏をよぎった可能性を振り払おうと、僕は駆け足で大学に向かった。


アライグマの次はカメレオンか……しかも、火を吹くんだ。

昨日今日と珍妙な動物と縁があるなと思いつつ、僕はそのカメレオンの主と向き合っていた。

「こんにちは。えーっと、Aさん」

「こんにちは」

プライバシーの関係上、年齢、名前、その他諸々の個人情報は伏せられていた。

見た目は好青年だ。短く切った髪は清潔感に溢れているし、目鼻立ちもくっきりしている。しゃべるときはしっかり僕の目を見据えているし、口元にたたえた微笑みが憎《にく》い気配りだ。

「これからいくつか質問します。正直に答えてください」

「はい」

でもこの人、サイコパス、なんだよなあ……

今日から本格的にバイトが始まった。昨日告げられた通りに、僕はサイコパスと面談をさせられることとなった。最初はまず二人、試しで実験をしてみるらしい。

バイトが始まる前、昨日から感情がぼんやりと確認できるようになったことを月澪先輩に話すと、目を輝かせて面談に色々な注文を付け加えた。

その一つがこの質問である。

「ではまず、あなたはサイコパスですか？」

「いいえ」

青色、と。

というか、サイコパスは自分のことをサイコパスだと認識してないんじゃなかったっけ。そうなるとこの質問に意味はない気もするけど……僕が考えても仕方がないか。

「人は好きですか？」

「はい」

濃い青、かな？

「人と付き合ったことはありますか？」

「はい」

緑か。

このように一問一答形式の際に「感情」の色をメモして欲しいとのことだった。僕はまだ「感情」と色の関係性を正確につかめていないから、ただ淡々と記録を取る。もちろん、「本質」として視えている光景も詳細に記述しなくてはならない。

えーっと、緑色のカメレオン。一般的なカメレオンとフォルムは変わらないが、肌はなめらかで陶磁器のよう。たまに橙色の火を噴く。口を開けたときに見える舌は青色だ。

「えーっと次は……」

こうして三十問ほどの一問一答を繰り返した後、カメレオンの青年は退場していった。雑談はしなかった。事前に先輩に聞いた話だと、監視員が付いているようなサイコパスも用意しているということだ。無駄な話はしないよう、前もって言ってあるのだろう。

思っていたより危険な仕事な気がする。

次に部屋に入ってきたのは、少し猫背気味の女性だった。カメレオン青年とは違って、陰《いん》鬱《うつ》な印象を受ける。髪の毛は整っておらず、つやがない。前髪が目を半分ほど覆っていて表情が読みづらい。肌は手入れをしていないのか、見ただけでハリがないのが分かる。年齢は定かではないが、実年齢より老けて見えることは間違いない。

この人もサイコパス、か。

「こんにちは、Zさん」

「……こんにちは」

表情は見えなくても、共感覚は発現する。

クリーム色の布が、静かにせせらぐ小川の中でゆらゆら揺れる光景を視て、見た目とのギャップに驚いた。素直に綺麗だと思った。木漏れ日が差し込んでいるのだろうか、小川の水面は細やかに光を放ち、思わず手足を入れて涼みたくなる。

「これからいくつか質問します。正直に答えてください」

「……はい」

共感覚で視えた「本質」の光景を書き込みながら、僕は質問を始めた。

「ではまず、あなたはサイコパスですか？」

「いいえ」

緑色、と。

「人は好きですか？」

「はい」

青、かな。

「人と付き合ったことはありますか？」

「はい」

青？　緑も入ってるかなあ。

「その人とは今も付き合っていますか？」

「いいえ」

ちょっと待った……これってもしかして。

「質問の傾向を変えます。あなたの過去の話です。小さいころに誰かとケンカしたことはありますか？」

「はい」

最初は試しで二人と面談してもらうと、月澪先輩は言ったけれど。

「そのとき、相手にけがをさせましたか？」

「いいえ」

「なるほど。では――」

この二人と面談することが、最初の実験なんじゃないだろうか。

最後の質問を終える頃には、僕の疑念は確信に変わっていた。

猫背の女性が退室すると、入れ替わるように月澪先輩が部屋に入ってきた。

「お疲れ、北條君。結果の紙をもらってもいいかな？」

「……一緒でしたね」

「何がかな？」

「質問に対する、答えです」

カメレオン青年も、猫背女性も、三十問あった二択の質問全てに対して答えが一緒だった。

こんなの、偶然じゃあり得ない。

なぜ、質問がイエス・ノー・クエスチョンなんだろうと、疑問に思っていた。もっと詳しく相手のことを知ることができる質問でなくていいのかと。逆だった。二択の質問だからこそ、意味があったのだ。

「よく気付いたね。三十問もあったのに」

「たまたまです」

「まあ一段階目の実験に関しては、種明かしをしてもいいだろう」

仕方ないなあという風に説明を始める月澪先輩は、共感覚で視るまでもなくうきうきしていた。この人、楽しんでないか？

「まず、あの二人。一方はサイコパスではない」

「うわあ……」

「嘘をついてすまなかった。ただ、事前にどちらかがサイコパスだと教えてしまえば、結果に影響が出る可能性があったからね。隠すしかなかった」

確かに僕の共感覚には分からない部分が多い。結果を明瞭にするため、できるだけ実験条件は整える必要があるのだろう。

「次に、質問に対する答え。北條君も気付いている通り、二人とも同じ選択をしてもらった。

その答えというのは、片方の……サイコパスの方の答えを採用している」

「つまり、普通の人にサイコパスと同じ答えを言わせたんですね」

「その通り」

つまり、どちらかが「嘘」をついたことになる。それを共感覚を通して確認させたというわけか。

「ここで確認したかったのは三点。一つ、まったく同じ答えを言う相手であっても異なる共感覚の光景が視えるか。二つ、まったく同じ答えの中に、『感情』の違いを確認できるか。三つ、君の共感覚は『嘘』を見抜けるか」

「おめでとうございます、全部お望み通りの結果だと思います」

メモした紙を先輩に差し出す。「本質」は違う光景が視えたし、「感情」も二人の間で違う色が視えた。おそらく月澪先輩が期待していた通りに。

「どれどれ……ふむ、なるほど。カメレオンに小川で揺蕩う布、っと。意外と変なのは視えないんだね」

「変なの、とは?」

「言ってたじゃないか、たまにあんまり視たくないモノもあるって。今日は本物のサイコパスも連れてきていたから、そういうモノを視るかもしれないと心配していたんだが……杞憂《きゆう》だったようだね」

瞬間、意思に反して体がびくりと硬直した。昨日異形のモノと邂逅《かいこう》した記憶が脳内を凌辱《りょうじょく》した。

「……どうした？」

話しておくべきだろうか。

「実は、ですね――」

数分後、全てを語り終えた僕の背中に、月澪先輩の手が触れた。温かい。

いつの間にか自分の体を抱くほどまで震えていた僕の体に、手の温もりが染み渡っていく。

「よく話してくれた。辛かったろう」

「いえ……。月澪先輩には話しておかなくちゃと思っていたので」

「ありがとう」

背中に触れた先輩の手のひらが、僕の呼吸に合わせて上下する。

やがてその動きがゆっくりとしたものに変わったとき、先輩が口を開いた。

「いくつか質問したい。きつかったら言ってくれ」

「はい」

「『ソレ』は、どんな形をしていた」

「形……」

目をつぶって、思い出す。

醜悪で、穢《けが》れてはいたが、確かに「ソレ」には形があった。

「とにかく、大きかった……大きくて……回っていて、とがっていて……穴が、たくさん……中にはごちゃごちゃと……仮面……いや、道化師……？　それから――」

「分かった、もういい」

くしゃっと頭を撫《な》でられた。とても、心地よい。

「今までで一番分かりやすいな。君はその得体のしれない『モノ』に恐怖を抱いたんだ」

「恐怖……？」

「ああ、恐怖だ。仮に『フォビア』と名付けようか」

フォビア……恐怖症のことか。確かに本能的な恐怖を感じたという点ではぴったりの名前かもしれない。

「君は『フォビア』に出会い、そしてその所作から『恐怖』を感じた。どのような部分に恐怖を覚えたかは、情報が少ない現時点では分からないな」

「なるほど……」

「しかし、君がそれほどまでに恐れる相手というのは少し気にかかるな」

得体のしれなかったモノに名前が与えられ、かつ、正体が少しだけ分かったからだろうか。フォビアに対する恐れが、少し和《やわ》らいだ気がする。

「先輩」

「ん、なんだ？」

そして、僕は気付いた。

正体が分かると恐怖が和らぐのであれば、自分が恐怖を感じる対象を知ることで、もっと楽になるのではないだろうか？

「面談の実験、もっとやりたいです」

だとすれば、この面談はこの治療にふさわしい。

多種多様な人間と関われば、僕が恐怖を抱く原因を探ることができるかもしれない。

「……いいのか？」

「はい。月澪先輩がいてくれるなら」

もしまた何かに恐怖を感じても、月澪先輩がいてくれるなら、僕は頑張れる。

そう告げると、今まで見た中で一番優しい笑みを浮かべて先輩は頷いた。

「そういうことなら、あと五十人ほど。実は別室で待機してもらっている。ちょうど良かった」

表情とは裏腹に、口にした内容は容赦がなくて、僕は思わず笑ってしまった。


「つか、れた」

「お疲れ様、本当に五十人やってくれるとはな。おかげでいいデータが集まったよ。ありがとう」

「お役に立てたならよかったです……」

時計は九時ちょうど。普段なら、とうに夕飯を食べて家でくつろいでいる頃だ。こんな時間でも元気にパソコンにデータを入力し続ける先輩を見ると、超人めいた何かを感じてしまう。

「もう夜も遅い、こんな時間まですまなかったね」

「いえ、自分で言い出したことですから」

体も頭も疲れているが、妙な達成感がある。今日は気持ちよく寝られそうだ。

「とはいえ殺人事件も起こったみたいなので、そろそろ失礼します」

リュックを背負い、帰り支度を整えながらそう言ったところで、キーボードを叩く音がぴたりと止まった。

「……先輩？」

「北條君、今日は泊まっていきなさい」

「はい？」

「寝袋もある、夕飯は一緒に食べに行こう。風呂は我慢してくれ。なに、一日入らなかったからといって、死ぬわけじゃない。そうだ、そうすべきだ」

「ちょ、ちょっと待ってください」

突然、堰《せき》を切ったように話しはじめる月澪先輩を手で制し、問いかける。

「どうしたんですか、急に。大体、昨日今日と立て続けに殺人事件なんて起こるわけが……」

「いや、起こる。むしろその可能性が高い」

「そう、なんですか？」

「ああ、だから今日は泊まっていきなさい」

ほとんど確信しているとも思える先輩の言葉には若干の引っかかりを覚えたが、そこまで言いきるからには、何か理由があるのだろう。だけど……

「うーん、でも遅いとはいえ、まだ九時ですし。今日は箒ノ坂通りを通らないつもりですから、大丈夫です」

「昨日事件が起こったのは今より早い時間だ。十分危険だと思う」

「大丈夫ですよ。大体、フォビアがいたら僕は真っ先に分かる――」

「ちょっと待て。なぜフォビアが出てくる」

僕の弁明を遮《さえぎ》って、先輩が言った。そういえば、フォビアの話はしたけれど、遭遇した場所の話はしていなかったっけ。

「えっと、実は僕がフォビアを見たのって箒ノ坂通りなんですよ」

「……なんだと」

「あ、でも、フォビアが殺人事件と関わっているかどうかなんて、分かりませんよね。すみません」

あはは、と笑う僕に先輩は言葉を返さなかった。

「もしそうだとしたら……いやしかし、あのプロファイリングは……まだ情報が足りないが……」などと、独り言を呟いている。僕は既に知っている。これは研究者モード全開のときの先輩だ。

「じ、じゃあ僕、帰ります、ね？」

「ああ、おつかれ……いや待て違う、そうじゃない。今すぐその扉にかけた手を引っ込めなさい」

「ぐぬぬ……」

さりげなく抜け出そうとしたのに、気付かれてしまった。鋭い制止の声に僕は従ってしまう。

「フォビアだが……この事件に関わっている、かもしれない。まったくもって断定はできないが……」

「そうですか……」

悔しそうに歯噛みする月濡先輩、という多分珍しい光景を眺めつつ、僕は答えた。

「ああ。だから北條君、フォビアを見たらすぐ逃げろ、すぐにだ。動けなければ、私に即座に電話しろ。絶対に駆けつける。私の番号は、昨日教えたたな」

「はい、登録してあります」

「通話ボタンを押したらかけられるようにしておけ、ワンコールで出る。いやワンコール以内で出る」

「それは無理じゃ……」

「私に不可能はない」

そうでした。でも機械の性能の方に限界があるんじゃないかなあ……

「分かったか？」

「はい。ありがとうございます」

「ならよし。気をつけて帰ってくれ」

スマートフォンの画面を月澪先輩の連絡先にし、そのまま電源を切る。ホームボタンを押せばすぐにでもかけられる状態だ。

月澪先輩が心配してくれたのはありがたかったが、まあ大丈夫だろうという気持ちが僕の中にはあった。殺人事件に巻き込まれる確率なんて本当に低いと思う。

それに何より――一晩風呂に入らない状態で月澪先輩と一緒にいるのは、嫌だった。

幕間3　月澪彩葉

やはり椅子に縛りつけてでも残しておくべきだっただろうかと、悶々と悩んで早一時間。時刻は零時を少し過ぎていた。

無事に家に着いたらメッセージアプリを使ってでも連絡するよう言っておくべきだった。彼が私のＩＤを知らないということに気付いたときは、自分を殴り飛ばそうかと思った。

ならば電話でもいいのにと思ったが、出たらすぐ駆けつけるなんて私が言ったから、かけづらいのかもしれない。

「――っ！」

声にならず形にもならない、もやもやとした思いを体の中から出してしまいたくて、ソファークッションに顔を押しつけて叫んだ。

「まったく、北條君は悪いやつだ」

こんなに心配をかけさせて。こんなに私の心をかき乱して。

おかげでまったく仕事が進まないじゃないか。

何か理由があったのか、北條君はあまりここには泊まりたくなさそうだった。

だからつい、帰してしまった。

だって、あんまりにも無理を言ったら嫌われて――

「阿呆か私は！　そこは嫌われてでも強行すべきだろう！」

傍から見たらすさまじく痛い人間だろうなあと思いながらも、独り言は止まらない。

今日は准教授がいないので、遠慮する相手もいない。ソファーの上にごろんと横になり、足をぱたぱたと上下させつつ、ふと自分の言ったセリフに違和感を覚えた。

「……嫌われて、でも？」

ほう。私は彼に、嫌われたくないのか。出会ってまだ数日の、ちょっと頼りない、あの後輩に？

「私にしては、珍しいな」

自分の意見なんてろくになさそうで、それでいて自身がトラウマを抱えていることには無自覚で、最初はただ逃げようとしていた。でも少しずつ自分自身と向き合うことを覚えて、今日、得体のしれない恐怖と戦う覚悟を決めた、あの北條君に？

「後半はほとんど褒めているな、これは」

どうやら自分は思った以上に彼を高く評価しているらしい。

いや、高くなった、というべきか。今日の彼のひたむきな姿を見て、私の中で認識が変わったのは間違いない。誰かに嫌われたくない、という感情を抱くのは久しぶりかもしれない。

クッションをぺしぺしと叩きながら思考を整理していると、少し落ち着いてきた。

これならば仕事に戻れそうだ。首を鳴らし、自分のデスクへ足を向けたそのとき、軽快な着信音とともに、ポケットに入れていたスマートフォンが震えた。

「っと、っとっと⁉」

慌てすぎて、ポケットから取り出すのにも、通話ボタンを押すのにも、とても時間がかかってしまった。

着信画面を見るのも忘れて、電話を耳元に持っていく。何がワンコールで出る、だ。痴れ者め。

「北條君っ――――⁉」

「あ、長瀬で」

「二度とかけてくるな」

最近で腹が立った出来事、堂々の第一位だ。おめでとう長瀬。

叶うことなら、絶対に遅刻できない重要な会議の日にすさまじい下痢《げり》に襲われろ。

いらいらしつつデスクに戻り、腰掛ける。ワークチェアーが不満げにぎしりと鳴いた。

数秒後、再び鳴り響いたスマートフォンを、さっきとは違ってゆっくり取り上げて、たっぷり着信画面を眺めた後、通話ボタンを押した。

「消えろ」

「今、機嫌悪いです?」

「過去最高だ。電話に出てやっただけでも感謝しろ。ひれ伏せ、拝め」

「おおお……突き抜けすぎてて逆に清々《すがすが》しいレベルだ……」

お前のせいだ、とは言わず、頭をがしがしとかいて状況を整理する。そもそもこいつは、なんで私の番号を知っている?

「あ、ちなみに携帯番号ですけど、今日は木之瀬准教授が出張とのことで、月澪さんの番号を教えてくれましたー」

あの人、私が学生だってことを忘れかけてないか……?

帰ってきたら、個人情報保護についてこっぴどく説教すると心に決め、長瀬に話の続きを促す。

「で、なんだ」

「あ、そうそう。月澪さんの言った通り、また事件が起こったんですよ！　ほんっと、外さないですねえ」

「――っ！　被害者は男か⁉　学生か⁉」

　脳内がバチッと切り替わる音がした。呆けている場合ではない、もし男性で、かつ学生であれば、あるいは――

「お、おおぉお？　スゴイ食いつき――」

「早く言え！」

「じょ、女性です、多分。あと、学生でもないですね。フリーターです」

「そう、か……」

　無意識に乗り出していた身を、ぼすっとワークチェアーに戻す。

　ほっとした、というのは被害者の女性に申し訳ないが、どうしてもそういう感情は抱いてしまう。良かった、おそらく北條君は無事だ。

「どうしたんですか？」

「なんでもない。それで、場所は箒ノ坂通りのどの辺だ」

「ああ、いえ。今回は箒ノ坂通りではなくて、明日月町《あすつきちょう》です」

「明日月、町……？」

　明日月町はここから二駅も離れた町だ。箒ノ坂通りからは当然、かなりの距離がある。

「箒ノ坂通り周辺ではなかったですねー。でもまあ同じ市内ですし、月澪さんの予想通りだと思いますよ？」

「……違う」

第一の事件のように、殺した相手の体の一部を切り落として持って帰るようなサイコパスが、わざわざ電車で二駅先の町まで足を延ばした？

まさか、「狩場」の概念が違うのか？　例えば日常的に広い範囲を移動する習慣があるのであれば……そう困惑している私に、長瀬が追い打ちをかけるように言葉をつないだ。

「ああ、あとちょっと予測と違うって言えば、今回の死体。これはなかなかなものですよ」

「どういうことだ。体の一部が切り取られてるんじゃないのか」

背中をつーっと冷や汗が流れた。なぜか、嫌な予感がした。

「あぁ、いえいえ。それも違ってて」

「顔面、ぐっちゃぐちゃにつぶされてるんですよー」

「なにっ⁉」

殺し方が違うだと？　馬鹿な、あり得ない。

体のパーツを持って帰るようなサイコパスは、絶対に自分の流儀は変えないはずだ。

そもそも、顔面をぐちゃぐちゃにして殺すような……非常に攻撃的なサイコパスは、第一の事件のような殺し方をしない。

「お前、それ……本当に同一犯なのか？」

犯行場所が違うのみならず、殺し方も違う。

ならば、それが連続殺人であると、二つの殺人事件がつながっていると、なぜそう考えるのか。

「んー、それは僕も思ったんですけど。やっぱり場所がねー」

「場所は明日月町なのだろう」

「あ、そうじゃなくて、まーた路地裏なんです。人気がない」

「……なるほどな」

そういうことか。

「で、なんなら、ほぼほぼ無抵抗。顔面をつぶされてるのに、相手の衣服を掴んだり、相手の体を引っかいたり、そういう形跡がまるでない」

相手に警戒心を抱かせずに、さらりと残酷に殺す。その手口が酷似しているということか。

浅く、速くなる呼吸を意識的に押しとどめ、考える。

共通した手口が一つ。殺し方が二つ。場所は……保留だ。

一つ思い当たるのはグループによる犯行、すなわち、複数人の犯人がいる場合だ。

これならば、一応説明はつく。

誘い出すことに長けた者。人体の一部を収集する者。顔面をつぶす者。

少なくとも二人以上の、異なる嗜好《しこう》を持つ人物の犯行だ。

だが、それはほぼあり得ない。

なぜなら――サイコパスは徒党を組まない。

彼らは各々が強烈なアイデンティティを有している。ゆえに、他人と組む可能性は限りなくゼロに等しい。仮に組んだとしても、すぐに崩壊するだろう。

……例えば、何かしらの利害関係が一致していれば、一時的に徒党を組むことは可能かもしれない。しかし、この二つの事件を通じて、複数のサイコパスに利益が出る状況が思いつかない。

過去の事例に、集団で村人全員を殺害した、ある種サイコパス的な事件が発生した例もあるが……あれは戦時下という特殊な状況だ。今回の事件には当てはまらない。

そもそも、事件が起きたのは人気のない路地裏だ。複数の人間が関与しているにもかかわらず、誰にも見られずに被害者をそこに誘導するというのは、果たして現実的だろうか。

仮説は棄却できないが、やはり可能性は低い。状況的には単独犯がしっくりくる。

「やっぱりサイコパスではなく、顔見知りって線が濃厚ですかねえ？　一人目なんかは持ち物までばれてるみたいですし」

「――待て。今なんて言った」

「はい？　顔見知りって線が」

「その後だ！」

「はあ、一人目なんかは持ち物までばれてたって言いました」

「詳しく説明しろ」

手が、震えている。気を抜けば声まで震えてしまいそうだ。

「あー、だって一件目の犯行に使われた凶器、多分被害者の持ち物ですし」

「なんでそれを早く言わない⁉」

「うぉおおおお⁉　ご、ごめんなさいぃぃいいいいい！」

自分でも驚くほど大きな声が出た。

そもそも、一件目の時点で私は解釈を誤っていたのか？　犯人は道具に執着なんて持っていない。ただそこにちょうどいい凶器があったから使っただけ。計画性も、執着も愛着もない。

「ただ殺したかったから殺しただけ」、というレベルの犯行。

確かに、そういう犯罪者は過去にもいた。無計画になんとなく、特に理由なく人を殺すサイコパス。

だが、そういうサイコパスにはこだわりがない。死体から体の一部を奪ったりしない。執《しつ》拗《よう》に顔面をつぶしたりしない。

つまり、このサイコパスには一貫性がない。

まるで何人もの人格が、併存しているように感じる。

まったくもって、どうしようもなく。

「は……はは」

理解できない、い、い、い。

「あ、あのー、月澪さん？」

「見つけ、た……？」

本当にいたのか？　私がどう思考を巡らせても理解できない、至高のサイコパスが。

「あのー、助言、とかいただけたりとかは……」

「長瀬」

「は、はいっ！」

「今回の事件、私は全面的に協力する。考えたことは全て話そう。だからお前も全て報告しろ。一つでも隠したら地獄を見ると思え」

「ひえぇ……」

「そして、今から言うことを死ぬ気で調べろ。一つ、被害者と犯人が顔見知りの可能性。二つ、複数犯の可能性、三つ、犯人がサイコパスのなりすましである可能性」

サイコパスを模倣《もほう》しただけの一般人であれば、一貫性のない状況にも一応説明はつく。だが、それならば必ずボロが出る。通常の人間には、狂気を模倣することは難しい。

「そしてもう一つ」

「なんでしょう」

泣きそうな声の長瀬に、今まで一度たりとも言えなかったセリフを伝える。

「私の助言は、絶対に当てにするな」

「え？」

「以上だ。悪いが事件の詳細は、明日教えてくれ。今日は無理だ」

「え、ちょっとどうい――」

問答無用で通話を切り、電源ボタンまで落とす。


私は、どうしようもなく興奮していた。鳥肌が立ち、体の震えが止まらない。期待してはいけないと、何度も自分に言い聞かせる。それでも今度こそ、という期待が鎌首をもたげる。意味もなく同じ場所を歩き回り、意味もなく座り、意味もなく立つ。

頭は覚醒している感覚があるのに、思考がまとまらない。そんな使い物にならない頭にふと浮かんだ言葉があった。


――フォビア。


「お前なのか……？」

北條君が恐怖した、得体のしれない「本質」を持つモノ。奇《く》しくも第一の殺人現場の近くにいたという容疑者。もし、そいつが犯人なのだとすれば。

「あ、ははは」

私の研究は、私の夢をかなえる。

「あははははは！　ははは、あはははは！」

気付けば既に丑三《うしみ》つ時《どき》。静寂に満ちた研究室に、私の笑い声が響いた。

8

無事に家まで到着したことを報告するか、否か。

月澪先輩のメッセージアプリのＩＤは知らないし、電話したらその瞬間にでも窓から飛び降りて駆け出してしまうんじゃないか。

そんなことを悶々と考えているうちに時が過ぎ……こんな時間にかけたらそもそも迷惑なのでは、いやでももし待ってたら、と考えているうちに空はゆっくりと白みはじめていた。

こうして寝不足となった僕は、若干ふらつきながら木之瀬研を訪れた。

「こんにちはー」

「来たね、北條君。元気そうで、本当になにより……ってあんまり元気そうじゃないな」

「ちょっと寝不足で」

「ほう」

先輩の炎に桃色が浮かび上がる。今日はご機嫌、なのかな？

いつもより共感覚が冴えているからなのか、すぐに感情の色が視える。

寝不足でぼーっとしているせいかと考えながら荷物を置き、先輩の指示を待つ。

「今日も昨日に続き、面談をしてもらう。ちょっとマイナーチェンジしている部分もあるが、大筋では変わらない。何か質問は？」

「大丈夫です」

「よろしい、じゃあ奥の部屋へ。既に一人目には待機してもらっているから」

「了解です……え？」

ここ最近、色々なことがあったので、すっかり記憶から抜け落ちていた。

二日前の『明後日木之瀬研でバイトするんだ！』という明乃さんの言葉が脳裏に蘇る。

「やっほー北條くん！　やっぱり会えたねー！」

「明乃、さん」

なんでここに？　と言いかけたが、すんでのところで呑み込む。

「まさか面談の相手が北條くんだなんて、びっくりだよー！　すごい重要なバイトだったんだね！」

漫画だったら、ふんすっという擬音《ぎおん》が入りそうな感じで、胸の前で両こぶしを握っていた。

「どうかな、同じ質問をずーっと繰り返してるだけだし」

「またまたー。本当は他にも仕事があるんでしょー？」

微妙に鋭いな……根拠があるわけではないんだろうけれど、ピンポイントに真実をつかれると少し驚いてしまう。

「そんなことないよ」

「あっやしーなー。ふふっ、でもきっと秘密なんだよね！」

目を半開きにしてこちらを見る仕草は、相も変わらずあざとくて可愛らしかった。

甘んじて目の保養をさせていただいた僕は、明乃さんの前に座り、与えられた仕事を始める。

「じゃあ、始めるね。今からイエス・ノーで答えられる質問をします。正直に答えてください」

「はーい！」

焦点を逸らし、共感覚を通して彼女を視る。

いつもの通り、どこまでも静かな湖と、どこまでも儚《はかな》く煌《きら》めく星空がそこにはあった。青白く輝く月の輝きは、僕に優しく語りかけているようだ。

「一つ目、あなたは人が好きですか？」

「はい！」

そして、鏡面のような湖からふわりと靄が立ち上る。青色のそれは、明乃さんの「本質」の風景と相まって、荘厳な森にかかる朝霧みたいだ。

「二つ目。人と付き合ったことはありますか？」

「ふ、え？」

「ありますか？」

「えええ……」

「最初に言ったように、正直に答えてください」

「わ、分かってるよぉ…………いいえ」

靄の色が、緑色に変わる。なんとも幻想的な風景だ。

それにしても意外だ。高校の頃にたくさん告白されて、その中からなんとなく付き合った一人と意外とウマが合って、今もまだ続いている……みたいなのを想像してたんだけど。

「ううぅ、結構恥ずかしい質問もあるんだね」

「常軌を逸した質問はあんまりないから大丈夫」

「あ、あんまり⁉　今あんまりって言った⁉」

「次ー」

「ちょっと！　ちょっと待ってよー！」

まあ嘘だけどさ。反応が面白いから、思わずからかってしまう。こういうところも彼女の大きな魅力の一つだと思う。

こうして、いじりつつ笑いつつ楽しくお話をしていたら、他の人の数倍の時間をかけてしまった。

「随分とお楽しみでしたねぇ、北、條、君？」

鋭い痛みが脳天に走る。クリップボードの角は結構シャレにならない鈍器だと思いますよ、先輩。

「ったぁ～……な、なんの話ですか？」

十数人との面談を終え、いつもの通り木之瀬准教授が淹れてくれていたコーヒーを飲みながら休憩していた僕は、痛みで出た涙を拭きとりつつ振り向いた。

「明乃麗奈」

「あー……。すみません、進行遅らせちゃって……」

「好きなのか？」

「はい？」

突拍子もないセリフと、月澪先輩というキャラが頭の中でうまく合致せず、思わず聞き返す。

「――っ。だから、明乃麗奈のことが好きなのか？　と聞いている」

「好きじゃありません！　ただ額縁に入れて飾って永遠に眺めていたいって思っただけです！」

「……そこまで高度な変態だったとは」

「ちっ違います！　待ってください弁明させてください!!　お願いします！」

浩太に聞かれたこととまるっきり同じだったので、つい反射的に同じ返答をしてしまった。しかし、高度な変態、か。このセリフ、確か明乃さんにも聞かれていたよね……やばくない？

「彼女の『本質』の光景、まとめてお伝えしてありますよね。その光景がそれはもう大変に綺麗なので、可能であれば部屋に飾りたいなあと思ったという、ただそれだけなんです」

「ほ、ほーう。『本質』の光景が、ねえ」

「はい、綺麗で」

「部屋に飾りたいと」

「まったくもってその通りです」

「ふーん……」

「えーと、それが何か……？」

「なんでもない、痴れ者め」

再度頭に当たったクリップボードは、一回目とは比較にならないくらい優しかった。なんだかよく分からないけど、先輩は機嫌が悪くなったり良くなったりしている気がする。

共感覚で視たら何か分かるだろうかと、先輩の後ろに焦点をずらそうとすると……

「こら」

「あ」

右手で目を塞がれてしまった。微かに甘い香りがする。

「視ーるーな」

「す、すみません。つい」

「まったく……便利な体質ではあるが、気が抜けんな。視えてしまうものは仕方がないが」

右手が外れ、視界がクリアになった。今度はちゃんと、苦笑いをしている月澪先輩を見ながら問う。

「でも、何色がどんな感情なのか、あんまり掴めてはいないんです」

「なるほど、まあ感情というのは非常に複雑だからな。それゆえに複雑な色で示されるというのは理にかなっている。RGB値、CMYK値、マンセル値、などなど。昔から色を表現するために様々な値が用いられてきたが、そのどれをもってしても、一つの値で色を表現するには至っていない。これは〝色〟がそもそも色種と濃淡という二つの要素から成り立つことに起因するのだろうが……このあたりはいいだろう。色だけで一つの学問が確立してしまうくらい複雑だからね。私が言いたいのは、先述した値一つとっても、数字を少しいじっただけで異なる色を示す、ということだ。感情と色は、まったく別の次元に存在する事象ではあるが、どこか似たような性質を持っていると言えるだろうな。あ、ついてきているか？」

「あ、はい大丈夫です。要するに色も感情も複雑で似ているってことですよね」

「その通り。まったくもって素晴らしい」

いつもの通り途中から思考を放棄していた僕は、なんとなく要点だけを抽出して答える。油断も隙もないとはまさにこのことだ。どこにおしゃべりスイッチがあるか分かったものではない。

「だから、この色がこの感情、という等式を確立するのは、もう少し時間がかかるかもしれないな」

「……先輩は既にある程度掴んでたり？」

「それは、言えないいな」

うわあ、絶対知ってるよこの人。共感覚で確認しなくたって、それくらいは分かる。

「さて、北條君。今日は君に良い知らせと悪い知らせが一つずつあるんだが、どっちから聞きたい？」

おお、ドラマとかでよく聞くセリフだ！

「僕は悪い知らせから聞く派です！」

「ああ、残念だが話の流れ上、良い知らせから聞かないと分からないようになってるんだ」

なら、なぜ聞いた。

「ふふ、一度言ってみたかったんだ、このセリフ」

「僕も一度は言われてみたかったんですけど、なんかこう、肩透かしです」

「それは申し訳ない。で、だ。良い知らせだが……この二日間の実験の成果が着々と出はじめている。サンプル数は百オーバー。インプットデータのパラメータがべらぼうに多いので、詳細はまだ分からないが……傾向は分かるようになった」

インプットデータというのはおそらく、僕が示した「本質」の光景を数値化したものだろう。

「と、いうことは？」

「おめでとう、北條君。君は立派なサイコパスレーダーだ」

「良い知らせが全然嬉しくないって、かなり致命的では？」

要するに、僕の共感覚はしっかりサイコパスと一般人を識別していた、ということだろう。

「何を言う。学会賞を狙えるくらいの発見だぞ？」

「僕はその学会の会員ですらないんですが、それは」

「で、悪い知らせだが」

「容赦ないですね、相変わらず」

良い知らせがこれ、となると……悪い知らせはとんでもないのではないだろうか。

忌々《いまいま》しいことに、こういうときだけ僕の勘はよく当たるのだ。


「残念だが北條君。君の想い人、明乃麗奈はサイコパスだ」


なんだって？　明乃さんがサイコパス？

あの可愛くて溌剌《はつらつ》とした、漫画で登場したら絶対背景に花柄のトーンを貼られるであろう、あの明乃さんが？

あんなに――美しい「本質」の風景を持つ、彼女が？

「なんの、冗談ですか」

「いや、冗談ではない。君の共感覚は実に精度が高かった。こちらで把握していたサイコパスと一般人、それらを全て同じように識別した。ただ一例を除いて」

「そんなの……それが間違いってこともあるんじゃゃ――」

「確かに生物学であれば、一つの飛び出たデータはアウトライアー……つまり外れ値として除外するが……医学ではそうではない。外れた値は、一つでも熟考に値する。そして今回の実験は、医学寄りの統計処理を施す。つまり、明乃麗奈はサイコパスだ」

先入観がなかったとは言わない。彼女は知人だ。他に面談した相手よりも、よく知っている。

にもかかわらず、僕の共感覚が彼女をサイコパスであると判断した。

僕の共感覚が「本質」を見抜くことは、もうここ数日で嫌というほど実感している。

だから、疑念はない。疑念はないけれど……

「理解はしたが納得はしていない、という顔だね」

「ええ、まあ……」

「そういう反応をするだろうと、なんとなく予想はしていた」

「……すみません」

「謝らなくていい。まず整理しよう。事前に行われたサイコパシー・チェックリストによれば、彼女はごくごく普通の一般人と診断された。だが、君の共感覚では、サイコパスと判断された。これは非常に興味深い」

それはつまり、今までの方法では特定できなかったサイコパスが存在していた証明にもなる。嬉しい誤算……いや、先輩はこれを待っていたのかもしれない。

「だが君は認めたくない」

「ほんとかよ、とは思います」

「結果を疑う目を持つのはいいことだ。そう、検証は必要だ。彼女が本当にサイコパスなのか。どのようなサイコパスなのか。ここまではおっけー？」

「はい、おっけー、です」

「というわけで北條君、彼女とデートしなさい。おっけー？」

「はい、全然おっけーじゃないです。流れで承諾させようとしないでください」

幕間4　月澪彩葉

「ああ、そうそう。やはり去年あのジャーナルに出た論文の結果、引用しないわけにはいかないと思うから、参照しておいてくれ。うん、よろしく頼むよ、明日葉君。それじゃあ、また」

がちゃりと電話を置き、壁にかかった時計を見る。

もうすぐ長瀬から電話がかかってくる頃だろう。

明日葉君と電話でミーティングをしながら開いていたデータファイルを閉じ、大きく伸びをすると、背骨と肩のあたりがぱきぱきと音を立てた。

明日葉君との共同研究と、長瀬からの連続殺人事件の報告。

二つの仕事の合間に、私は自分の研究のことを思い返す。

北條君には詳しく話していないが、彼と面談をしてもらう前のテストはかなり念入りに行っている。

サイコパスのチェックは素人には難しい。精神科医に協力してもらい、反社会性パーソナリティ障害の診断や、心理学的なチェックリストも用いている。もちろん、被験者にはこれらのテストがサイコパスの診断であるとは知らされていない。一般的なサイコパスは、ほぼ確実に検出できていると考えていいだろう。

一方で、共感覚を用いた実験は当たり前だが、前例がない。

だからこそ大量のサンプルデータを集め、北條君の共感覚がサイコパスを識別できるかどうかを確認した。実験やデータに不備はないはずだ。データ収集に際してもバイアスはかかっていないはずだし、データは質も量も十二分にある。

実験に用いたイエス・ノー・クエスチョンは、サイコパシー・チェックリストの簡易版だ。

そして一部のサイコパスには、「こちらで用意した回答」を答えてもらった。サイコパスが一般人を装う状況を、疑似的に再現したわけだ。当然その逆で、一部の一般人にサイコパスのフリをしてもらう実験も行《おこな》った。通常のテストならば、サイコパスと一般人を誤認識する。

だが、彼の共感覚はほぼ百パーセント、サイコパスと一般人を識別した。

現存するどんなチェックリストを使うよりも、彼が一瞬でも視た方が、確実にサイコパスを特定できる――驚異的な結果だ。

そして、そんな彼の共感覚と、既存のチェックリストの結果が唯一乖離したのが——明乃麗奈だ。共感覚とチェックリスト。どちらの結果を信頼するかは明瞭だろう。

「今までのやり方では確認できなかったサイコパス、か」

果たしてどういう種類のサイコパスなのか、現時点では予想がつかない。

研究テーマとしても、共感覚の全貌を把握するためにも、非常に興味深いサンプルだ。

そして同時に、私が追い求める『理解できないサイコパス』の可能性もある。

今回の実験でそういったサイコパスが見つかることを期待はしていたが……まさかこんなに早く候補者が現れるとは思わなかった。

そんな彼女のことを詳しく知るために、北條君を送り出すことにしたわけだが……正直、少し心配している。

彼女は大学での素行に問題はない。私も一度対話したが、実に普通のいい子だった。

サイコパス特有の、驚異的に外面がよかったり魅力がある人間、という感じではない。

普通だったのだ。

しかし、だからといって凶悪な一面を持ち合わせていないとは限らない。北條君には護身用のあれこれを渡したが、当日は安全面を考慮して、私が後をつけるのもやぶさかではない。

確か、テーマパークに行くと言っていたな。

そこまで考えたとき、スマートフォンが鳴った。さて、こちらもなかなかの難物だ。頭を切り替えるとしよう。

デスクに常備してあるチョコレートを口に含み、糖分を脳へ補給して、私は通話ボタンを押した。

「あ、長瀬ですー」

「着信画面を見れば分かる。早く話してくれ」

「はいはい、了解でーす。あ、今日は新しい事件は発生していないみたいですよ」

「そうか」

時刻は既に夜の十一時を過ぎていた。確定ではないが、今日は事件が起こらないかもしれない。一昨日、昨日と連続で事件が起こったため、今日もあるいは、とは思ったが。

「なら、この時間を有効活用しよう。昨日の事件について、詳しく聞かせてくれ。本来ならば現場検証もしたいところだが……それは止められているからな」

私がこんな風に警察の手伝いをすることになった際、木之瀬准教授は一つの条件を出した。

それは、決して現場には近付かないこと。

私はあくまで、大学に籍を置く学生であり、准教授は指導教官に当たる。

彼は、私が危険な事件に巻き込まれないよう、事件の概要は電話やメールで伝えるだけにしておくようにと、長瀬にも珍しく強い口調で言っていた。中学生や高校生でないのだから、准教授には私を守る義務はないのだが……そういうわけにもいかないのだろう。

理解もできるし、感謝もしている。だから今まではきちんと従ってきたが、今回に限っては、准教授との約束が少しもどかしい。

「そうですねー。まあちゃんと必要な情報は伝えますので、ご安心を！」

「ああ、頼む」

「まず事件現場は明日月町。一件目の事件が起こった箒ノ坂通りのある箒ノ坂駅からは二駅離れています。所要時間は、電車で七、八分ってところですかねー。歩くと一時間近くかかるだろうなあ」

箒ノ坂駅の近くに住んでいる人物だったとすれば、現場までは電車、あるいは車を使った可能性が高い。この近辺に住んでいないとなれば……少し情報が足りない。

こうやって犯行場所をばらけさせて、捜査を撹乱する手は、いわゆる知能犯が使う。サイコパスがやらないとは決して言わないが、その場合、何かしらのテーマ性があるはずだ。

今のところ、犯行場所から絞り込める要素は少ない。保留だ。

「犯行時刻ですが、夜中の八時から十一時の間くらいだそうです。日をまたいでない確証は、そもそも発見されたのが深夜を回る前だったのでってことです」

「時間帯は、今のところ偏《かたよ》っているな」

「そうですねえ。まあ人を殺すのに真昼間ってわけにもいきませんしね」

サイコパスならばその限りでもないが、ひとまずそれは置いておこう。

犯行時刻が偏っている。これは一つの情報だ。サイコパスは性質上、見かけだけはしっかりした社会生活を送っていることが多い。一昨日、昨日は水曜、木曜で平日。つまり日中には仕事がある。

仕事が終わってから家に戻り、着替えてから現場に出たのであれば、犯行時間の説明はつく。

「明日は土曜、か」

「それが何か？」

一般的な会社員なら、土日は休日だ。自由に動ける時間が広がる。犯行時刻が動くかもしれない。特殊な仕事に就いていたり、休日出勤があったり、学生だったなら、特に変動しないかもしれない。

「仮に明日明後日に事件が起これば、重要な鍵になるかもしれないな」

「そうなんですか⁉」

「……一つ一つ話していたらキリがないな。後でまとめてレポートを送る。それを見ろ」

「まじっすか！　ありがとうございまーす！　じゃあうちの報告書のフォーマットを送るので、そこに――」

「それは自分でやれ」

「ちぇー。じゃあ次、いきますねー。えーと被害者は二十八歳女性。顔面つぶれていたんで判断しづらかったんですが、免許証とか歯形で牧野宮祥子《まきのみやしょうこ》、本人と判明。身長一六三センチ、職業はフリーター。近くの居酒屋で働いてました。当日は夜八時まで働いていて、そのまま帰ったそうです。聞いたところでは恋人なし、両親は離れたところで暮らしてますね。関係なさそうです」

「さすがに一日経つと情報が多いな」

「一応、それが仕事ですしねー」

それにしても、二十八歳、女性か。事件現場は人気のない小路だという話だ。夜中の八時以降に女性が一人でそんなところまで犯人に付いていくのは、やはり少し不可解だ。

「事件現場の話をしますね。これが一番変な点で、一件目と同じく人目につきにくい横道でした。この辺、居酒屋とか飲食店が結構多いんですけど、そこの裏口につながってる、あんまり綺麗じゃない系の通路ですね」

人目につかないとはいえ、裏口に通じているのであれば、人が出てくる可能性はあったはずだ。そのリスクを冒してでも、あえてそこを選んだ理由はあるのだろうか。

ここは唯一、一件目の事件と通じるところだ。慎重に考えたい。

「で、殺害方法ですが、これが結構凶悪です。咽頭部位《いんとう》を刺された後、顔面をぐちゃぐちゃに耕されてます。多分しばらく息ありましたよ、これ。こわいなあ」

顔のパーツの中に、一瞬で人の命を奪うことができる部位はない。

今回の事件を聞いたときからずっと引っかかっていたのは、顔を傷つけられている間、なぜ悲鳴をあげなかったのか、ということだ。

だが、咽頭部位が刺されているのであれば、話は別だ。そこを刺されると声は出せず、息もできない。しかし即死ではないから、顔面に殴打《おうだ》、もしくはそれ以外の方法で傷を負わされている間、意識はあったかもしれない。痛ましい話だ。

「しかも恐ろしいことに、ゆっくり、ゆっくりと外傷を与えたみたいなんです」

「……返り血を気にしているのか」

「可能性はありますねー」

潔癖症か、それとも他の要素があるのか。

だが気にかかるのは『返り血とかは浴びていないだろうなあ』という、一件目のときの長瀬の言葉だ。突発的、感情的な殺人なら、そこまで思考は回らない。二件とも、それなりに理性を保った人物がやっていると見ていいだろう。

「凶器は」

「咽頭を刺した凶器に関しては、現場に残ってないから不明ですねー。ただ、顔面を耕したのは多分レンガですね」

「レンガ……」

「はい、現場の近くにいくつか転がってました」

現場に落ちていた、ね。

その場にたまたまあったから使っただけなのか？　それなら計画性はないと言えるが……

「期待しないで聞くが、石とかレンガとかから指紋は採取できなかったのか」

「あー、それね。一件目の事件とも関わるんですけど、今言っていいです？」

「ああ、構わない」

「結果から言えば、指紋は検出されていません。レンガにはまったく付いてませんでした」

「……妙な言い方をするな」

レンガには、ということは、他のモノには付いていたということか？

「ここで一件目の事件が絡みます。一件目のコンクリートブロック、こっちは痕跡らしきものがあったんですよ」

「ほう」

「でも砕けちゃっていてほとんどなくなってました。個人の特定は不可能です」

砕けていた。それとも……砕いたのか？

「で、ハサミの方。こっちはね、指紋がまったく付いてないんです。ちなみに鞄のチャックの指紋は拭き取られた跡がありました」

「……頭が痛くなってきた」

なんだこの犯人は……まったく人物像が掴めない。

やけに冷静かと思えば、危うく指紋を残しそうにもなっている。

それでいて、ハサミには指紋を残していない。

鞄の指紋に関しては拭き取ってすらいる。

本当に、どの点から見ても一貫性がない。

「その割には月澪さん、なんだか楽しそうですね」

「冗談はよせ」

「あれー？　違ったか、すみません」

ここまで理解できない相手《サイコパス》は初めてだ。

不謹慎だが、声が弾んで聞こえるのも無理はないか……

「話を戻すぞ。そもそもだ。そのハサミは被害者のものだった、そうだな？」

「あー、それについては本当にすみません……」

「謝罪なんていらない。一文の価値もないからな。被害者はあれか、医者の卵か？」

「いえ、生物学専攻ですね。タンパク系の研究をしてたみたいで」

「それがなぜ、ハサミなんか持ってる。しかも、かなり鋭いやつだろう？」

そしておそらく、メスも持っていたはずだ。

心臓を刺したハサミは、解剖用に使う先端が非常にとがったものだと予想していた。

「あー、なんか抗体？　酵素？　を取り出すためにマウスとかの解剖をするらしくて、それで持ってたみたいですね」

「なるほど」

理解はできたが……もしこの被害者が解剖器具を持っていなかったら、犯人は一体どうするつもりだったんだ？

「ちなみに、他の持ち物は取られていないのか？　財布とか、携帯とか」

「特になかったみたいですね。一件目も二件目も、金銭関係のものはおそらく取られてません」

金目のものは、ね。

「一件目だが、解剖器具関係の何かが減っていなかったか？」

「え？　あー、いやー、それはちょっと調べてなかったです。確認します」

「ああ、頼む」

おそらく二つほど消えているものがあるはずだ。

しかしそうなると、気になる点が一つあるが……情報が足りないな。

「被害者の顔見知りって線、調べているか」

「もちろんです。ていうか、まずはそっちを頑張ろうかなあって思って」

「サイコパスの方に関しては、無能極まりないからな」

「その通りです」

「……タフだな」

「体力には自信ありますよ！」

そういうことじゃないよ馬鹿、と思ったが口にはしない。この手の輩は持ち上げたら終わりだ。

自分の良いところは永遠に知らないで、そのまま墓場にダイブすればいい。

「で、顔見知りの線ですが、今のところ特定の人物は挙がってませんねえ。人間関係はそれなりに良好だったみたいですし、近しい人間は大体アリバイありです」

「複数犯の線はどうだ」

「そっちもなあ……事件現場は人気がないですけど、そこへ入る場所は普通に目抜き通りなんですよねー。試しに他の警官に頼んで、被害者を連れ込むふりをしてもらったんですけど、やっぱりあんまり大勢で行くと目立つっていうか、誰かの目には入ると思います。三人以上の線はとりあえず考えなくてもよさそうかなあとか」

「……一人が誘い込んで、もう一人が裏路地で待機している場合はどうだ」

「あー、それなら確かに行けるかもしれないです。もうちょっと洗ってみますね」

「頼む」

だが、やはりサイコパスの特性を考えると、そういう利害関係が成立しているとは考えにくい。複数犯に関しては、常に意識下に置いておきたいところだが……新たな情報が出るまでは、とりあえず単独犯と仮定してプロファイリングを進めていいだろう。

「あと、サイコパスのなりすまし？　ですけど。こっちはまだなんとも……」

「ああ、そっちはまだ無理だろう」

ぼろが出るとすれば次か……その次か。いずれにせよ、今の段階では判断できない。

だが、おそらくそちらの線もないだろうと思っていた。

サイコパスでない人間が起こしたにしては、あまりにも「雑な点」が多い。サイコパスの犯行であると見せかけて捜査を混乱させようとするのであれば、もっと隙のない組み立てをしてくるはずだ。

「ちなみに第一、第二の被害者の共通点は」

「そっちもなしです。っていうか、大学院の博士後期課程のがちがちの理系と、居酒屋で働くフリーターの女性、しかも住んでいる場所は二駅向こうって、交わる点なさそうじゃないですか」

「いや、ないとはいえないが……まあこういう事件に巻き込まれるような共通点はなさそうかな」

「多分、人生で一回も出会ってないですねー、すれ違ったかも怪しい」

「分かった。そういう情報はありがたい。感謝する」

「……すみません、録音するのでもう一回お願いします」

「無駄口が叩けなくなるまで馬車馬のごとく働け」

「おお、これはこれで需要ありそう」

「今八割がた書けたこのレポート、クリック一つで白紙に戻せるんだが」

「あぁあああああごめんなさいごめんなさい許してくださいそれだけはぁあああああ」

「ったく……」

さて——とは言ったものの、大きな進捗はない。

現状、犯人像を推測することは非常に困難だ。

第二の事件から組み立てた犯人像は、確実に第一の事件で推測した犯人像と乖離する。

そして二つの事件を通して考えると、雑然としすぎていてまとめようがない。異なる二種類の、けれど絵柄は同じ青色一色のジグソーパズルを、せーので床にばらまかれて、さあ作れと言われるのと一緒だ。要するに鬼畜の難易度だ。

ただ、唯一分かったことと言えば――

「お前は結構、行き当たりばったりだな」

レポートを映しだした液晶を人差し指で叩き、呟く。

第二の事件で指紋が、凶器が発見されなかった理由。

これは、第一の事件で手に入れた道具を使ったからだ。

すなわち、「メス」と「ニトリル手袋」。

第一の事件で被害者を気絶させた犯人は、持ち物の中にある解剖器具を入手した。

解剖器具を持ち歩くくらいだ。間違いなく衛生管理用のニトリル手袋の類もセットで持っていただろう。

気にかかる点は、なぜ、気絶させた後に鞄を開いたか、だ。

財布や高価なものは盗まれていない。鞄を開けた理由が不明瞭だが……これはすぐには答えが出せそうにない。一旦保留としよう。

そして、指紋のことを思い出したのか、犯人はそこで手袋を着用した。

だからハサミに指紋は付かなかった。

コンクリートブロックが砕けていたのは……あえてか、たまたまか、判断できない。この犯人なら、そこまで頭が回らなかった、と言われても納得してしまう。

こうしてめでたく鋭利な刃物と手袋を手に入れた犯人は、それを使って第二の事件を起こす。

解剖用のメスはとても鋭利だ。しっかり突き立てれば咽頭部にも届くだろう。

だが、ここまでだ。

きっとお前は、その素晴らしい凶器の管理方法も手入れの方法も知らないだろう。

血が付き皮脂にまみれ、あるいは骨に接触したそれは、もはや使い物になるまい。

「ならこいつは、次にどう動く？」

不謹慎なことに声が弾むのを抑えられない。被害者の関係者に聞かれれば、タコ殴りにされても文句は言えない。だけど、許してほしい。別に幸せになりたいとは願わない。満足して死にたいとも願わない。

だから――ずっと追い求めてきたこの出会いを、しばし堪能させて欲しい。

「あの……月澪、さん？」

「どうした」

まだ電話がつながっていたことに驚き、それ以上にそんなことに気付きもしなかった自分にも驚いた。呆けているな。

「えー……そのー……なんというかー」

「はっきり言え、鬱陶《うっとう》しい」

「恋、してます？」

「誰に？」

「犯人に」

「寝言は寝て言え」

鼻で笑い飛ばし、通話を切る。

犯罪者に恋慕の情を抱くなどあり得ない。しかし、ずっと追い求めてきた相手に出会えたこの感情は……確かにそれに近いと言ってもいいのかもしれない。

「というか、私は勝手にこいつを男だと決めつけているのか？　脳みそを砂糖漬けにするのも大概にしろ、痴れ者が」

サイコパスは女性より男性に多く確認される、という研究結果は報告されているが、犯人の性別を決定する要因にはならないだろう。

目頭を押さえ、天井を仰ぎ見ながら大きく息を吐く。

主観だけは入れてはならない。常に客観的に考察しろ。常に第三者的な目線を入れろ。

こいつに近付くために、出会うために、脳細胞を打ち震わせろ。

9

一つ、改めて言っておきたいのは、僕は人ごみが好きではないということだ。

人の様々な本質と感情でごった返す目と精神に優しくない場所を、必死に、全力で、僕は避けてきた。

「お、おはよ、北條くん！」

「おはよう、明乃さん」

だから、こういう配役は絶対に間違っていると、自信を持って断言できる。

「ど、どきどきしますねっ！」

「あはは……そうだね」

今日は土曜日だ。大学はお休みで、みんながプライベートな時間を楽しむ素敵な日だ。

そんな日に、僕の目の前には明乃さんがいる。

いつも通り溌剌とした、でも少しぎこちない様子で、僕を見上げている。

可愛い。とても可愛い。おそらく、ちょっとおしゃれをしている。

大学で着ている動きやすい恰好ではなく、白を基調に、青い花の柄があしらわれたワンピース。その上に薄手のカーディガンを羽織っている。キメすぎず、それでいてカジュアルすぎない絶妙な匙《さじ》加減は、さすがとしか言いようがない。

加えて、眉、目元、そして唇に若干のメイク。目元のラインの引き方がいつもと違う。少し大人っぽい印象を受けた。

「今日、いつもと違うね」

「ほ、本当？　えへへー、ばれちゃった。ちょっとおしゃれしてきたの！　なかなか鋭いですなー北條くんっ」

とても嬉しそうにぴょんこぴょんこ跳ねる明乃さんは、とんでもなく可愛かった。

「そういう北條くんも、いつもと靴が違うね！」

「よ、よく気付いたね……」

僕が持っている服の種類なんて限られている。それでもせっかくの機会だしと、普段は履かない靴をおろしてきたのだが……まさかそこに気付くとは。

「おしゃれは靴から、だね！」

「な、なるほど」

気を抜かなくてよかった。いつもの少しくたびれた靴を履いてこなくて、本当によかった。

「じゃあ、行こうか」

「うん！」

僕の背後には遊園地があった。

ユニーク・バラエティ・パーク。通称、ユニバ。大学から行ける範囲では一番大きいテーマパークだ。

今日、僕はこのユニバで——明乃さんとデートする。

『サイコパスと一概に言っても、別に全員が全員、犯罪に手を染めるわけじゃない。事実、サイコパスの思考回路を有しながら、普通に結婚し生活し、何事もなく一生を終える人だっている。いわゆる「マイルド・サイコパス」というやつだ』

『なるほど、じゃあ明乃さんはそれですね』

『気持ちは分かるが、結論を急ぐな。その可能性もある、というだけだ。それを証明するデータはどこにもない』

頭をトントンと人差し指で叩きながら先輩が言った。

『データを得るための、デートってことですか』

『シャレか？』

『あの、僕はいたってまじめです』

『冗談だ。ああ、君の言う通りだ。まったくもって不本意だが』

『ですよね……』

せっかく得られた結果を、僕みたいなど素人に否定されたのだから当然だろう。少し申し訳ないけれど、この結果には僕の共感覚が関わっているから、真実を知りたいと思った。

『おそらく何も分かってないとは思うが……』

『すみません……』

『そういうことじゃなくてだな……、まあいい。とにかく、君は相手の「感情」を確認できるようになった。それを最大限に利用する』

「異例のサイコパス」と「感情」、そして「デート」。やはり僕の中ではまだつながらない。

『今日君が取ってくれたデータを用いて、私は色と「感情」の関係性を見出す。そしてその中には、「嘘」を見抜く要素が隠れているかもしれない』

『つまり、明乃さんとの会話の中から矛盾点や不審点、虚偽の発言を見つけて、彼女がサイコパスなのかを検証する、ということですね』

『その通りだ』

なるほど、理にかなっている気はする。

『だけど、それなら別にデートしなくてもいいんじゃないですか』

『ふむ。君はランチやディナー中に商談をすると成功確率が上がる、という話を知っているか』

『なんか聞いたことはあります』

『心理学者、グレゴリー・ラズランが明らかにした方法だ。ランチョンテクニックと言う』

確か、飲食をしながら相手と交渉すると、美味しいご飯や楽しい会話がきっかけでうまくいきやすいとかなんとか。

『いわゆる連合の原理というやつだ。これは何も食事中に限った話ではない。楽しい気分はどんな形であれポジティブに働く。実に分かりやすい』

『それがなにか……』

『要するに、だ。楽しい気分になれば、口が軽くなり隙も大きくなる、という話だよ。明日はちょうど土曜日だ。テーマパークでもカラオケでもボルダリングでも、好きに遊びに行ってきたまえ』

話はおしまいとばかりに立ち去ろうとする先輩に、やはり納得がいかず声をかける。

『いやでもそれって……やっぱりデートじゃなくてもいいんじゃ……』

『普通の会話で彼女をノリノリに、ウキウキに、腰抜けにできるなら、そうかもしれないな』

『すみません、デートさせていただきます』

コミュニケーション能力にまったく自信がない僕は、偉大なるテーマパーク様の力を借りるしかなさそうだ。彼女がオッケーしてくれればの話だが。

「ねえ見て、北條くん！　みょっきーがいるよ！」

かくして、明乃さんとデートをすることになったわけだ。

デートに誘う電話越しに何度セリフを噛んだことか……二つ返事でオッケーだった点は不思議だが、これで計画は無事に進みそうだ。あとは僕が要所要所で彼女に隠れて「感情」の色のメモを取ればいい。

「みょっきー！　こんにちはー！」

ユニバのマスコットキャラクター、みょっきーの方へ僕の手を引っぱり走る明乃さんは、元気いっぱいだった。

彼女がどのようなサイコパスか分からないからと、先輩からスタンガンやクマ撃退スプレーなどを持たされたけれど、今の明乃さんを見ているとそんなのは杞憂だったように思う。

「みょっきー、好きなの？」

「うん、大好き！　お家にねー、ぬいぐるみもいるんだー」

疲労からか、共感覚が簡単に発現する。にゅっふっふと笑う彼女の背後では、青白い月に青緑色の靄がかかっていた。

「こいつ、何の動物なの？」

ネコともネズミともつかないフォルムをした、みょっきーなる着ぐるみを見ながら、なんとなく聞くと、明乃さんはすぐに答えた。

「えーと、テン、だったかな。イタチ科テン属の食肉類」

なんだってそんなマイナーな動物をチョイスしたんだ……

「さすがに詳しいね」

「だって好きだしー。ねね、そろそろアトラクション乗ろうよ！」

そう言って明乃さんは、小さい体のどこにそんなパワーがあるんだという勢いで、僕を引っ張っていく。サイコパス云々以前に、帰るまで僕の体力が保つかどうかが、一番心配だった。


そして――

その後数時間にわたって、彼女はほぼ全てのアトラクションに僕を連れ回した。

「いやー、さっすがに疲れたねえ」

「何時間も立ちっぱなしだったし……そりゃね……」

日は傾き、強烈な橙色の光が僕らを照らしていた。明乃さんは満足したらしく、テーマパーク内に設置されているベンチで大人しく座っている。

お昼ご飯もアトラクションの待ち時間を利用して食べたので、事実上座っていたのはアトラクションに乗っているときだけだった。そして当然、定番である絶叫マシンも含まれていたけれど……

「明乃さん、ジェットコースター苦手なの？」

「ううぅ、その話はやめてえ……。そういう北條くんはあれなの？　心臓に毛でも生えてるの？」

「いやまあ、スリルはあったけど、普通に楽しかったかな」

「私も普通に楽しかったもん」

「意地っ張り……」

疲れすぎて明乃さんを視る元気すらない。割と色々な状況下で、彼女が発する色を記録できたと思うし、今は休んでもいいだろう。

ベンチの背もたれに思いっきり背中を預けて、首を後ろに反らした僕は、さかさまになった観覧車を見ていた。あれも定番中の定番だろうに、明乃さんの回りたいアトラクションの中には入っていなかった。

「明乃さん」

「んー？」

「観覧車は乗らなくていいの？」

「んー」

肯定とも否定ともとれる曖昧な返答が気にかかり、僕はもたもたと頭を上げた。

「あれは……いいかなあ……」

小さなガラスの塊が、ぽろりと零《こぼ》れたみたいな呟き。

そんな彼女の言葉を聞いた瞬間、僕は弾かれたように立ち上がった。

「明乃さん」

「ちょ、ちょっと北條くん？」

「乗ろう」

「いや、だから……」

「乗ろうよ」

「北條君……？」

なぜか僕は疲弊《ひへい》した体を持ち上げ、それどころか、明乃さんの手を引っ張ってまで、彼女を観覧車に乗せなくちゃと思っていた。僕は……何をやってるんだろう？

「いいって、言ったのに」

「ごめん……」

閉園間際だったからか、観覧車には並ばず乗ることができた。最後まで手を引っ張っていたため、スタッフさんに「今、頂上付近とっても素敵ですよ～」なんて言葉と温かい笑顔とともに送り出されてしまった。

「北條君、そんなに観覧車乗りたかったの？」

「いや、僕じゃなくて……」

僕じゃなくて、なんだ？

明乃さんは乗りたくないって、そう言ってたじゃないか。

「北條君じゃなくて？」

「……明乃さんが、乗りたくないけど乗りたいのかなって……ん？　乗りたいけど乗りたくない？　あれ？　いや、どっちだろう……」

自分で言ってて混乱してきた。

当たり前だけど返答はなくて、静寂がその場を支配する。かこんかこんと観覧車が回る音がする。頂上まではもう少しだ。ちょうど、明乃さんの背中側から夕日が差す形になるだろう。

「なにそれ、変なの」

「ごめん……」

とてもいたたまれなくて、明乃さんの方を見ることができない。

でこぼこした鉄の床に視線を落として、意味もなくその凹凸《おうとつ》につま先を這わせる。

「……今日、どうして誘ってくれたの？」

「え？」

彼女の言葉に、思わず顔を上げる。

窓縁に肘《ひじ》を置き、頬杖《ほおづえ》を突きながら横目で僕を見る明乃さんは「どこかが」いつもと違っていた。

そして何より……視たことのない色をしていた。

月にかかった靄は、もはや一色ではなく、湖から立ち上るように様々な色の靄が現れる。それらは溶け合い混じり合い、得も言われぬ色を作り出す。靄は夜空に浮かぶ月を隠し、それでも湖には、青白い月が映っていた。

「ねえ、どうして？」

幻想的で、蠱惑的《こわくてき》だった。

そうだ、僕は……こんな風に美しい「本質」を持つ彼女のことを。

「君のことを……もっと、知りたいと思ったんだ」

「…………そう」

僕らの乗る箱は、間もなく頂上に着く。

「北條君って、変だよね」

ゆっくりゆっくりと、夕日が現れる。

「まるで、何か違うものが見えてるみたい」

箱の中に橙色の光の奔流《ほんりゅう》が流れ込み、明乃さんの体に影を落とす。

「だめ、だよ」

あまりに強烈な光に、僕がぎゅっと目を閉じたのと同時に、両頬を何かが包んだ。

「私を――みないで」


最後の消え入りそうな声とともに、唇に「何か」が触れた。

僕は動けない。目を開けることすら、できない。

「あ、明乃さ」

「うるさい、静かにして」

彼女がしゃべると、吐息がかかった。

くすぐったくて顔を動かそうとしたけれど、両頬を挟んだ手がそれを許さない。

「しずかに、してよ」

「どう、して……」

「意味なんてない」

結局、僕は――

「ないんだよ」

観覧車を降りるまで、動くことができなかった。

幕間5　月澪彩葉

甲高い電子音で目が覚めた。寝起きの頭に、機械の無機質な音はとても不愉快に響く。

夢を、見ていた気がする。

その内容に自分のトラウマが反映されているとか、画期的な推理を思いつくとか、そんなことは当然なく、私は単純に起きる直前までレム睡眠だったことを確認した。

けたたましく鳴り続けるスマートフォンを無視し、壁にかかった時計に目をやる。

朝の七時。こんな早朝に電話をかけてくるどこかの長瀬《アホ》には後で説教をするとして、私の記憶は三時半くらいで途切れている。

となると、睡眠時間はおよそ三時間半。一回のノンレム睡眠は挟んでいる計算となる。まあ脳を休息させることはできたと考えていいだろう。

研究室の乾燥した空気にやられて少しぱさついた髪をかき上げながら、通話ボタンを押す。

「くたばれ」

「あ、おはようございます月澪さん！　起きてました？」

本当にタフなメンタルをしてるなこいつは……大物になる素質があるのかもしれない。

「たった今、起こされたところだ」

「これが噂のモーニングコールってやつですね！」

「非常に不愉快だ。二度と朝方にかけてくるな」

「おふざけがすぎました、すみません」

内容がどうであれ、何度か言葉を交わしていると、不本意ながら頭が覚醒してくるのを感じる。昨晩は一人で連続殺人事件の犯人のプロファイリングをやっていた。

心理学的観点や精神医学的観点から見たサイコパスの文献を読み漁り、次に脳科学と遺伝学の分野に手を出そうとしたところで力尽きてしまった。

すっかり私のベッドとして形が馴染んでしまったソファーから体を起こし、大きく一つ伸びをする。コーヒーでも淹れるとするか。

「で、なんだ」

「あ、えっとですね。関係ないかもしれないんですけど、一応お耳には入れておこうかと思いまして」

「関係あるか、ないかは私が判断する。早く言え」

ドリッパーをセットし、フィルターを付け、そこにコーヒーの粉を落としたところで長瀬が言った。

「殺人事件が起こりました」

「場所は」

「赤瀬町《あかせちょう》です。篝ノ坂通りのすぐ近くですね。住宅街です」

戻ってきたか。湯気とともに立ち上るふわっとしたコーヒーの香りを嗅ぎながら、長瀬に次の言葉を促す。

「被害者は根弥美亜子《ねやみあこ》。二十三歳女性。箒ノ坂通りにある本屋で働いてた書店員みたいですね。犯行時刻は深夜一時から四時の間と推測されます。死因は頸部圧迫による窒息死」

「窒息死……凶器は縄か」

「ああ、いえ。それがどうも、正面から素手でやったっぽくて」

「素手？」

手で首を絞めて殺したということか。

一般的に手や手指で頸部を圧迫する殺し方は、被害者と加害者の間に相当力の差がなければ成り立たない。

それこそ、相手を床に押さえ込み、上からのしかかって数分間万力のように絞め上げ続けなければ、窒息死には至らないはずだ。

「首に大きい痣《あざ》が残ってますね。これから犯人を見つけるのは多分無理ですけど……」

「痣はともかく、その殺し方で候補者はかなり絞れた。続けてくれ」

しかし、一件目、二件目と刃物を使って殺していたのに、今回は素手か。

やはり、メスが使い物にならなくなったから、なのだろうか。

「で、今回の事件が前までの事件と関係あるかどうか、イマイチ自信が持てなかった原因なんですけど……事件現場が小路じゃありません。ゴミ捨て場です。見通しもいいですし、周りからは丸見えです」

「ほう」

なんだ、その程度のことか。事件も三件目に突入し、私も多少のことでは動じなくなっていた。

今までの事件で共通しているのは、犯行現場が小路であることではない。

人気のないところに誘い込むことができる、異常なまでの人当たりのよさ、もしくは口の上手さだ。

「なら、そのことに関して、いくつか質問がある。一つ、その女性は抵抗した形跡、もしくは争った形跡があるか？」

「うーん、着衣の乱れとかはほぼありませんねー。首を絞められたときに苦しんでもがいた形跡はありますけど。爪の間にも……皮膚片らしきものはなさそうです。周囲にも特に不審なものは見当たりません」

「二つ、付近に隠れられる場所はあるか」

「隠れる……うーん、電柱くらいですかね。大人は隠れられないかなあ。さっきも言いましたけど、一本道なので見通しいいんですよ、ここ」

「三つ、被害女性は背中側、特に後頭部に傷を負っているか？」

「後頭部、ですか？　えっと、少々お待ちを……」

まさかこいつ、今現場にいるのか？

確かに電話の向こうが少し騒がしいとは思ったが……私に頼ってくるのが日に日に早くなっているな。

「特に見当たりませんね。ポニーテールが綺麗なままですし。後、シャンプーのいい匂いがします。お風呂上がりだったんですかね」

亡骸《なきがら》を確認しながら言うことか？

「可能性はあるな。大方、近くにあるコンビニにでも出かけるところを襲われたんだろう」

たまに忘れそうになるが、本当にこいつは警察官なんだな。死体慣れした長瀬にそんな感想を抱きつつ、私は思考する。


着衣の乱れはなく、争った形跡はない。

現場付近に隠れる場所もない。

さらには後頭部に傷もない。

なるほど、どうやら今回の事件も同一犯の仕業のようだ。


殺害時刻は深夜を回っている。しかも被害者は女性で、場所は住宅街だ。誰かが近付いてくれば、当然警戒する。人によっては、すれ違うだけでも警戒するかもしれない。警戒した状態で詰め寄られれば悲鳴をあげる。この時点で犯行は不可能だ。

もし恐怖のあまり悲鳴をあげることができず、そのまま首を絞められたとしても、意識が飛ぶまでは数秒ある。その間、女性とはいえ、まったくの無抵抗とは考えにくい。抵抗した跡が確認できるはずだ。

では、抵抗する間もなく首を絞められたと仮定しよう。

現場付近に隠れる場所はなく、見通しもいいという。そんな場所で、抵抗する間もなく詰め寄られ、首を絞められるのであれば、それは背後から奇襲された場合しかあり得ない。

だが、首は正面から絞められている。

背後から襲いかかり、わざわざ正面から首を絞めるのはいささか合理性に欠ける。仮に、苦しんでいる表情を見たくて正面から首を絞めるような犯人だったとすると、そういう嗜好の持ち主は嗜虐《しぎゃく》的だ。じっくりと殺すだろう。この場合も、抵抗した跡は確認できるはず。抵抗できないよう、押し倒されて身動きが取れなくなっていたなら、少なくとも後頭部が背面側に何らかの傷が残るだろう。

空中で宙ぶらりんにして首を絞めるような巨漢がいないとも限らないが、そんなやつは必ず目立つ。第一、第二の事件で目撃されていないのは不自然だ。

つまり、この被害者は今までの事件と同じように、犯人が近付いてきても警戒心を抱かず、気付けば首を絞められて、抵抗もできずに殺された、ということだ。

もし唯一、この仮説を崩す要素があるとすれば……

パソコンを立ち上げて、テキストファイルを開き、ここまでの推論を打ち込みながら、スマートフォンをスピーカーモードに切り替える。

「今までの事件の被害者から、妙な毒物や薬物の反応は出ていないな？」

「あー、そういうのはないって鑑識の人が言ってました」

「そうか。なら今回の事件も、同一犯と見ていいだろう。詳細は追ってレポートを送る」

「いやー、いつもいつも助かります！」

「こんなのは片手間でできる。早く他の情報を寄越せ」

「そうですねー。まあこの事件、僕が月澪さんに連絡したのは『これ』があったからなんですけど」

一拍おいて、スピーカーモード特有の粗くなった長瀬の声が流れた。

「体の一部がそぎ落とされています。第一の事件と同様、数カ所」

「……一件目との相違点は」

「切断面がめちゃめちゃです。善良なる市民は見ちゃダメなレベルです」

一件目の事件では、傷跡は非常に綺麗だった。それは、被害者が持っていた解剖用のメスを使ったからだと推測される。なら今回用いられた凶器は、いったい何なのか。

可能性は二つ。

一つ、包丁やナイフなど、新しい別の刃物を用いた場合。そしてもう一つは……

「長瀬、その辺にメスは落ちていなかったか」

「ええ。側溝の中にありました。投げ捨てられたんでしょうね、コンクリートに傷が残っていました。水の中にあったので成分分析の精度は若干落ちそうですが……」

そう、そのまま同じ凶器を使い続けた場合だ。

これではっきりした。この事件は、第一の事件からつながっている。

そして私の予想通り、犯人は第一の事件で手に入れた凶器を使い続けていた。

加えて、おそらく性別は……男。

「少しだけ見えてきたじゃないか」

まだまだ犯人像を把握するにはほど遠い。だが、最初に比べれば、ましだ。

「この前の月澪さんのレポートを見た警察の一部で、この三つが本当に関連しているならば、大々的に捜査したいって動きがあるんですけど……」

「そのあたりの話はそっちに任せる。私のレポートを使いたかったら好きに使え。凶器に関する部分が証拠になるはずだ。一応メスに付着した成分も調べてみるといい。後は監視カメラのチェックでも聞き込みでも張り込みでも、好きにしてくれ。ただし、何か進展があったら教えること」

「了解です！　それにしてもあれですね、それぞれの事件がつながっていると認識されてなかったので、世間はそんなに騒いでいませんでしたけど、今回の件で一気に騒がしくなりそうですね」

「かもしれないな」

正直、そういったことはどうでもいい。いくら世間がサイコパスだの狂気的だのと騒ぎ立てたところで、犯人が見つかるわけでもない。私にはそんなことを気にしている暇はない。

「さて」

今回の事件は、今までの事件と少し毛色が違って見える。

簡単に言えば、犯行現場から「憎しみ」や「怒り」といった強い負の感情が見て取れる。

第一、第二の事件は、凶悪でありながらも、冷静さが垣間見えた。

第二の事件は顔面に執拗に傷をつけているため「憎悪」が混ざっているようにも感じるが、実情はそうではない。犯人はゆっくりと傷をつけた。しかも、悲鳴や奇声で周りに気付かれないよう、咽頭部をメスで突き刺しもした。

どちらも、どこか淡々と、あるいは楽しんでるかのように殺人を犯している。

一方、今回は結果的に誰にも気付かれてはいないものの、素手で首を絞めて窒息させるという、憎しみや怒りに身を任せたと解釈できる殺害方法をとっている。

感情の昂《たか》ぶりを示す証拠は他にもある。

メスだ。

なぜか第一の事件と同じく体の一部を切り取ろうとした犯人は、相も変わらずメスを使ってる。しかし、切れ味の落ちたメスではうまく剥ぎ取ることができるはずもなく、最後にはそれを投げ捨てている。しかも、怒りに任せたのか、コンクリートに傷が残るほど強い力で。

ここまで慎重だった犯人らしからぬ短慮だ。

「一体こいつはどうなっている……？」

一件目は粘着質に、執着的に。

二件目は攻撃的に、冷静に。

三件目は、ただ怒りに身を任せ。

本当に別人が行っているような犯行を続けている。

「別人……か」

一つ、思い当たる節はある。

解離性同一性障害。英名、Dissociative Identity Disorder――

そう、いわゆる……多重人格だ。

10

「で、キスはしたか？」

「してません。挨拶より先に聞くことですか？　それ」

いきなりなんてことを言うんだ、この人は。

研究室の扉をくぐって早々に飛んできた爆弾を受け流し、何食わぬ顔を作って答える。

「大体、明乃さんが簡単にそんなことするわけないじゃないですか」

「いや、あの手の女はする。口元が緩すぎて涎《よだれ》が止まらないレベルでな」

「謝りましょう、明乃さんに。一緒に付いていってあげますから」

土曜のデートが終わり、日は変わり日曜日。ちょうどお昼時に僕は木之瀬研に到着した。

「しかし、いつもより遅い到着だな、北條君。まさか昨夜はお楽しみだったのか？」

「何を言っているんですか……普通に寝坊しました、すみません」

キスされた理由を考えて、ひたすら悶々と明け方まで過ごした挙句《あげく》に寝坊したとはとても言えない。

昨日観覧車を降りた後、僕と明乃さんは静かに解散した。交わした言葉は少なく、しばらくしてから飛んできたメッセージには一言「楽しかったよ、ありがとう」とだけあった。

彼女が僕にどうしてキスしたのか、そして、あの共感覚の光景はなんだったのか。

色々と分からないことが多すぎた。後者に関しては、月澪先輩が明らかにしてくれるとひそかに期待しているが。

「ふふ、冗談だ。とにかく昨日はお疲れ様。無事に帰ってきてくれて何よりだ。実は後をつけることも考えていたんだが、予定が詰まっていてな」

「あはは……そ、そんなことを考えてたんですか……」

危機一髪とはまさにこのことだ。

もし先輩がつけてきていたら、あんな光景やこんな光景、果てには観覧車に乗ったシーンまで見られてしまうことになり……それはなんだか、すごく嫌だった。

「特に危険なこととなんてありませんでしたよ。これ、『感情』の色とそのときのシチュエーションをまとめたメモです」

「おお、ありがとう！　待っていたよ！　くく、しかしなんだろうなあ、これ……他人がいちゃいちゃとデートしてたシーンを文字面だけ見ながら、私は黙々と解析をする。これはあれか？　罰ゲームか何かか？」

「いやご自分で提案してましたよね、それ」

　僕がとんでもない嫌がらせしているみたいな言い方は、やめて欲しい。

「なかなか、精神的にクる作業だが……うん、これくらいの量ならすぐに終わる、少し待っていてくれ」

「はい」

　青いワークチェアーに腰掛け、パラパラと僕のメモをめくり、小気味《こきみ》よくパソコンにデータを入力していく先輩を眺めていると、そばに何気なく置かれた灰色のファイルが目に入った。

「分厚いファイルですね」

「ん？　ああ、それか。過去に私が携わった、サイコパスが起こした事件のレポートだ」

「……先輩が携わった？」

「私のサイコパスの研究をどこからか嗅ぎつけたアホな刑事が、サイコパスが起こした事件を担当するたびに、アホみたいに私に電話をかけてくるんだ」

　その人のことは知らないけれど、とりあえず月澪先輩がよく思っていないことだけは分かった。

「すごいですね。なんか、ドラマみたい」

「あんなに派手じゃないし、あんなに恰好よくもない。私は決して現場に出ないしね。与えられた情報をもとに犯人像のプロファイリングを進める。それだけだ」

研究に加えて、警察の手伝いまでしているだけで、十分すごいと思う。

睡眠時間や食事の時間、趣味の時間。それら全てを投げうつようなのめり込みっぷりを見て、僕はふと疑問に思った。

「先輩って、なんでこんなにサイコパスの研究してるんですか？」

「なんだ、気になるのか？」

「ええ、それなりには……」

「はっきりしないな」

軽く笑い、まあいい、と先輩は続けた。

「私はね、北條君。私が理解できないサイコパスに出会いたいんだよ」


「理解……できない……？」

「なんだそれって顔だね。大丈夫、ちゃんと説明するさ。そうだな……君は、『人間ジュース事件』って覚えているかい？」

「あ、なんとなく。二、三年前にテレビとかでよく報道されてましたよね」

確か、自分の店の客を殺害し、頭部を切断した挙句、顔の皮を剥いでミキサーに投入。それを店で販売していた野菜ジュースに混ぜて売っていた、喫茶店のオーナーが犯人の事件だったはずだ。

「その通り。そして殺害現場に残された指紋から容疑者の疑いがかかっていたオーナーは、警察が店に乗り込んでくる前に逃亡し、しばらく行方が分からなくなっていた。そのとき犯人逮捕に協力したのが私だ」

「まじですか……」

「大まじだ。警察は現場の証拠から犯人にたどり着くことはできたものの、人物に関してはまったく把握できていなかった。売り物に死体の一部を混ぜて売る、なんてことをする人間が、逃亡した後にどんな行動を起こすのか。それを知るために、刑事の一人が私にコンタクトを取ってきたんだ」

再びパソコンにデータを入力しながら何でもないことのように先輩は語り続けた。

「私を訪ねてきた刑事は面食らっていたよ。だってね北條君、私にはオーナーがどんな感情を抱いて犯罪を行っていたかが、手に取るように分かったからだよ」

「……え？」

「その事件に限った話じゃない。昔からそうだった。どんなに猟奇的な犯罪でも、どんなに快楽的な犯罪でも、どんなに狂気的な犯罪でも、私はその罪を犯した者の気持ちを、心情を、感情を、理解できてしまうんだ」

だから、つまらないんだ、と小さく自嘲した先輩に、僕は少し違和感を覚えた。

それは魚の小骨が喉に引っかかったような些細な違和感で、よく考えようとする前に消えてしまった。

「つまらないんだよ。世間が勝手に喚《わめ》く『奇人』だの『狂人』だの『心の闇』なんていうものを持つ人間は、私にしてみれば、そうタグ付けした人間と何ら変わらない。だから会いたい、私がどう知恵を振り絞っても理解することが不可能な、そんな『サイコパス』に。それが、私がこうやって研究を続けている一番の原動力、かな」

そう締めくくると、先輩は一口、コーヒーをズズッと啜った。

「すみません、よく……分かりません」

色々考えて、また頭が熱くなってきた僕は、一旦思考を中断して正直に言った。自分の話をしてくれた先輩の気持ちが分からないのは、少し悔しい。

「でも、猟奇殺人の調査を手伝うっていうのはすごいことですよね。被害者の親族にとっては、とても頼もしいことでしょうし」

「……どうかな」

月澪先輩は乾いた声で答えた。

「私が犯人を特定したところで、死んだ人間が還ってくるわけじゃない。死は絶対的なもので、この世で唯一、決して覆らない事象であり……そして暴力的なまでに唐突な概念だ。私のやっていることなんて、そんなものの前ではあまりにもちっぽけだ。結局のところ、自己満足にすぎないと、私は思う」

やっぱり……よく分からない。その気持ちが顔に出ていたのか、先輩は優しく微笑みながら言った。

「分からないと思うよ、北條君。そして、それでいいと思う」

「すみません……」

「いいんだ。これはあくまで超、個人的な見解であり、願望だ。世間におけるサイコパスの位置付けも定義も理解しているし、だからこそ、こうして君の協力を借りつつ研究を進めている。サイコパスと、一般人の境界を探っている。まあ、そこにほんの少し期待していたことは事実だけどね」

ふふっと笑った先輩を見て、気付く。元来使われてきたサイコパシー・チェックリストでは発見できなかった、隠れていたサイコパスというのは、もしかしたら先輩の言う「理解できないサイコパス」なのではないだろうか。そしてそれを、僕の共感覚が見抜いたとすれば……

「あの、もしかして先輩は明乃さんのことを……」

「その可能性もあるかな、とは思っている」

「やっぱり……」

「だからこそ、こうして寝不足の体に鞭打ってデータ解析を頑張っているともいえ——待て」

先輩の声音が、がらりと変わった。

「これは、なんだ」

「ど、どれでしょう」

「最後の部分だ」

最後、ということは観覧車のシーンだろう。

あのときの明乃さんはいつもと「どこかが」違っていて、僕はそれを素直に書き記した。

「複数の色が発生していた、しかも、湖の上に浮かぶ月が消えていた、そしてそのときの明乃麗奈の雰囲気はいつもと違っていた。間違いないか？」

「はい」

「いつもと違うというのはどういうことだ。具体的に説明してくれ」

当時の明乃さんを思い出す。どこか冷たくて、突き放すようだった。それはいつもの明るくて溌剌とした明乃さんとは対極的で、まるで……

「別人、みたいでした」

「ほう」

そして観覧車に乗る前から降りるまでの出来事を、最後の部分以外を詳細に話すと、先輩はしばし考え込んだ。

「境界性……ではないな、やはり解離性」「そうなるとフォビアというのは」「いや、さすがに早計……しかし」と、あっという間に自分の世界に入り込んでいく。

一瞬「フォビア」という単語が聞こえた気がしたけれど……聞き違い、だろうか。

数分後、先輩は勢いよく立ち上がった。

「北條君」

「はい」

そして、にやりと笑い高々と宣言する。

「オペレーションAを、決行する！」

「はい？」

幕間6　月澪彩葉

今朝、長瀬からの報告を聞いたとき、そして北條君からの報告を聞いたとき、私の頭の中に浮かんだのは「ビリー・ミリガン」の事件だった。

ビリー・ミリガンは一九七七年、アメリカ、オハイオ州で三件の連続暴行事件を起こした犯人だ。三件の暴行、それ自体は普通にある話だが、問題は捕まった後のこと。

彼は警察で状況証拠を突きつけられても、まったく記憶がないと訴えた。

やがて尋問が続くと、彼は壁に頭を叩きつけるなどの過激な方法で自殺を図りはじめる。

そして精神鑑定に回され、精神科医が彼と話したとき、彼は驚愕の言葉を口にする。

「私はビリーではない」

ビリーは、実に二十四もの人格をその身に共存させていたとされる。それは罪から逃れるための演技ではなく、真似できないようなイギリス訛《なま》りの英語をしゃべったり、スラブ訛りの英語をしゃべったり、あるいは少女であったりと、本当に別人だった。

これは解離性同一性障害、いわゆる多重人格の極端な例と言える。

多重人格がなぜ生じるのか、詳しいことはまだ分かっていない。極度の精神的苦痛に心が耐えかねて起こす「逃避」の一種であるともされ、症状の出方も様々だ。一過性のものであれば、治療で元に戻すことができる。しかしビリーの一件のように他人格が成長しすぎた場合、自己統制権、つまり自分の感情と行動のコントロールを失い、取り返しのつかない事態に発展する場合がある。

さて、話を今回の連続殺人事件に戻そう。

私は今回の犯人に対して、複数の人格を包含しているイメージを抱いている。一件目から三件目の事件を通して、一つとして犯人像が一致しない。例えばビリーのように、複数の人格が共存し、しかもそれが全てサイコパスなのであれば、私がまったくもって理解できなかったことも頷ける。

こうした点を踏まえて、明乃麗奈について検討してみよう。

彼女がサイコパスであることは、北條君の共感覚から明らかだ。サイコパシー・チェックリストが取りこぼし、共感覚が感知したサイコパス。その理由に、北條君がデートしてくれたことで迫ることができた。そう、彼女も解離性同一性障害の可能性がある。

ここではっきりさせておきたいのは、症状としては似ている境界性パーソナリティ障害と解離性同一性障害はまったくの別物である、ということだ。明乃麗奈の大学での性格は非常に社交的であり、友人も多いと聞く。境界性パーソナリティ障害は攻撃的で、強要的な側面を有することが多く、今回はこれに当てはまらないと推測される。

私が彼女に多重人格の疑いを持ったのは、北條君に観覧車での「本質」の光景を教えてもらったことに起因する。

彼女の「本質」の風景は、変化していた。

「本質」とは「人格」と言い換えることも可能だ。北條君のレポートを見る限り、彼が今まで見てきたどの人物も「本質」の風景が変わったことはない。つまり、感情の揺れや精神状態など、いかなる要素も「本質」の光景に影響を与えたことはないはずだ。

ならば、その「本質」の映し出す風景が変わったことが意味するところは明らかだ。彼女は何かのスイッチが押されたために、人格が入れ替わったのだ。

加えて、彼女の感情のメモ。こちらも既に解析が終了している。

結果から言えば、気持ち悪いほど「嘘」にまみれていた。北條君から本人の様子を聞く限り、彼女は本当に楽しいと思って発言していたように思う。だが、北條君の共感覚は嘘を見抜いた。

本人が真実だと思うほどの嘘。彼女の精神と人格は、非常に不安定な状態にある。それゆえに、多重人格の可能性はある。

こうして、あたかも運命のごとく現れた二つの多重人格のサイコパス。果たしてこれは、偶然なのだろうか。

連続殺人事件の犯人が明乃麗奈であると、仮定しよう。

些細な点は置いておくとして、大きな問題点は二つある。

一つは、私が予測していた犯人の人物像は男である、という点だ。

だが、これに関しては問題ない。多重人格は性の壁を超える。脳が不安定な状態の場合、リミットが外れ、本来体が出せる限界をはるかに超える膂力を発揮することは可能だろう。

もう一つは、フォビア。

北條君が目撃した第一の事件の容疑者の一人であるフォビアの「本質」は、北條君を動けなくするくらいに醜悪だった一方、明乃麗奈の「本質」は美しい光景だ。

ここに乖離がある。だが、「人格」が変われば、「本質」の光景が変わることは間違いない。明乃麗奈の他の人格が醜悪な「本質」を持っている可能性はある。

つまり、これも問題ない。

問題はないが……私はこの仮説にまったく期待はしていない。この仮説が当たる確率は、精々一パーセント以下だろう。

それでも。この状況で、一パーセントでも犯人である可能性を有する人物のことは、調査しておいて損はないはずだ。だからこその、オペレーションA。

「ふふふ」

戸棚の奥から「それ」を取り出し、蛍光灯にかざす。美しい。蛍光灯の人工的な光をキラキラと反射し、輝いている。

「さあ、待っていろ明乃麗奈。私が必ず、お前を暴いてやる」

11

「ねえねえ、コップってあるー？」

「あー、紙コップならここにあるよー」

違う研究室にいるみたいだと、いつもより人が多くて賑やかな部屋を見渡して思った。

「マサト」

「なに」

「俺、お前の友達で……よかったっ……！」

「友達だっけ？」

「そんなこと言うなよぅ、浩太君泣いちゃーう」

近くのお総菜屋さんで買ってきた唐揚げやらポテトフライやらを机の上に置きながら、浩太を適当にあしらう。

「オペレーションAのAはアルコールのA、ね……」

机の上には飲み物やら食べ物やらが所狭しと並べられていた。その中には、当然のようにアルコールもある。

「いやあ、まさか月澪先輩のいる木之瀬研で飲み会が開かれるなんてなあ！　誘ってくれてありがとな、マサト！」

「まあ、人集めのお願いしたかったし」

「明乃さん、呼んであげたぞ？　うれしかろう？　うれしかろう？」

浩太なら呼んでくれると思ってたよ。今回の狙いは、彼女をこの飲み会に参加させることにあるわけだけど、もちろんそれは浩太には伝えていない。

「うっるさいなあ……うれしくない……ことはないこともない」

「嬉しいってことだな！　そうなんだな！　くっくっく、愛《う》いやつじゃのう」

月澪先輩との飲み会ということで異様にテンションの高い浩太を無視し、僕は席に着いた。

飲み会とかパーティーとか、そういうの苦手なんだけどなあ……

『オペレーションA？』

『そう、アルコールのAを取ってオペレーションAだ！　決行は明日！』

壊滅的なネーミングセンスに関しては触れないことにして、僕は続きを促す。

『飲み会ってことですか？　そんなので明乃さんの何が分かるんですか？』

『今回の目的は、合法的に彼女の家に行くことだ』

『家に……？』

『そうだ。サイコパスの住処には歪みが確認できることがある。例えば、かの有名なサイコパス、エド・ゲインの家からは、人間の皮膚や骨で作られた衣類や小物がわんさか見つかったそうだ。まあ、そこまで過激なものがあるとは思っていないんだが……何にせよ、部屋というのは持ち主の「人格」を反映しやすい。それを確認するのが、今回の目的だ。安心してくれ、決して血迷ったわけじゃない』

『いや、そこは別に疑っていませんけど……どうして飲み会？』

『ふっ、君は「お持ち帰り」というワードを聞いたことはないのか？』

『あ、続きを聞きたくなくなってきました』

というか、聞くまでもない気がする。

『作戦の流れは簡単だ。ずばり、酔わせて意識が朦朧《もうろう》としたところを送って、なし崩し的に部屋に上がり込んで色々物色してぐっへっへ、だ』

『まさかとは思うんですけど、家へ送る役を僕がやるんですか』

結局、『他に誰がいる。デートまでしたんだ、君が適任だろう』と押し切られてしまったけれど、僕はまだ納得していない。

「おお、みんな揃っているな！　急に招集をかけてすまない。なんせ、先生の午後の日程が空いているのが今日しかなくてね。脳科学だかなんだか知らないが、新しい分野に手を出しすぎだな、あの人は」

あらかた準備ができたところで、月澪先輩が部屋に入ってきた。

やたらと大きな瓶を数本、両手に抱えているが……あれ日本酒じゃないよね？

「ひぃふぅみぃ……おお五人も来てくれたのか！　私が木之瀬研修士二年の月澪彩葉だ。みんな、今日は来てくれてありがとう」

「こんにちは月澪先輩！　こちらこそ今日はありがとうございます！」

明乃さんとその他女子二名が元気よく挨拶をする。

今日のメンバーは、准教授、月澪先輩、浩太、僕、明乃さん、そして明乃さんの女友達二人だ。

今日の明乃さんは普段と何ら変わらなかった。僕と目が合えば微笑んで手を振ってくれるし、普通に会話もする。でも……あの日のことには触れなかった。

「やっぱり若い子がいるとにぎやかだねえ。廊下まで楽しそうな声が聞こえてきていたよ」

ほどなくして、木之瀬准教授も到着した。手には近くの焼き鳥屋の袋を下げている。

真の目的は別として、今日の飲み会の名目は「研究室訪問と、正しいお酒の飲み方を覚えようの会」だ。月澪先輩が考えた表向きのテーマは、研究室の人と早めに仲良くなろう、そして変なサークルや部活に毒されてしまう前に正しいお酒の飲み方を習おう、ということらしい。

「それじゃあそろそろ始めましょう。先生、音頭を」

「え、音頭とかいるの？」

「まあ一応？」

「んー、そうだねぇ。お酒は楽しむもので、自分の強さを見せつけるための道具でも、相手を貶《おとし》めるための凶器でもありません。そのことをよく覚えて帰ってください。ふふ、なんだか説教臭くなっちゃったね。じゃ、かんぱーい！」

かんぱーい、と部屋の中にいくつもの声が響く。最後はちょっと照れくさそうに笑っていた木之瀬准教授も、缶ビールを軽く上げた。僕もサワーの缶を開ける。

「ふむ、『ぽろよい』か。可愛いものを飲んでいるな」

「そういう先輩は初っ端《しょぱな》から日本酒ってペースおかしくないですか。なんで最初からアクセル全開なんですか」

トクトクと一升瓶から紙コップに日本酒を注ぐ姿は、彼女の綺麗な見た目と壮絶にアンマッチだった。

「お酒、強いんですか？」

「君は私が酒に酔う姿を想像できるのか？　酒は飲んでも飲まれるな。常識だろう」

「それはそうですけど……」

「さ、君も私とばかりしゃべってないで、みんなと話したまえ。こういう機会にこそ人間関係の輪を広めておくべきだよ」

先の展開が見えたような気がしながら、僕はポテトフライをもそもそと食べた。

「にゃっはははははははははは！　美咲《みさき》ちゃん！　それ傑作ー！」

「でしょー！　月澪先輩分かってるー！」

「ったりまえだー！　私に分からないことなんて、ないんからからな！」

予想通りの展開に動揺も驚きもせず、僕はちびちびとサワーを口にした。口の中ではじける炭酸が少し心地いい。

木之瀬准教授が、月澪先輩を「ダメなお酒の飲み方をする人の例」として取り上げ、場はまた沸いた。なんとなく、准教授はこうなることを見越していた気がした。

「私、まだそこのメガネの子とあんまりしゃべってない！　席替えしよう！　オッパー君！」

「はい！　それじゃあみんな免許証か学生証出してー！　席替えシャッフルするよー！」

やっぱり手馴れてるなこいつ……僕は財布から免許証を取り出して、浩太に渡す。

「お前は明乃さんの近くにしてやるからな」

「いらんお世話だ」

小声で耳打ちしてきた浩太の顔をはたき、焼き鳥を食べる。確かに今日はあんまりしゃべっていないし、すこし話はしたいけど。

「はーい、みんなありがとー……ってあ、明乃さん保険証!?　学生証は!?」

「えへ、お家に忘れてきちゃったー」

「免許証もなし？」

「うん、そうなのー。取るのは大学入ってからにしよっかなーって思ってたら、半年たっちゃった」

えへへーと笑った明乃さんは、ほとんどいつもと変わらなくて、ちっとも酔っぱらってないように見える。よく考えたら、明乃さんがお酒に強かったら、そもそも計画に無理があるんじゃないか……？

浩太が取り仕切った席替えの結果、僕は明乃さんの隣になった。

「やっほー！　北條くんっ！」

「明乃さん、楽しんでる？」

「うん！　すっごくたのしー！　月澪先輩おもしろすぎだし、浩太君は心から意味が分かんないし、木之瀬先生はお母さんみたいだしー！」

「明乃さんのお母さん、木之瀬先生に似てるの？」

「お母さんはねー、んー、カピバラみたいな人！」

「どう受け止めればいいんだろう、それは……」

枝豆を口に運ぶ明乃さんは、頬にほのかな赤味が差しているものの、まったくもって普通だった。多分、お酒に強い方なのだろう。

「明乃さん、全然酔っぱらわないね」

「そーかなー？　でも、いい気分だよ！」

「それくらいが一番いいよね」

枝豆をまた口に運ぶ明乃さんを眺めながら、僕も新しい缶を開ける。

「北條くんは『ぽろよい』ばっかり飲んでるねー」

「ジュースっぽいし、これならなんとか……明乃さんのそれは？」

「んーとね、ワイン！　ん？　サングリア？」

ワインと枝豆は合うのだろうかと考えていたとき、僕はあることに気付いた。

「あ、明乃さん。それ、なに？」

「えだまめだよ？」

「中身は？」

「んー？　はいってないねっ！」

そう。さっきから明乃さんは、食べ終わった枝豆の房を、何度も何度も口に運んでいたのだ。

「んー……？　……っ!?　は、入ってない！　中身が入ってないよ！　北條くんっ！」

なんだこの可愛い生物。

結局明乃さんは、めちゃくちゃ酔っぱらっていた。ただ周りが気付きにくい酔い方をするだけだった。臨界点を超えたらしい彼女は今、すやすやと眠っている。

——僕の背中で。

「くく……役得だなあ、北條君？」

「なんで先輩は急に通常モードに戻ってるんですか」

耳元から聞こえる先輩の声に、僕は夜道を歩きながら返事をする。計画通り、寝入ってしまった彼女を送る係として、僕は今、明乃さんを背負っている。

本当は月澪先輩に同行を頼みたかったが、彼女はそのとき酔っぱらった女子二人に絡まれていた。

明乃さんはサイコパスかもしれないから、一人で送るのは危険かもしれないけど……あの酔い方と言い、この可愛い寝顔と言い、まったく恐怖を感じない。僕一人で送っても、問題ないだろう。

「あの程度の酔い、すぐに冷める。酒に酔うも酔わぬも、決めるのは私だ。酒じゃない」

なんていう超絶理論……

「酔ってる間に男の人に襲われても知りませんよ。あんな無防備な……」

「安心しろ、私はその辺の男には負けないくらい強い」

「はいはい……」

去り際にポケットに入れられたメモには、どこで調べたのか明乃さんの住所が書いてあった。そして、一緒に入っていたこのイヤホンをして電話に出ろ、とも。

「っていうかこの計画、ガバガバすぎません？　明乃さんがめちゃくちゃお酒強かったら成り立たないじゃないですか」

マイク付きのイヤホンにしゃべりかけつつ、せっせと坂を上る。

　明乃さんの家は、箒ノ坂通りのすぐ近くだった。多分、僕の家から歩いて十分とかからない。

「何を言っている。計画は抜かりなかった。私が率先して飲んだことで、あの場はお酒を飲む雰囲気になっただろう？　彼女の近くには女性受けしそうな、甘いけど強い酒を置いた。その他にも、色々と手は考えていたさ」

「僕はもう何も言えません……」

　本当にこの人は、どんなことでも平気でやってのける。私に不可能はない、と彼女はよく言うけれど、冗談抜きでその通りなのかもしれない。

「分かればいい。そろそろ着くか？」

「はい……っていうか先輩、飲み会抜け出してていいんですか？」

「大丈夫だ。浩太君が盛り上げてくれている。あれはなんだ？　コミュニケーションお化けか？　あの手の人間が全ての国を治めたら、世界は平和になると思うぞ」

「その前に別の意味で世界が終わりそうですけどね……着きました。明乃さん。お家に着いたけど、鍵ある？」

「……ぽっけ」

「ポケットね。ちょっと、ごめんね」

「……んん……くすぐったいー……」

「ごめんってば…………あった」

むずがる明乃さんのポケットから、シンプルなストラップのついた鍵を引っ張り出し、鍵穴に入れる。がちゃり、という音とともに、扉が開く。

「さて、ご対面だ。鬼が出るか蛇《じゃ》が出るか……くく、パンドラの箱を開ける気分だな」

「……入ります」

明乃さんの部屋。明乃さんが暮らしている部屋。

サイコパスの部屋。濃厚な闇が広がる空間に、僕はそっと、足を踏み入れた。

12

扉を開けると、そこは廊下だった。よくある1Kの部屋の構造で、廊下にはキッチンがついている。そこをパッと見る限りは、綺麗に整理されていた。

流しに溜まった洗い物があったりとか、捨て忘れた三角コーナーが悪臭を放っていたりとか、そんなことは一切なかった。

ゆっくりと奥へ進む。二人分の重みに廊下の床がぎしぎしと抗議の音を立てた。

僕の呼吸音がとても大きく聞こえる。扉は……軽く押すと簡単に開いた。

「……どうだ」

少し緊張した声色で、先輩が問いかけてきた。

僕は、周りを見渡す。

ベッドに机、本棚、炬燵机《こたつづくえ》、小さめのソファー、小物、貼られたポスター、立てられた写真、部屋は綺麗に片づけられている。

「なに？」

「普通、です……」

「普通です、よ……？」

おかしなところが、何一つない。

女性の部屋に入った経験がそんなにあるわけではないから、断言はできない。

それでも彼女の部屋に、飛び抜けておかしな点は一つもなかった。

「……バカな、よく見てくれ。変な置物とかないか？　異常に汚かったり、配置がおかしかったり、異臭がしたり」

「ないんです」

僕は暗闇の中、目を凝らして言う。汚くもない、配置もおかしくない、異臭もしない。

必死になって視線を動かし、全ての家具や小物を観察する。

「いや……普通の、部屋なんです」

その後、先輩はクローゼットを開けろ、箪笥《たんす》を開けろ、布団をめくれ、ベッドをどかせと様々な要求をしてきた。僕は勝手に上がっている手前、色々と物色するのは何となく嫌だったから、半分程度だけ従った。先輩も渋々、最低限これだけは、という要求を寄越した。

ただ、半分程度でも十分だったように思う。

目についたものの名前や特徴を一つ一つ口にし、部屋だけでなく、トイレも、バスルームも確認した。

「先輩……」

そこまでしても、先輩がこうして黙ってしまうくらいに、この部屋はいたって普通だった。

「え、と……もう少し、確認しますか……?」

「いや、重要なポイントは既に押さえた。大丈夫だ」

「そう、ですか……」

「……はは」

乾いた笑い声が、イヤホン越しに聞こえた。

「また、外したか。最近の私は……外してばかりだな」

「……月澪先輩」

「北條君、すまない。嫌な役をやらせた」

「いえ、いいんです」

そういうこともありますよと言いかけて、やめた。

「撤収だ、北條君。今すぐ研究室まで戻ってきてくれ」

「研究室……?　いや、僕は家がすぐそこなのでこのまま帰ろうかと」

「何を言ってる。まだ七時前だぞ」

電話の向こうから、笑い声が聞こえてきた。どうやら宴会の行われている部屋に戻ったらしい。

「ヤケ酒だ、付き合え。ああ、通話はこのままにしておこう。念のため、な」

「通話はそうしますけど……ヤケ酒かあ……」

「嫌なのか?」

「……僕は日本酒、飲みませんからね」

せっかくのいい銘柄なのに、とぶつぶつ呟く先輩と会話をしつつ、僕は研究室に向かうことにした。

そして、明乃さんの部屋には「起きたら飲んでください」と書いたメモと、ミネラルウォーターを置いておく。あの程度の酔いなら、一人にしておいても大丈夫だろう。


「頭いた……」

あまり慣れていないお酒を飲んだからだろうか。ずきずきと痛む頭を指で押しながら、僕は登校した。結局、飲み会は深夜まで続けられた。付近は物騒だからと、木之瀬准教授が全員分のタクシー代を出してくれたのがとても印象に残っている。

そういえば、赤瀬町で殺人事件があったらしい。前の箒ノ坂通りで起きた殺人事件と何か関連があるのだろうかと誰かが噂しているのを、登校中に耳にした。

連続殺人事件となれば、テレビとかでも取り上げられるかもしれない。まあなんにせよ、僕とは無縁の話だ。あれ以降フォビアには出会っていないから、事件には関係ないのかもしれない。

帰り際、またしても一瞬で素面《しらふ》に戻った先輩は「作戦を立て直す。明日また来てくれ」と言っていた。結局、あの観覧車の日の解析結果もまだ聞いていない。そういう部分も含めて、今日は色々聞こうと思っていた。

とにもかくにも、まずは授業だ。僕は二コマ目の講義に出るため、ゆったり構内を歩いていた。時間にはまだ余裕があるし、売店で野菜ジュースでも買っていこうかな。

「北條君」

そんなことを考えていると、後ろから声を掛けられた。

声を聞いただけで、昨晩まんまと先輩の策略に嵌まってしまった、かわいそうな子だと分かった。

「明乃さん。おはよう」

「おはよう。ねえ、昨日私のこと、家まで送ってくれたのって、北條君?」

「あ、うん、そうだよ。ごめんね、勝手に入っちゃって……」

なんだかいつもより元気がないように見える。声に快活さがなく、笑顔もない。

ただ、どこか既視感もあった。僕は、こういう明乃さんの姿も見たことがある気がする。

「やっぱり北條君だったんだ」

明乃さんは静かにそう言うと、僕にゆっくり近付いた。

「北條君」

何か尖ったものが刺さったみたいに、腹部がチクリと痛んだ。

あまりにも唐突な出来事に、僕の理解は一瞬遅れる。

「今から私が言う通りの場所に移動して」

傍から見れば、僕と明乃さんはいちゃつくカップルにしか見えないのだろう。誰もこちらを見ず、足早に通り過ぎていく。でも、僕だけは知っていた。僕の位置からは、それが見えたから。

「言う通りにしないと……刺すから」

太陽の光を浴びて鈍く光るナイフが、僕の腹部に当てられていた。

「明乃、さん？」

「私は今から貴方と腕を組む。その後、B棟の三号室に移動して。鞄で隠すけど、手首にナイフを当てるから。逃げようとしたらどうなるか、分かるよね？」

急な展開にまだ頭がついていかない。なんで僕は、明乃さんに脅されているんだ？

「え……と」

ただ、一つ思い出したことがある。

この、静かで落ち着いた声音。どこか冷たさを感じる明乃さんは、あの日、観覧車の中でしゃべったときに、そっくりだった。

「さ、行くよ」

するりと、蛇のように僕の腕に明乃さんの腕が絡まる。宣言通り、手首に冷たい感触がした。

もしここで逃げ出そうとすれば、彼女は本当に、ためらいなくナイフを閃《ひらめ》かせるのだろうか。

本当はそんな度胸、ないんじゃないだろうか……いや、命をかけてまで、それを試すメリットはない。

とりあえず今は彼女の言う通りにしよう。そう決めた僕は、ゆっくりとB棟に向かって歩き出した。二コマ目の講義には間に合いそうもない。


指定された教室は、この時間は誰にも使われていないようだった。周りの教室も同様なのか、明るい時間なのに、教室内はとても静かだ。遠くから聞こえる誰かの笑い声が、寂しく響く。

教室に着き、後ろ手に施錠をした彼女は、僕を教室の壁際に引っ張っていった。

ちょうど、扉に付いた小窓からも見えない位置だ。

そして、明乃さんは組んでいた手を外し、流れるような動作で僕の胸にナイフを突き立てた。その動作には一切の躊躇いがなくて、僕は咄嗟に彼女の腕を握った。

「――っ離して」

「ちょっと待ってよ！　一体どうしてこんなこと――」

「どうして？　決まってるでしょう⁉　貴方、私の部屋に入ったんでしょう⁉」

「は、入ったよ。それは謝る、謝るから……」

しかし、危うく殺されそうになるほど、悪いことだったのだろうか。

明乃さんの右腕は依然強くこわばっている。僕はその腕を握る両手から意識を外せなかった。

「しらばっくれる気？」

「何を？　ほんと、ちょっと落ち着いてよ」

「……もしかして、見てないの？」

「だから、何を？　さっきから何を言ってるのか、全然分かんないよ！」

明乃さんの腕から少し力が抜けた。本気でかかれば、ナイフを奪えるかもしれない。

しかし、もし失敗して、逆上させてしまったらどうなる？　今よりも悪い状況になるかもしれない。最良の選択が分からず、僕は結局動けない。

「見て、ないの？　嘘、だってあんなに……でも、この反応……」

「なんの、話？」

「すぐ、帰ったの？　あんまり部屋の中を見ずに、物色せずに」

「えーと、そりゃ多少は見たけど、電気つけてなかったから暗かったし、よく分からなかったよ」

本当は結構物色したけど、それを言えば何をされるか分からない。

だから、半分本当のことを混ぜて、嘘をついた。電気をつけなかったのは本当だ。

「どう、して」

「いやだって、電気つけたら明乃さん起きちゃうかもしれないし……」

「……見て、ないんだ」

「うん、何か見られたくないものがあったのなら謝るよ。けど、僕は何も見てないし、何も知らない。ね、これでいいでしょ？」

さっきから共感覚で彼女を視る余裕がない。

少しでも視ることができたなら、何か情報が得られるかもと思ったが。

「見てない、んだ」

「うん、だからさっきからそう言って――」

「見てないんだ。見てないんだ、見てないんだ見てないんだ見てないんだ見てないんだ！見てないのに私、こんなことしちゃったんだ！　あは！　あはは！　あはははははははははは！　あはははは！　あはははははははははははははははははは、ねえ北條君」

「な、に」

明乃さんは突然笑い出したかと思えば、急に真顔になって、彼女は僕を見つめた。

その目は、ガラス玉みたいに無機質だった。僕を映しているようで、けれども何も映していないような。矛盾を抱えた瞳で見据えられるのは、たまらなく居心地が悪かった。

「みちゃったね」

「いや、だから見てないって――」

「私を、みちゃったね。ダメだって言ったのに」

それは彼女の、このどこか狂気じみた姿を見てしまったことを指しているのだろうか。

平坦な声で彼女は続ける。

落ち着いた声音の裏に、いつ感情が爆発するか分からない危うさを秘めている気がした。

「こうなったら、仕方ないね」

迂闊《うかつ》に声をあげることが、できない。

「私のこの姿、みちゃったんだもんね。やっぱり口封じするしかないよね、殺すしかないよね！」

「い、言わない！　言わないよ！　誰にも言わない！」

「はあ？　嘘、つかないでよ。ナイフを突きつけたんだよ？　殺しかけたんだよ⁉　そんなの！　誰だって！　通報するに決まってるじゃないっ！」

最後の言葉はほとんど絶叫に近かった。笑ったかと思えば無表情になり、無表情になったかと思えば叫び出す。怒涛の勢いで感情の塊を叩きつけられた僕は、無意識に背中を壁に押しつけていた。唇を噛んで、必死に打開策を模索する。

ああ、だめだ。このままじゃ、だめだ。

感情で説得しても意味がない。大丈夫だよ、なんて言っても信じない。そんな薄っぺらな言葉は、今の彼女には届かない。きちんと、理論立てて納得させて、屈服させないと。

――いつだって自信満々な先輩みたいに。あの姿を、思い出せ。

「……ここで僕を殺したら、君はすぐに捕まるよ」

落ち着いて、僕は言葉を切り出した。何か一つでも間違えれば、きっと彼女の感情は暴発する。慎重に、迅速《じんそく》に、正しい言葉を選択する必要がある。

「そんなの分からない」

「いや、捕まるね。まずそのナイフ。見たところ普通の家庭用ナイフだよね。それでどうやって殺すの？　心臓でも刺してみる？　心臓に刺すのは難しいんだよ？　肋骨とかが邪魔してさ」

言葉を発しながら、明乃さんの返事を予測し、その答えを考える。一瞬でも間を与えれば、明乃さんに主導権を握られてしまう。

「別に、心臓じゃなくてもいい。殺せればいい」

「そうだね、心臓を刺さなくても人は殺せるよね。例えば首を切る。頸動脈を切ってしまえば後は勝手に死んでいくだろうね。でも知ってる？　頸動脈って切ったらすごい血が出るらしいよ。噴水みたいに噴き出るんだってさ。そしたら明乃さん、血まみれだね。血まみれで外に出ることになるね。今はまだ午前。外にはたくさん人もいる。そんな中に血まみれの人間が歩いてたら、すぐ捕まるよね？」

いける。やれる。毎日先輩と一緒にいたんだ。あれだけ先輩の言葉を聞いてきたんだ。彼女の一歩先の言葉を紡ぐくらい、どうってことないだろう？

「返り血を浴びないようにすれば……」

「へえ、それってどこ？　刺しても血が出ないような場所ってどこにあるの？　少なくとも手にはかかるよね。手袋とか持ってないでしょ？　素手にかかっちゃうね。血まみれの手ってだけでも相当目立つよ？　ねえ、どうするの？」

明乃さんの両手から力が抜けた。

「…………」

「明乃さん、分かったよね。不可能なんだよ。僕のことを殺して、そのまま逃げおおせるなんて」

よし。説得できた。

ここで僕のことを殺すのは合理的でないと、ちゃんと伝わったはずだ。

そんな風に気を抜いた僕は、けれどどうしようもなく愚かだった。

サイコパスには、合理性など通用しない。

数瞬後、再び僕に食ってかかってきた明乃さんを見て、僕はそれを痛感した。いつもの可愛らしい顔をくしゃくしゃに歪めた明乃さんは、顔にできた皺一本一本に切迫感と悲壮感を滲ませていた。

「じゃあ……じゃあっじゃあじゃあじゃあじゃあじゃあさあ！　どうしたらいいの？　私はどうし

たらいいのよっ⁉」

「そ、それは……」

「他に方法がないのなら、殺すしかない！　捕まったっていいから、殺すしかない！　そうでしょう？　ねえ、そうでしょう⁉」

捕まったっていいから。

その、手段と目的に感情が混ざって、醜くごちゃごちゃになった言葉を聞いたとき、僕は思わず強い語調で言った。

「そんなの、僕を信じてもらう以外ないよ！」

「……え？」

しまった、と後悔した。

こんな感情論は、きっと彼女には通じない。だって、今の僕の言葉はとても無責任だ。信じてもらえる根拠を提示したわけでもないのに、僕のことを信用してくれなんて虫が良すぎる。

ぎゅっと拳を握り締めて、彼女の感情の激流が襲いくるのを待つ。

だけど彼女は僕の予想に反し、歪んでいた顔をゆっくり、ゆっくりと元に戻して——

「そっか！　分かった！　そうしよ！」

——急に満面の笑顔になって言った。

「今日から私、ずーーーーーーーーーーーーーっと北條君と一緒にいるねっ！」

「……は？」

「朝も、昼も、夜も。朝起きてから歯を磨いてその後ご飯を食べて用意して支度して学校で授業受けてお昼ご飯を食べて帰って夕ご飯の買い物してその前にちょっと寄り道なんかして一緒におしゃべりしてそれで帰ってから夕ご飯を作っててそれを盛りつけて盛りつけたそれをテレビでも見ながら食べて洗い物してお風呂を沸かしてお風呂に入ってドライヤーで髪の毛を乾かして乾かしあってそれでお布団の中で抱き合って寝るの！　一緒に！　ずっと一緒に！　私があなたのことを、ずっと、ずっと、見てあげる見ててあげる見守ってあげる！」

「あ、けの……さん？」

「そしたら私、貴方のことを信用できる。うん、そうしよ、それがいいよ！　そしたら殺さなくていいもんね！」

確かにそうすれば、彼女は安心できるのかもしれない。

でも……でも、それは、信用じゃない。

監視、観察、束縛、依存、寄生、強制、共生。

様々な言葉が僕の頭の中で浮かんでは消え、消えては現れた。

「ふふっ、じゃあ今日からよろしくね、北條君っ」

そのとき僕は、ようやく彼女の「本質」に目を向ける余裕ができた。

あの日と同じように、色とりどりの靄で月が隠れた夜空が、僕を見つめていた。

13

彼女は、本当にずっと僕の傍《そば》にいた。

授業のときも、移動のときも、食事のときも左腕を絡めて、体を密着させ、あたかもカップルであるかのように装った。まるで拘束具みたいだなと、僕は苦笑いした。

本気で焦ったのは用を足すときだった。さすがに離れてくれると思ったけれど、甘かった。トイレに行きたいと言うと、分かったよ、と優しく笑い、僕を障害者用の大きなトイレに連れていき、あろうことか一緒に入ってきた。

もうそこにツッコむ段階ではないと察した僕は、あきらめた。

「ほう、それで北條君と付き合ったと」

「そうなんです！　実は前々からいいなーとは思ってたんですけど、最近急接近しちゃってー！　ねー北條君っ」

「いえ、その……っつ……はい」

「それは何よりだ。学生のときは思う存分、恋するのがいい。四年もあるんだ、色々な人と付き合うのも悪くはないぞ」

「えー、私は北條君一筋ですよーっ！」

そして当たり前のように、木之瀬研にもついてきた。そうなると当然、月澪先輩にも出会うわけで……ここ十数分、ずっと明乃さんがしゃべっている。

僕はさっき机の下で明乃さんに踏まれた左足を右足でさすりながら、さてどうしたものかと思案していた。しかし、どうやら僕に発言権はないらしい。彼女は月澪先輩のことを警戒しているのだろうか。あまり不審な行動をとって刺激するのも得策ではないので、僕は明乃さんの方を見ることができなかった。

代わりに、月澪先輩の「本質」をぼんやりと視る。赤々と燃える炎は黄色い火花を散らし、圧倒的な存在感を放っていた。今はその炎が、とても頼もしかった。

「好きで好きでたまらない、というわけだね」

「そうなんです！　ほら、付き合いたてなので！」

「それでバイト先までついてきた、と」

「はい！」

「……歪んでいるな」

か細い声でそう呟いた月澪先輩の声は、明乃さんに届いたかどうか、定かではなかった。

明乃さんは変わらず奇妙なくらいに明るい笑顔を貼りつけて、言った。

「愛の形は人それぞれ、ですよね？」

「愛、ね」

今、この状況を先輩はどう判断しているだろうか。

先輩はさっきから明乃さんと表面上のやり取りをしつつ、こめかみを人差し指でとんとんと叩いている。今のこの異常事態を客観的に、論理的に分解し、解釈し、状況を打破する策略を巡らせてくれているはずだ。

情けない話だが、僕にはもう、月澪先輩に頼るしかなかった。

「そういえば明乃さん、君は昨日の飲み会のこと、覚えているかい？」

「もちろんですよー！　すっごく、楽しかったです！」

「そうだろう、そうだろう。なんと言っても、楽しすぎて、君は服を脱いで踊っていたもんな」

「え……なんの話ですか？」

「ああ失礼、脱いだのはオッパ――浩太君だった」

えー、そこ間違えるなんて先輩ひどーい！　と明乃さんはからからと笑った。

そんな明乃さんに笑って謝る月澪先輩の目は、既に彼女のことを後輩としては見ていなかった。

僕を脅していた明乃さんの無機質な目とはまた違う、一挙一動から情報を貪欲に得ようとする、研究者の目だ。

「ところでもう一つ聞きたいんだが、いいかな」

「なんですかー？」

「君は誰だ？」

ぴくりと、横にいた僕にしか分からないくらい微かに、明乃さんの肩が跳ねた気がした。けれど、そんなのは僕の勘違いだったのだとかと思ってしまうくらい、彼女はいつもと変わらぬ声音で返答した。

「あはっ、何を言っているんですか、月澪先輩。私は、明乃麗奈ですよ？」

その答えを聞いたとき、僕の角度から見えた先輩の口角が少し上がって見えた。

気のせい、だろうか。

「……そりゃそうだ。くく、どうやら私は、まだ酔っぱらっているらしい」

「あの後も飲んでたんですよね？　さすがに飲み過ぎですよー」

「何を言う、あんなのは飲んだうちに入らん」

「またそんな強がり言ってー」

まるで、凍りついた湖の上で、中で泳ぐ魚を釣ろうと釣り糸を垂らすような意味のないやり取りが続いた後、先輩はこう切り出した。

「ところで、少しバイトの件で北條君と話がしたい。数分でいい、隣の部屋で待っていてもらえないかな？」

「えー、だめでーす。そんなこと言って、北條君のこと口説くつもりなんでしょう？　月澪先輩も、北條君のこと大好きですもんねっ」

「ふっ、何を馬鹿なことを……君の目には周りの女全てが恋敵にでも見えているのか？」

「はい」

「……なるほど」

「バイトの話をするなら、私そこのソファーに移動してます。ほら、そこなら詳しい話は聞こえないし、いいでしょう?」

本読んで待ってますから! と鞄から文庫本を出して先輩に見せる。本にはブックカバーがつけてあり、タイトルまでは分からなかった。

「あくまでも、自分の監視下に置きたい、というわけだね?」

「監視だなんて人聞きの悪い。少しでも近くにいたいんですよー。好きな人には、私の視界の範囲にいて欲しいんです。手の届く範囲にいて欲しいんです。分かりませんか?」

「生憎《あいにく》、愛だの恋だのとは無縁でね。理解に苦しむのは確かだ」

「えー、もったいなーい! 月濤先輩こんなに美人なのにー! 高嶺《たかね》の花ってやつですか?」

だめだ。何を言っても取り合おうとしない。それどころかいいように話をずらし、論点をすり替え、話をうやむやにしようとしている。月濤先輩の表情は曇らないが、晴れもしない。

そのとき、電話が鳴った。音の出所は、明乃さんの鞄の中だった。

「っ……こんなときに」

「出ないのか?」

「いいんです、別に」

「研究室内は電話禁止ではないぞ?」

「いいんです、別に」

頑《かたく》なに同じ言葉を繰り返す明乃さんの鞄の中で、スマートフォンは鳴り続けた。

色気のない電子音が研究室の中に響く。

「正直、取ってもらった方がありがたいんだが」

「じゃあ切ります」

明乃さんの意識がスマートフォンに向かったそのとき――先輩は僕に目配せをし、思い切り振りかぶったペンを机に叩きつけた。

鋭い音が響き渡り、スマートフォンを取り出した明乃さんが一瞬固まった。

「な、なんですか？」

「ああ、すまない。このペンの出が悪くなっていたので、イライラしてね」

「なんでこのタイミングで――」

「明乃さん」

間髪いれず、僕は明乃さんに言葉をぶつける。タイミングが命だ。一瞬でも遅れることはできない。

「画面には『ママ』って書いてあるね。出なくていいの？」

「――っ！」

「ほう、ご家族からか。それは出たほうがいいな」

「そんなの先輩に言われる筋合いありません。ほら、もう切れましたし！」

先輩の――誰からの電話か確認しろという日配せの意味に気付けたのは奇跡だった。

さらに先輩が大きな音で明乃さんの気を引き、通話をキャンセルするまでの時間をわずかにずらした。

「またかかってくるに違いない。電源は切らずにいた方がいい」

「だから、そんなの指示される筋合い――――っ」

「……そーら、かかってきた」

流れが変わった。先輩の顔にはいつもの大胆で自信に満ちた、悪い言い方をすれば傲岸不遜な表情が浮かんでいる。

「何度もかけてきているんだ。相当の急用に違いない。なに、心配はいらない。さっきから言っているだろう。ここで、話せばいい。それとも……」

先輩がにやりと笑う。こうなると、もうどっちが悪役だか分かったものではない。

「何か聞かれるとまずいことでもあるのかな?」

「……一瞬、席を外します」

けたたましく鳴り続けるスマートフォンを右手に、左手に鞄を持ち、がたりと席を立った明乃さんは、どう見ても苛立っていた。

彼女が廊下に出て、「もしもし」というくぐもった声が聞こえた瞬間、先輩は小さな声で、素早く、僕の方を向かずに言った。

「何も言うな、全て把握した。一人になったら、連絡しろ。いつでもいい。今日一日待つ。

明日まで連絡がなければ、警察に行く。だがあまり彼女を刺激したくない。隙を見つけてくれ。ＩＤはこれだ。電話はワンコール以内に出る。必ずだ」

最低限の動作で、机の上に自分の名刺を滑らせた。それを受け取り、ポケットの中に詰め込んだとき、明乃さんが戻ってきた。本当に一瞬の出来事だった。

しかしその数十秒で、僕の心境は百八十度変化していた。先輩は「全て把握した」と言った。なら後は、僕が一人になるチャンスをうかがうだけだ。

こんな歪《いびつ》な関係、必ず抜け出して見せる。


明乃さんが電話から戻ってきた後、今日のバイトはもういいから帰りなさいと先輩に言われた僕たちは、帰路についていた。相変わらず僕の左腕には明乃さんの両腕が絡みついていて、居心地が悪い。

今、僕は明乃さんの家に向かっている。今日からそこに住まなくちゃいけないらしい。

「え？　だってずっと一緒にいるんだから当然でしょ？」

彼女の中で、それは決定事項らしい。せめて着替えを取りに帰りたいと伝えると、そんなのは明日以降でいいと強引に押し切られ、替えの下着とアメニティセットをコンビニで買い、昨晩訪れた明乃さんの部屋の前に立っていた。

「入ったら一瞬だけ廊下で待ってて。いくつか……片づけたいものがあるから」

「分かった」

僕の当面の目標は月澪先輩とコンタクトを取ることだ。そのために、隙を見つけるべく、明乃さんのことは下手に刺激しない方がいいと思った。

「どーぞ」

「お邪魔します」

当然だけど、昨日と変わらぬ光景がそこにはあった。

綺麗に片づけられたシンク、小さな食器棚、冷蔵庫、電子レンジ、よくある一人暮らしの家の風景が広がっている。

「じゃあ、ここで待ってて」

「分かった」

「逃げたりしたら――」

「大丈夫だから」

「ん」

そう言うとパタパタと部屋の中に入り、扉を閉めたと同時に、何かを片づける音が聞こえてきた。おそらく、クローゼットを開けてそこに何かを入れたんだろう。

「どうぞ」

「本当に一瞬だったね……」

時間にすると一分とかかっていない。先輩にメッセージだけ入れておくか悩んだが、やめておいてよかった。

ふと、明乃さんが口を開く。

「なんか暑いね、クーラー入れよっか」

「そうだね」

一人暮らしの小さめの部屋に二人も人がいるからか、確かに少し暑かった。

じんわりと額や首に汗が浮くのを感じた。

「あー……北條君、汗かいてる」

「……暑いから、ね」

「ふーん」

彼女の指先が、僕のこめかみから頬、そして首へとつたい、鎖骨あたりで止まる。か細い指に肌を軽くひっかかれる感触に、ぞくぞくとする。

そのまま爪でかりかりと僕の鎖骨を弄《いじ》りながら、明乃さんが言った。

「クーラー効くまで時間かかるし、お風呂、入ろっか」

「どうぞ」

「入ろっか」

「だから、どうぞって……」

「ふふふ――何言ってるの？」

突然、ぐいっと襟首を掴まれ、僕は前かがみになった。耳元で、明乃さんがそっと囁《ささや》く。

「一緒に入るに、決まってるよね？」

「いや、決まっては――っつ……」

「口答えしないで」

耳に鋭い痛みが走る。前歯か、犬歯か。そのどちらかで噛まれたようだ。

「ふふ、ごめんね……でも北條君が悪いんだよ？　私が言ったこと、すぐ忘れちゃうんだもん」

「ち、ちょっと、やめ――」

「動かないで」

耳元からぴちゃぴちゃと水音が聞こえる。明乃さんが、自分で噛んだところを舐《な》めていた。慈《いつく》しむように、優しく、ゆっくりと、執拗に。生温かい舌が這い回る度に、静かで大きな唾液の音が鼓膜を震わす度に、脳内を犯されているかのような感覚に陥《おちい》る。

「私、決めたの」

「なに、を」

「私はずっと北條君と一緒にいる。ずっと北條君に尽くしてあげる。北條君が私なしじゃ生きられないように、私がいないと寂しくてわんわん泣いちゃうくらいに……切なくて、苦しくて、胸が張り裂けそうになるくらいに、虜《とりこ》にしてあげる依存させてあげる堕落させてあげる」

襟首から手が離れる。反射的に僕は、彼女の「本質」に目を向けた。

色とりどりの靄によって依然として月は隠れてしまい、彼女の「感情」は判然としない。

けれど僕はなぜか、彼女が少し、動揺している気がした。

「じゃあ、頭洗うね」

「うん……」

言われるがままに脱衣場に行き、言われるがままに服を脱がされ、言われるがままに今、髪を洗われている。少しでも僕が抵抗するそぶりを見せると足先を踏まれ、肌をつねられ引っかかれ、その後「よしよし」と傷つけた部分を過剰なくらいに愛でられた。

これは多分、飴と鞭、いわゆるマインドコントロールというやつだ。

必要以上に恐怖を与え、与え、与え続け、その代わりにちゃんと従えば、愛情をたっぷり与える。次第に僕は、彼女の愛情なしでは生きられなくなり、いつしか僕は、廃人のようになるかもしれない。

「きもちいい？」

「うん……」

「そっか」

分かっているにもかかわらず、僕は既に彼女から与えられる好意がたまらなく心地よかった。

むせ返るほどに甘ったるいご褒美は、糸を引くほどに粘っこく、僕の体にねちゃねちゃと纏わりついてくる。そんな痺《しび》れるような感覚をさらに求めてしまい、溺《おぼ》れてしまいたくなる。

「体も、洗うね」

「……」

「洗う、ね？」

「っつ……うん……」

「お願いします、は？」

「……おねがい、します」

彼女の素肌が、ボディーソープ越しに僕に触れた。しっとりと柔らかく、なめらかなソレは、僕の肩に、背中に、腕に絡み、自由に滑る。体中を駆け巡る快感に、目の前が明滅するほど興奮する。やがて僕を後ろから抱え込むようにして、彼女の全身が張りついた。

ふと、明乃さんの心臓の音が激しくなっている気がして、尋ねてみた。

「緊張、してるの？」

「そういう北條君は普通だね……。やっぱり心臓に毛でも生えてるの？」

「麻痺してるだけだよ」

「そう」

やはり彼女は動揺し、緊張している。ならば、主導権を奪うのは今しかない。

この状況に、彼女が慣れてしまう前に。僕が溺れて、取り返しがつかなくなる前に。

シャワーで体から全ての泡が流れ去ったとき、僕は動いた。

「じゃあ、次は僕の番だね」

くるりと振り返り、明乃さんを正面から見据える。

「え、ちょ……な、何してる、の……？」

「次は僕が、明乃さんを洗う番だ」

「い、いいよ！　自分で洗うから！　北條君は湯船につかってて……」

「だめだっ！」

「なんでそんなに返事が力強いの⁉」

僕はぐいっと明乃さんに詰め寄った。

一人暮らしのお風呂なんて、そんなに大きくない。

既に僕たちは、互いの肌が触れ合うくらいの距離にいた。

「ちょ、ちか、ちかい……」

「恥ずかしがることなんてないよ。だってこれから、何度だってこういうことするんでしょう？」

「それは、そうだけど……」

上へ下へと揺れ動く彼女の目線と、不安定な色を帯びはじめた彼女の「感情」を見て、僕はあと一押しと意気込む。

「ほら、力抜いて」

「ま、待って……まだ心の準備が……。あっ――」

浴室に鈍い音が響いた。

詰め寄った僕から逃れるように後退した彼女は、濡れた床に足を滑らせ、壁に頭を打ちつけ、崩れ落ちた。

「……明乃さん？」

「……」

「えっと……」

ぺしぺしと頬を叩いて確認する。気絶、していた。

「ごめん、こんなつもりじゃなかったんだ、けど……」

とにかく、後頭部を打ったときの対処法を調べないと……期せずして訪れた好機に、僕が最初に行ったのは、先輩に連絡することではなく、彼女の介抱だった。

濡れた彼女の体を拭き、乾いたバスタオルで巻いてからベッドに運ぶ。

ひとまずこんなものだろう。意識が戻るまでは下手に動かさない方がいい。

なんともあっけない幕切れだった。

これで月澪先輩に連絡すれば、状況は著しく改善するだろう。

そう思って自分のスマートフォンを鞄から取り出そうとしたとき、明乃さんの鞄を倒してしまった。

「……っと」

口が開いていた鞄から飛び出してきたのは、スマートフォンに文庫本とハンカチ、そして、財布。財布はさらに転がり出て、ぱかりと開いて中身をさらけ出した。

「あちゃー……」

中身を戻すべく、一つ一つ取り上げて、鞄に入れていく。

最後にピンク色の長財布に手を伸ばし――止まった。

「免許、証……？」

カード入れの中から顔をのぞかせたそれは、確かに免許証だった。


『免許証もなし？』

『うん、そうなのー。取るのは大学入ってからにしよっかなーって思ってたら、半年たっちゃった』


あのときの言葉は、嘘だったのか。

でも……どうして嘘をついてまで、免許証を出したくなかったんだ？

「明乃さん、見るね……」

確認しなくてはならない気がして、僕は返事をすることがない相手に声を掛けながら、免許証を引き抜いた。

「……え？」

なんてことのない、普通の免許証だった――ある一点を除いて。

数呼吸置いた後、僕はそっと免許証を財布に戻し、立ち上がる。

そしてベッドの上に横たわる彼女を見つめ、呟いた。

「君は……誰?」

了　月澪彩葉

北條君の連絡から一時間後、私は明乃麗奈の家の近くにある公園にいた。

彼女は風呂場で後頭部を打ちつけたらしく、目が覚めた後、問題がなければすぐにでもここに連れてくるということだ。風呂場というのは気にかかるが、北條君が無事だったことを素直に喜びたい。

日が落ちてきた公園で、私は一人、息を長く、細く吐いた。生暖かい風が頬を撫でる。

昨晩、明乃麗奈の家を捜査したことは、決して無駄ではなかったらしい。北條君の身を危険にさらしてしまったことにかなりの罪悪感を覚えたが。

「来たか」

公園の入り口に立つ二人の姿を確認して、私は呟いた。ここまでかき混ぜ、介入したのだから、きちんと落とし前をつけなくてはいけない。

さあ。このどうしようもなくチープで、くだらない謎を。明乃麗奈という存在の謎を、解き明かそう。

「なんなんですか、話したいことって」

「いいね、いきなり本題から入るのは嫌いじゃない。なら私も、結論から話そう。君は明乃麗奈ではない」

「は、はい？　一体何を言って――」

「ああ、待て待て。もっと詳しく話そう。君は明乃麗奈ではない。この大学の入学を辞退した〝漣《さざなみ》レン〟というまったくの別人だ」

まさか私がそこまで掴んでいるとは思いもしなかったらしい。白《しら》を切るつもりだったであろう明乃麗奈……漣レンの顔が一瞬こわばった。

「なあ、北條君。君は補欠入学だったらしいな」

「え、ええ。なんでそれを……」

「さっき、大学の事務に問い合わせて確認したときにね。誰が入学を辞退したのか、誰が代わりに入学したのか、全部教えてくれたよ」

本来はそこまで教えることはないが、木之瀬准教授の口添えと、緊急事態だということを説明して、ようやく聞き出せた。漣レンが辞退して、その枠で入れたのが北條君というのは、なんとも奇妙なめぐりあわせだ。

「理由については詳しくは分からないが、君は『明乃麗奈』という存在に心酔しているのだろう。心酔では生易しいか、神格化していると言ってもいい。だから自分という人格を捨てて、明乃麗奈を名乗った。そうだろう？」

そう、決して彼女は解離性同一性障害なんかではなかった。

カテゴライズするならば、軽度の人格障害《パーソナリティ》だろう。

昨晩のことがあってから、私は彼女が多重人格ではない可能性を考えていた。もちろん、軽度の解離性同一性障害のパターンも捨てきれなかったが、どうもしっくりこない。何か別の要因が、彼女を歪めている気がしていた。

そして今日、彼女は現れた。北條君を拘束するように、べったりと引っついて。昨日の今日でこの変わりよう。北條君が部屋に訪れたことが何らかの形でばれて、それがトリガーとなって彼女を豹変させたであろうことは簡単に推測できた。

私は彼女を観察することにした。北條君の腕を取り、体をくっつけ、一秒たりとも離れないようにする彼女の姿は、束縛しているようにも、監視しているようにも見えた。

しかし妙だったのは、北條君の口数があまりにも少なかった点だ。話題の全てを彼女が作り、質問の全てを彼女が受けた。それはあたかも、北條君に余計なことをしゃべらせまいとしているかのごとく。

奇妙な点はもう一つあった。

これほど昨日の明乃麗奈とは変わってしまった彼女は、それでもなお、明乃麗奈として振る舞おうとしていた。人格の変移があったのであれば、他の人格に引きずられるはずがない。

加えて彼女には飲み会の記憶もちゃんと残っていた。自分のことを明乃麗奈だとも名乗った。

つまり彼女は、私に「自分は明乃麗奈である」と認識して欲しかったのだ。

この時点で、私の中から多重人格の説は消えた。

ならば、彼女をここまで歪めるものは何か。そこまで考えたとき、彼女のスマートフォンが鳴った。

北條君はしっかり私の意を汲み、着信画面に書いてあった通話相手を教えてくれた。彼はいい助手になりそうだ。

さて、着信画面には『ママ』とあった。家族から電話があったことは一つのポイントではあるのだが、今は置いておく。私がこのとき気になったのは二点。

一つは、家族からの電話に彼女が苦々しい表情を作ったこと。

もう一つは、呼称のずれ。

『うん！　すっごくたのしー！　月澪先輩おもしろすぎだし、浩太君は心から意味が分かんないし、木之瀬准教授はお母さんみたいだしー！』

『明乃さんのお母さん、木之瀬准教授に似てるの？』

『お母さんはねー、んー、カピバラみたいな人！』

そう、彼女は飲み会で、「お母さん」と呼んでいた。とっさに出る呼称は、幼少期からの経験によって決まる。些細なことではあるが、これらの情報を加味すると、一つの仮説が浮かび上がる。

すなわち、彼女は他人の人格を真似しているのではないか、と。

真似ならばまだ可愛い。問題は、真似ではなく、成り代わり。つまり、人格を模倣している相手が死んでいた場合だ。彼女は明乃麗奈として大学に通っている以上、入学時点では「明乃麗奈」本人は生きていたはずだ。だから私は、大学の事務に急いで向かった。

結果、明乃麗奈は入学していた。必要書類は全て受理されていたし、配布もされていた。

その代わり、一人入学を辞退している人間がいた。それが、漣レンだ。

「あ、はは。何を言ってるんですかー？　先輩、もしかしてまだ酔っぱらってるんですか？」

「悪いが軽口に付き合う気はない。答えろ。君は漣レンを知らないのか？」

「――っ」

「答えろ」

「し、知ってますよ？　名前、くらいは」

「なら、漣レンは、君にとってどういう人間だった？」

「……え？」

「明乃麗奈にとって、漣レンはどんな存在だったんだ？　友達か？　親友か？　それとも……ただの、知人か？」

「そ、れは……」

「なるほど……君は、悲しいやつだな」

成り代われるほど明乃麗奈のことを知っていたということは、彼女は明乃麗奈の友達だったのだろうが……それほどまでに執着した相手が、自分自身をどう見ていたか分からないとは、なんとも哀れな話だ。

「い、一体何なんですか、さっきから！　大体、何の根拠があって、そんなバカげた話をするんですか！」

「根拠、ねえ……」

私が取り違えた数々の事例が頭をよぎる。

彼女がサイコパシー・チェックリストを潜り抜けたのは、明乃麗奈を模倣したからだ。

彼女が共感覚でサイコパスと認識されたのは、漣レンがサイコパスだからだ。

遊園地での言葉が嘘にまみれていたのは、明乃麗奈としての答えを口にしつつも、本心は違ったから。

最後の観覧車で彼女の雰囲気が変わったのは、観覧車は漣レンが好きなモノであって、明乃麗奈が好きなものではなかったからだ。

「本質」の光景に関しては……要検討だ。

そして彼女が自分の部屋に入られて動揺したのは、自分が明乃麗奈ではなく、漣レンであるということを知られる何かが家にはあったから。結局北條君はそれを見つけることはできなかったが。

さて、このように根拠はいくらでもある。しかし、共感覚については話すと長くなるうえに、北條君の秘密を私が勝手に話すことになる。それは避けたい。

まあ、そもそも根拠を提示する段階は、とうに過ぎている。

「そんなまどろっこしいことをしなくても、証拠はある。免許証に書かれた名前は漣レンだろう。学生証に書いてある名前は、明乃麗奈のはず。それで十分だ。飲み会の席で保険証を出したのは、明乃麗奈の名前が付いているもので写真が載っていないのはそれしかなかったからだ」

明乃麗奈のフリをしているということは、本物は既にこの世にはいないにちがいない。明乃麗奈と知人、もしくは友人だった彼女は、明乃麗奈の身分証明書を手に入れ、代理で入学手続きを行った。学生証はいくら再発行しても写真を変えられない。だが、学生証は磁気を使った本人認証以外に使い道はあまりない。つまり、写真を見せる機会などほとんどない。半年程度であれば、避けようと思えば避けられる。

「ちがう……」

「もう限界だろう、明乃麗奈、いや、漣レン。他人に成り代わって生活するなんて、まだ親の保護下にある君には不可能だ。半年だから騙し騙しやってこられたのだろうが……スマートフォンの着信。あれは、明乃麗奈の両親からじゃないのか」

「ちがうって、言ってるでしょ……私は……私は、明乃麗奈だ……」

「家賃、学費、その他諸々、いったい誰が払っていると思っている。必要な書類を渡すことがあるだろう。そうでなくても、心配してこっちに来ることだってある。電話越しならギリギリ声でばれることはないかもしれないが、直接会えばアウトだ」

「私はっ……」

種明かしはほとんど済んだ。

後は確認しておかなければならない数点を押さえるだけだ。

彼女のサイコパスの度合い。そして、明乃麗奈の行方。

「君、明乃麗奈の両親を殺すつもりだったな」

「……っ」

やはりか、とため息が出る。秘密を知られそうになり、どうしようもなくなったとき、相手を殺すことを選ぶ。ハードルが高いはずの殺人を短絡的に選択する。サイコパスの特徴の一つだ。

「第一、漣レンの両親は何をしている。娘が勝手に大学を辞退していれば、何か言ってくるだろう」

「さあ……？　興味ないいんじゃない、漣レンのことなんて」

やはり、家庭環境は複雑なようだ。幼少期から思春期までの経験は、人格形成に多大な影響を及ぼす。おそらく、カピバラのように優しいお母さんというのは……明乃麗奈の母のことなのだろう。これもテンプレートを外れない。

「なら、『君』に興味があった人間は誰だ？」

「わ、『私』は……たくさんの人に好かれてますよ？」

「つまり漣レンも、その有象無象の一人でしかないということか？」

「っ……」

ああ、もう折れるな。彼女の姿を観察しながら、私は淡々と思考する。

きっと幼少期、誰にも相手にされなかった漣レンに、明乃麗奈だけは優しく接してくれた。彼女に温もりをくれた明乃麗奈は、しかし、多くの人に愛され、多くの人を愛する女性だった。

漣レンは、そんな多くの人間の一人に過ぎなかったのかもしれない。

だけど、漣レンはその事実を認めたくない。明乃麗奈の思考を模倣しようとすればするほど、自分の中に燻《くすぶ》る想いとは乖離してしまい、この歪みは看過できないものになっていく。

結局のところ、自分以外の人間が、自分のことをどう考えているかなんて、分からないのだ。

私たちは、各々の経験によって形成された独自の世界を有している。

それは一つとして同じものはなく、決して交わらない。無理に混ざろうと、染まろうとすれば、ギャップの歪みに呑《の》み込まれ、つぶれてしまう——今の彼女のように。

予想通り、彼女はうつむき、涙声で、ぽつぽつ話しはじめた。

「私を……私をちゃんと見てくれたのは、麗奈だけだった……。麗奈だけが私に優しくしてくれた。麗奈だけが私のことを友達って言ってくれた。麗奈だけが……私のすべてだった。麗奈だけいればよかった麗奈がいなければ私なんて必要ない生きてる意味なんてない！　なのにっ！　あの子はっ！　死んじゃったから！」

「ちょっと待て」

冷たい感情が、心に注がれていく。

今こいつなんて言った？　死んじゃったから、だと？

「なんだ、君、自分で殺してすらいないのか」

「――え？」

「それほど大事な人間を、大事だから、誰かに奪われそうだから、奪われる前に、自分のものにするために、自分だけがその子の全てになるように。そうやって、彼女を殺して、彼女を偽ったわけじゃないのか」

「ち、ちがう……だって」

「はっ」

ともすれば嘲笑ともとれる笑いが、思わず口からこぼれた。

「なんて、中途半端な」

彼女は、非常に不安定だ。既に口調は安定していない。明乃麗奈になりきることに、限界を感じているのだろう。人格は解離し、元に戻ろうとしている。

目の前で明乃麗奈が死んだから、そのショックで成り代わっただけ。明乃麗奈の両親を殺そういう意思はあったが、実際には誰も殺していない。サイコパスとしての症状も軽い。

おそらく、明乃麗奈の死体をどこかに隠しているだろうから……罪は死体遺棄程度か。その後は、療養施設で適切なカウンセリングを受ければ帰ってこられる。

まったくもって普通の人間だ。

「さっさと自首しろ。そうすればみんな幸せになれる。明乃麗奈もちゃんと供養してやるんだ」

「……」

「いいか、漣レン。人は死んだら還らない……還らないんだよ。死んだ人間は君に何もしてくれないし、君が唯一できることは彼女を供養することだ。彼女を模倣し、彼女になって生きることなんかじゃ決してない。それが彼女のためになるし、みんなが幸せになれる唯一の方法だ」

「っ……」

やはり、こんなものか。あまりにもチープだ。

パンドラの箱を開けたら、中には絶望も希望もなく、ただパン屑《くず》だけが入っていたような喪失感。彼女は連続殺人の犯人なんかではなかった。もちろん、私の求めるサイコパスでもなかった。期待などしていなかった。それなのに、どうしようもなく心が冷える。

興味を失った私は、ここから去ろうとした。

「明乃さん」

そのとき、これまで一言も口を挟まなかった北條君が、彼女に声をかけた。漣レンは、びくりと肩を震わす。

「ううん、漣さん。はじめまして」

「……前から、会ってたでしょ」

「はは、そうだね。ごめん。僕は、君のことをとても知っている」

「嘘だよ。だって私は、明乃麗奈として貴方に接してた」

「そうかな？　あ、いや確かに、君は明乃さんだったんだけど……漣さんでもあったよ」

「何言ってるの？」

「んー、なんて言ったらいいのかな。これは秘密なんだけど、僕は君の心が視える」

「だから、何を言って――」

「ああ、待って待って。訂正する。僕は君のこと、綺麗だって言ったよね。覚えてる？」

「……うん」

「今まで、明乃麗奈としてふるまってきた期間、あんなこと言ってくれた人、いた？」

「……いない」

「だよね。明乃さんは可愛いんだ。人懐っこくていっつもぴょんぴょん跳ねてて、元気いっぱいの小動物みたいだった」

「そうだよ。私とは――」

「君とは、正反対だね」

「……っ」

「君は、漣さんは、きっと静かでおとなしくて、どこか近寄りがたい……は違うな。透き通った綺麗な心の持ち主なんだ」

「私の何が分かるの」

「僕はちゃんと君を視ていた。だから君は、あの日観覧車で、『みないで』って言ったんだよね。見透かされるのが恐くて。そして、〝自分がみつけられた〟とき、自分がどんな感情を抱くのか、考えるのが恐くて」

「なんで、それが……」

「僕は視ていたよ。君のこと。漣さんのこと。すごく綺麗だと思った」

「……」

「自信を、持って欲しい。明乃さんにはない素敵な面を、君はきっといっぱい持ち合わせているんだ。だからこそ、明乃さんだってそんな君のことを好きだったんじゃないのかな」

「……っ、麗奈、が……」

「うん、君の大好きな、明乃さんが。君のことを大好きな、明乃さんが」

「……ぅ、あ」

「警察、行こ？　それで、そこから始めるんだ。君が、君自身と向き合う日々を。明乃さんの死と、向き合う日々を」

「……つぁ……ぁあ……あああ」

「よく、我慢したね。辛《つら》かったね。明乃さんが死んで……辛かったね」

「うんっ………つらかった、いやだったたくるしかったたぁあああっ……」

「よしよし」

「だ……だっていなくなっちゃったんだもん……れなはもう、いなくなっちゃったんだもんっもう、いないんだもんっ……ぁあああああああああああ」

「たくさん、泣くといいよ」

私はただ見ていた。

一見、優しく説得したように聞こえた彼の論法は、とても行き当たりばったりだった。はじまりはとてもぎこちなかった。途中で何度も訂正した。明乃麗奈が本当に彼女のことを好きだったかどうかなんて北條君が知る由《よし》もない。だが、彼は彼女が一番言って欲しい言葉を選び取った。それはまるで、相手の感情が手に取るように分かっているようだった。

「北條君、君の共感覚は、そこまでの……」

彼は、自分の共感覚の力を使って、彼女を癒した。

私は、彼の共感覚の力を使って、私欲を満たした。

彼は成長した。私は……どうだ？

彼の癒した、彼女の泣き声が耳に痛い。私が突き放した彼女の嗚咽《おえつ》が、胸を締めつける。

それはさながら、私を責める一つのメロディーのようだった。

幕間7　北條正人

「月澪せんぱーい。どうしたんですか?」

「ほっといてくれ」

「そんな拗《す》ねた声を聞いたら、放っておけないですよ……」

研究室の奥の部屋に引きこもってしまった月澪先輩に、扉の前から話しかける。

あの後、泣きやんだ漣さんは警察に出頭した。

然《しか》るべき手続きの後、所定の罰を受けるだろう。

もしかしたら、僕たちも色々と話を聞かれるかもしれない。僕は、彼女に刺されそうになったことを黙っておくつもりだ。だってきっと彼女は、本当に僕を殺すことなんてできなかったから。

彼女は誰も殺していない。

狂気的な発想をする、生傷だらけの心はきっと、いつか癒される。ならそれでいいと、僕は思う。あと、なにより色々な手続きとかに巻き込まれるのは、ごめんだ。

「私は彼女を傷つけた。謎を暴くだけ暴いて、中途半端なサイコパスだと罵《ののし》って、そのまま立ち去ろうとした」

「まあ、中途半端なサイコパスっていうのは、傷つく言葉ではないと思いますけど……」

ただ、先輩の言葉は正しかったと思う。

人は死んだら還らない。死んだ人間は彼女に何もしてくれないし、彼女が唯一できることは明乃さんを供養することだ。それが一番、明乃さんのためになる。

死んでしまった人間の模倣をしていた漣さんにとってその理屈は、あまりにも正しすぎたから。だから何も言い返すことができなかったし、心に深く突き刺さったのだろう。

「君は、彼女を癒した。立派だ」

「別にそういうわけじゃ……。やってみたら、できただけです」

「なあ、北條君」

「はい？　……ってなんですか、これ」

扉の隙間からするりと差し出された一枚の紙に目を通す。

【私は、やはり人として欠陥があるのだろうか】

……わざわざタイピングしてある。

「なんで直接言わないんですか……」

もう一枚、扉の隙間から紙が出てくる。

なんて速度で印刷してるんだ……

【みられたくない】

「なるほど……」

拗ねている自分を、落ち込んでる自分を見られたくないってことか。先輩らしい。

「僕は、先輩が人として欠陥があると思ったことはないです。まあ、どうしようもないなこの人って、思うことはありますけど」

【失礼な】

本音を言わなかったら、それはそれで怒るくせに……

「僕は、先輩はとっても人間らしいと思います。感情表現は豊かで面白いし、自分なら何でもできると思ってるところは、傲岸不遜を通り越してむしろ清々しいくらいかっこいいし、それになにより——優しいじゃないですか」

紙は出てこない。

「僕のこと、気遣ってくれましたよね」

『よく話してくれた。辛かったろう』

フォビアのことを話したとき、さすってくれた手の温もりを僕は忘れない。

「僕のこと、本気で心配してくれてましたよね」

『通話ボタンを押したらかけられるようにしておけ、ワンコールで出る。いやワンコール以内で出る』

殺人事件が近くで起こったからと、色々考えてくれたあの言葉を、僕はちゃんと覚えている。

「優しいですよ、先輩は。どうしようもなく。ただ少し……研究熱心すぎるだけで」

でも、それも、先輩らしいと思う。

研究に没頭しすぎて、同業者にいじられ、からかわれ、そんな言葉に一喜一憂する先輩は可愛らしい。そしてそれでも研究に熱意を注ぎ続ける彼女は、まぶしいくらいにかっこいい。

「だから先輩は、人として欠陥があるなんてこと、ないと思いますよ。少なくとも、僕は」

そう締めくくって、僕は立ち上がる。きっと明日には先輩も元気になっているだろう。挨拶をして帰ろうとしたそのとき、また紙が一枚、ぺらりと出てきた。今度はなんだと思ってめくると、そこにはこう書いてあった。

【嫌いに、なってないか？】

「なんだそれ」

思わず笑うと、ごつん！　と扉から鈍い音がした。

どうやらお怒りのようだ。でも、こんなの笑うに決まってる。

「僕が先輩のこと、嫌いになるわけないじゃないですか」

「――本当か？」

「本当です」

がちゃりと音がして、ゆっくり扉が開いた。

御籠《おこも》りになられていた先輩は、ようやく機嫌を直したみたいだ。

そうして、部屋から顔を出した先輩の炎は――

「う、わ……」

「な、なんだ。何か変なことをしたか?」

「すごい……」

——輝いていた。

轟々と燃える炎の周囲に、ありとあらゆる宝石を砕いてちりばめたみたいな。ルビーやサファイヤ、エメラルドの欠片が舞っているみたいな。美しくきらめく靄が、炎の周囲を彩っていた。それは奇しくも、漣さんが観覧車で見せた、あの光景に酷似していた。

「めちゃくちゃ、綺麗です」

「なっ……! シ、共感覚《シナスタジア》の話か」

「はい」

「……君は私の炎は怖いと言っていたじゃないか」

そうだった。最初はそうだった。けれど思い返すと、先輩の炎にはどんどん色が付いていった。

桃色だったり黄色だったり、色とりどりの靄が、炎を彩っていった。

そして今、その炎には輝きが加わった。炎の発する光を乱反射する靄は、あまりにも美しかった。荘厳でありながら美麗、気高くありながらも、流麗。

……いや、こんな言葉では言い表せない。圧倒的な美しさの前に、言葉なんて無意味だ。

僕はその炎にただただ、目を奪われる。

「今は……大好きです」

「そ、そうか。それはよかった」

「ええ、ずっと……ずっと眺めていたいです」

「……君はあれだな。割とこっぱずかしいセリフを軽々と口にするな」

「だって、本当のことですし」

漣さんの静かな透き通った美しさとは対照的な、明るくてきらびやかで、輝かしい美しさをたたえた炎を、僕はしばらくじっと見つめていた。

「ま、待て……ということは、漣レンのあの光景は……」

また何か一人でぶつぶつと呟き、研究者モードに入った先輩に、僕は思わず笑いそうになる。

やっぱり先輩はいいなって、そう思った。

暗転

【さて、次のニュースです。友達が死亡した事実を受け入れられず、その人物に成り代わった生活を半年間続けていた女子学生が昨日、逮捕されました】

あれから二日。漣さんは逮捕された。

【警察の調べによりますと、半年前、独り暮らしを始めたアパートの階段から転落し、死亡した女性十八歳の遺体をレンタカーで移動させ、山の中に埋めた後、女性の住んでいたアパートでそのまま生活を続けていた、とのことです。逮捕された十九歳の女性は七月二十三日未明、自ら警察に出頭した、という情報が入っております。警察は今後、死体遺棄の容疑で捜査を進めていく方針です】

世間は早速このニュースに飛びつき、あれやこれやと議論を交わしている。

僕は豚の生姜焼きをほおばりながら、テレビを見ていた。

【さて今回の事件に関しては、世間では「犯人はサイコパスだ」という情報がまことしやかに流れております。実際のところ、彼女はどういう理由で死亡した女性に成り代わったのか、専門家の秦野正晃さんにお越しいただいております。よろしくお願いします】

【よろしくお願いします。まあサイコパスについてあれやこれやと語ると、ある人に後から色々と言われそうなのですが】

【秦野さんは臨床心理、犯罪心理学がご専門と伺っております。そうした観点からご意見などいただければ幸いです】

【分かりました】

ある人、の姿を思い浮かべて僕は思わず笑いそうになる。きっと学会なんかで会ったとき、ぼろくそに言ってるんだろうなあ。筋張った肉を白米で流し込み、一口お茶を飲む。

【まず、この死体遺棄をした女性をAさん、Aさんが成り代わっていた、事故死した女性をBさんとしましょう。Aさんの部屋からは大量のBさんの写真が見つかった。間違いないで

すね】

【ええ。警察からの報告によりますと、小さい物では写真立てに入るくらいの、大きいものではポスターサイズのBさんの写真、合わせて百点程度が、自宅のクローゼットから見つかったそうです】

【この話を聞いただけでも、その異常性に気付きますよね。相手に対する執着心が尋常じゃない。相手の性別は違いますが、一九三六年の阿部定《あべさだ》事件を彷彿させますね。相手を手に入れるため、相手の何かを手元に残しておくのは、犯罪者数が少ない女性の中でも多い例と言えます】

また、テレビのコメンテーターがよく分からない話をしている。

誰かの写真を百枚くらい持っていることの何が異常なんだろう？

確かに、漣さんの部屋に写真は飾られていた。大きなポスターもあった。それは全て、一人の女性を写した写真だった。あれが明乃麗奈さん、だったのか。

しかし、この人は度々変なことを言う。もっと視聴者に分かりやすく情報を提示するべきだろう。

【写真の数々を見ても、彼女がサイコパスであることは疑いようがないでしょう】

何を馬鹿なことを。だったら、僕はどうなるっていうんだ。

【サイコパスというのは、よく知られている言葉ではありますが、ここでもう一度、サイコパスの定義について説明していただいてもよろしいでしょうか？】

【分かりました。まず、サイコパスは良心や愛情などの「情」が著しく欠如した人間のことを指します。ですから、例えば「損得勘定でしか物事を考えない」という特徴があります】

【損得勘定？】

【はい。つまり対人関係や自分の行動全てを、メリット、デメリットでしか考えないわけです。相手のためにとか、お世話になったから、とかそういう感情が異常に希薄です】

『あのね北條君。研究のお手伝いをしてもらうってことは、研究室で君を雇用するってことなの――つまり、お金が出るの』

『ぜひやらせてください』

自分の記憶をたどると、いくつかそれらしい会話が脳裏をよぎった。

いやいや……この程度の対応は、みんなしているだろう。僕はすぐに首を横に振った。

メリットがなかったら友達付き合いなんてしない。お金が出なかったらバイトなんてしない。当たり前だ。大体、僕だって誰かのために行動することはある。

ほら、例えば漣さんのデート。あれは漣さんがサイコパスじゃないと証明したくて、彼女のためにやったことだ。じゃないと、人ごみが嫌いな僕があんなことを……

――嘘ヲツクナ。

「……っ」

――お前はただ、あんなにきれいナ「本質」を持つ彼女ガ、サイコパスなんて意味の分からないノにカテゴライズされたコトを、信じたくなかっただけダロウ？

「違う、だって現に僕は……」

『君のことを……もっと、知りたいと思ったんだ』

――ソウ、現にお前はこう言った。ただ知りたかったダケダ、と。

――アノとき半ば無理やり彼女を観覧車に連れていったノも。そうすれば何カガ分かると思ったカラ。彼女の気持ちナンて一切くみ取らなかった。愛だの情だの、そんなものは一切関与してイナイ。ナア、お前は一度デモ、彼女のことを好きダト感じたか？

「違うって、言ってるだろ……僕はあのときだって、彼女を慰めた」

――慰メタ？　笑ワセルナ。

『君は、彼女を癒した。立派だ』

『別にそういうわけじゃ……。やってみたら、できただけです』

――ホラ、自分で言っているじゃないか。やってみただけ、その通りダ。いつものヨウに実験してただけダロウ？

「あ……はは、そうそう……。彼女の感情の揺らぎを、色のぶれを、僕の言葉でどこまで調整できるのかやってみただけ――違うっ！」

僕は何を独り言ちているんだ。そんなわけない。

なんでこんなに動揺しているんだ。なんでこんなことで、手が震えてるんだ。

【そうですね。その他にも心拍数が少ない、という研究結果もあります】

【心拍数ですか。怖かったり、緊張したりすると、鼓動が速くなったりしますね】

【まさにその通りです。サイコパスはそういうときに心拍数が上がらないのです。心拍数の上昇は不安感情を引き起こし、行動を抑えるための抑止力にもなります。それがないサイコパスは、総じて反社会的な行動を起こしやすい。これをやったらまずいかな、やめておこう、と思わせるはずの引き金となる心拍数の上昇が、確認されないんです】

『そういう北條君は普通だね……。やっぱり心臓に毛でも生えてるの？』

——ホラ、思い当たるダロう？

「何なんだよ……」

ふざけるな。だからそんなの、よくある話じゃないか。

ジェットコースターに乗るときドキドキしないことの、裸の女性にくっつかれたことくらいでどきどきしないことの、何がおかしいっていうんだ。

——本当、カ？

「うるっさいなあ……」

——観覧車でキスをされたとき。彼女にナイフで脅されたとき。お前ハ一度でもたじろいだカ？　緊張しタカ？　おののいたカ？　お前の鼓動ガ速くなったコトなんて、一度でもあったカ？

【なるほど、興味深いですね……他には何かありますか？】

ああ……もう、うるさい。ちょっと黙ってくれよ。

無意識に噛んでいた爪がぼろぼろになっていく。じんじんと痛む指先にどうしようもなく苛立ちを覚える。

【そうですね、口が達者で魅力的というのは有名な話です。社交的でトークも面白い。だからみんな、その外面に騙される】

「ほーらみろ、あてはまらない」

あはは！　ほら、ちゃんと聞いたか？

僕は口が達者なんかじゃない。外面だってよくない。全然違う、まったく違う。

【その、騙される、というのはどうしてなんでしょうか？】

【理由は二つあります、一つは、サイコパスは相手の感情を読み取るのが非常にうまいのです。相手の目、表情などから、相手の考えていること、置かれている状況を素早く察知し、それにふさわしい言葉を投げかける。そこに共感はしていなくても、相手の求める言葉を用意することができるのです】

……だから、なんだ？

――ティッシュ配りの女の子を説得できたのはドウシテだ。

――漣さんを泣かせたのハ、ドウシテだ。

――彼女たちの感情の「色」を視テ、それに適切な言葉を、投げかけたダケじゃないのカ？

「違う……違う、違う違う違うっ！」

【そしてもう一つは】

「っの――うるさいって、言ってんだろうが！」

【嘘をつくのです。平然と、簡単に。息をするように】

『えーと……そりゃ多少は見たけど、電気をつけてなかったから暗かったし、よく分からなかったよ』

『だから、半分本当のことを混ぜて、嘘をついた』

――ほーら、嘘ガたくさん。

「違うっ、違う違う違う違う！　この程度の嘘、みんなつくだろう！　なんで僕だけそんなっそんな、悪いみたいにっ……だめみたいに……僕は、悪くないっ！」

【その嘘は、自分を正当化するため、自分を守るためにつくのです。自分は悪くないと、そういいいいいいいいう思い込むために、無意識に】

「っ！　お前ちょっと黙ってろよ！」

――アハハ。ナア、マダ、あるだろう？　モット大キナ嘘ガ。

「やめろ……」

『僕はそんなに頭がいい方ではない。色々小難しいことを考えると、脳が熱暴走を起こしたみたいに熱くなるから、危なそうなときは途中で思考を放棄することにしている』

――嘘、だよナア。お前ハ別に、頭がよくないわけジャナイ。頭を使うのが苦手なわけデモナイ。ましてや、小難しいことを考えるト頭が熱くなるわけでもナイ。タダ、お前は、いつダッテ。

「やめろ……っ！」

——自分が理解できナイ内容に限って、都合の悪い真実に向き合いたくなくテ。思考放棄していいいいいいいるだけダロウ？

『またテレビのアナウンサーとコメンテーターがわけの分からないことを言っている。もう少し僕らにも分かるように説明してくれればいいのに。頭が熱くなってきたので、いつもの通り思考を放棄した僕は、テレビの電源を消す』

——他人の気持ちを理解できないコトの、何がおかしいのか理解できナイ。

『まあ感情というのは非常に複雑だからな』

——感情ガ複雑だと考えることがめんどうクサイ。

『私は、私が理解できないサイコパスに出会いたいんだ』

——理解できない相手を求める感情が理解できナイ。

「やめろ……。やめろ、やめろ違う違う違う違う違う違う違う違う違う違う違う違う違う違う！　違うっ！　違うっ！　ちがうっ！」

いつの間にか僕は頭を抱えていた。頭皮に爪が食い込むくらい強く、強く頭を押さえつけていた。それでも、僕を責める声が止まらない。張り裂けるほど叫んだ喉が痛い。机に叩きつけた額が痛い。そして何より、頭が痛い。

体が硬直して動かない。気付けば、体はびっしょりと嫌な汗にまみれていた。

テレビのコメンテーターは、まだしゃべり続けている。

【さて、このようにサイコパスの起こした事件が今回起こりましたが、実は最近、連続殺人事件が起こっているのを、先生はご存知でしょうか】

【ええ、知っています。三つの殺人事件。これらは当初独立したものとして捜査が進められていたようですが、最近起こった最後の事件現場に、第一の事件の被害者の持ち物が落ちていたため、警察は連続殺人事件として捜査を進めていく方針のようですね】

【これらの事件、一件目は体の一部が切り取られ、二件目は顔に執拗に傷を残し、三件目はまた体の一部を切り取るという凶悪な殺人事件なのですが、どういう風に捜査を進めていくのがよいのでしょうか】

【私は捜査に関わっておりませんし、なんとも言えませんが、奇妙な事件ですね。三件とも共通点がまるでない。それでいて、なんとなく殺した、という感じでもない。ちぐはぐですね。何か被害者をつなぐものが見つかるといいのですが】

【そういった点はまだ見つかっていないようです】

ははは、何言ってるんだ……？　やっぱりこのコメンテーターは的外れだ。

だってあの三人には、あんなにも明確な共通点があるじゃないか。

「…………え」

今、僕何を考えた？

「あれれ？」

僕は。

「あれれれ？」

僕は、なんでそれを知っている？

「あれれれれれれれれれれれれれれれれれれれれれれれれれれれれれれれれれれれれれ
れれれれれれれれれれれれれれれれれれれれれれれれれれれれれれれれれれれれれれ？」

『あれ？　どうしたんだい？』

はは……誰だよ、お前。

『え、私？　私のこと？』

誰だよ、お前ら。

『あの……大丈夫、ですか？』

だから、お前らっ――

「――誰だって聞いてんだよ！」

頭の中でごちゃごちゃごちゃごちゃうるせえんだよ！　知らねえよ！　知ってるよ！　お前らのことなんて、全然これっぽっちも知ってんだよ！

だからしゃべるな！　口を閉じろ！　人の脳内で勝手にべらべら喚いてんじゃねえよ！

見たこともない光景が頭に浮かび、見たことがある人物が脳裏をよぎった。

聞いたことのない声が頭の中でしゃべり、聞いたことのある声が、頭の中で語りかけてくる。

「やめろ」

思い出せば、思い出すほど。

「やめろ」

考えれば考えるほど、頭がどんどん熱くなっていく。

「ぼくあの人たちを」

僕は、おかしいのか？　僕は狂っているのか？

「あの人、たちを……？」

頭が熱い。

「ちがう……そんなはずない」

頭があついから。

「だって、ぼくは……っ」

あついから。あつい、からっ！　だからっ！　ぼくは！

「ぼくはっ！」

ボクはぁあああっ！

「っあぁああああああああああああああああああああああああああああああああああああ
ああ
ああああああああああああああああああああああああああああああああああああ！」

だから僕は、今日もまた考えるのをやめた。

「まあ、いいや」

肩をこきこきと鳴らし、大きく息を吐く。

「あーあ、べちょべちょ、着替えなきゃ」

替えのシャツを取りに、箪笥へと向かう。要するに、僕は普通ってこと。それだけだ。深く考えるのは性に合わないんだから。だって、そういうのは月澪先輩の仕事だ。

「ね、先輩」

僕は壁一面に貼ったたくさんの月澪先輩の写真に微笑みかけながら、明日は彼女とどんな会話をしようかと、心躍らせていた。

テレビの音は、もう聞こえない。

【そういえば、サイコパスには色々な種類があると、知り合いの学者が言っていましたね】

【と、いうと？】

【一つは、真正のサイコパス。さっきまで話していたサイコパスです】

【世間一般に認識されているサイコパスですね】

【もう一つは、マイルド・サイコパス。サイコパスとしての特徴は持っているものの、犯罪には手を染めず、普通に一生を終えます】

【なるほど、サイコパスの因子は持っているけれど、表には出ない、と】

【はい。そしてもう一つが】

【デ、ミ、・、サ、イ、コ、パ、ス、。サイコパスと一般人の狭間で揺れる、とてもとても、不安定な存在】

羅列

7173362272124200

7070062370701214707006767070064771504221
70700205707006577150061371502233715022377
15016057070065370700644707006047070064670
70065671720224717246667070122272120614707
0064370700646707006157070063770700202

3464030574641115746411177464070274340327
74456535343403273464310074340320745441043
43405077434031574340317746411177464070274
34032734456126743403237464710034340501351
47317345441043474410334746502343403237434
03013434050574340324343403023434030335051
50575051721743403257434032234340302343403

23343403277434010074645721343403257454130
43505030634750112347523333434032375057730
3434033474340317751401153434050534340323
7434030134340505757571043464712434456305
74740126343401000621405413071726611737362
1170700202

2990114712410708073431996668114193076230
87001329528017960242695780028179863899730
61177852450598604614216052137768263299648
54384572028857693613979660751028490255283
95090210951979736056657014661832133048314
49889699270046417820505894261712325163904
73781016752178935610500979361826874069530
42345986129839443005351912056276546562031
01338702599822183348019481192373351088532
9401872154159194552347201487919327039003
0261537762927592180777977541316814087515

80542603153200675287789413924202355647084
69641871696313787511630674839815855597102
21949636346275898316438052644319308754748
67793037880614427196327061968608521987544
79441429273899085996044909442300809582061
1957089611969694826944788845573678686649
2204260704009315087051334340982002544516
90033464492598533232098519291744447729770
85443810655492688905426583486433569627756
38715769172536828728519355493870904303242
49414284375556393129734513604836949642238
46224098230204407168603975613753651650519
87223843463756661321968371939275455887786
33400098757564384531107457417380193364117
07301790223951568927236423061667079886957
75420738277265015238905672563423947999494
54833995013239615045459830334760703265202
74631506524240226726565925300585711897747

9	0	7	1	3	7	1	3	6	1	6	4	4	4	5	7	6	2
6	2	0	3	5	1	7	5	7	6	7	9	2	0	7	8	3	1
9	7	5	0	1	8	5	8	5	2	6	4	7	7	4	6	9	0
8	1	9	9	0	9	1	9	3	5	9	3	8	9	3	6	9	5
5	9	4	4	1	1	9	8	9	6	3	9	2	7	2	6	3	3
1	8	4	2	8	6	7	7	9	2	4	2	4	6	2	3	3	6
6	8	9	4	9	5	5	3	6	7	5	0	6	4	5	9	2	2
2	7	4	1	0	5	2	8	0	2	4	9	9	1	1	1	9	7
3	2	5	8	2	6	8	7	3	4	3	1	0	6	8	3	1	2
3	2	6	3	0	9	5	4	9	8	2	2	5	0	5	7	7	7
6	7	8	7	4	7	8	6	8	4	5	1	1	4	9	5	1	3
1	0	2	4	7	5	9	5	7	7	4	4	4	8	3	6	6	1
9	1	9	0	7	3	8	5	1	2	9	6	0	0	5	2	1	7
5	2	1	9	8	3	0	4	8	8	8	9	1	9	8	4	5	0
8	4	6	1	6	1	9	3	3	3	1	9	2	4	8	5	2	4
1	2	7	7	0	1	2	3	0	1	2	9	6	0	2	9	3	1
0	3	2	7	1	4	3	3	5	1	8	8	8	4	2	0	2	4
4	1	8	9	5	7	6	5	3	7	5	9	9	6	8	6	0	0
8	9	1	7	0	6	4	1	6	4	1	6	7	9	5	3	7	5
3	9	9	0	4	3	2	1	5	3	9	7	1	3	3	5	3	2
0	8	0	9			7	8	0	5	3	9	2	5	4	4	3	1
1	5	4	8	2	1	0	0	7	2	4	6	1	5	1	9	3	6
1	0	1	7	4	2	0	9	4	4	4	4	8	2	5	9	8	2
7	8	5	7	2	8	1	1	8	4	5	4	9	5	0	4	6	8
0	1	0	3	9	9	1	4	8	7	9	0	1	1	5	2	5	2
8	7	8	6	8	4	5	5	8	0	6	8	5	6	8	5	0	8
7	9	9	7	4	9	7	2	9	3	2	1	9	0	5	9	6	7
0	5	8	8	6	5	0	2	8	6	0	0	5	0	2	5	8	9
2	0	6	6	5	8	3	5	9	4	4	0	3	5	7	7	6	5
8	3	7	8	1	4	6	8	2	1	3	5	2	9	2	2	1	4
3	7	1	3	5	4	0	8	8	5	7	3	2	0	0	5	2	4
5	9	9	6	1	6	1	2	8	9	6	9	6	4	2	1	2	5
3	2	7	0	5	8	0	5	8	5	1	9	4	2	8	6	9	4
5	7	7	6	2	8	0	7	1	5	9	3	6	2	3	8	2	4
5	0	5	2	2	6	9	6	1	4	9	4	5	3	3	5	1	0
9	6	7	7	3	9	5	8	3	4	2	7	7	3	8	7	7	4
2	9	9	3	2	7	7	2	1	6	9	5	2	1	9	2	7	9
5	7	3	7	7	9	6	4	9	0	3	7	7	8	9	9	1	3
6	4	9	8	0	3	9	7	5	5	2	3	5	2	0	3	9	0
3	4	2	2	8	1	4	2	4	0	7	8	3	2	1	1	8	2
7	4	9	2	9	0	5	3	1	0	1	6	2	5	8	7	9	7

4	3	4	7	
6	4	3	4	3
5	0	4	6	4
0	1	0	4	3
2	0	3	1	4
3	0	1	1	0
4	7	1	1	1
3	4	7	7	0
4	5	4	7	0
0	5	3	4	3
3	6	4	6	4
2	1	0	4	4
5	3	3	0	5
3	4	2	7	6
4	3	4	0	7
5	4	3	2	2
4	3	4	7	7
2	4	3	4	3
1	0	4	3	4
2	3	0	4	3
2	2	3	0	4
3	5	0	5	0
4	7	6	1	3
6	4	3	1	2
4	5	4	3	5
5	4	3	4	7
5	4	4	6	4
2	1	0	4	6
6	0	3	2	4
7	4	2	5	0
4	3	5	3	3
3	4	3	0	0
4	7	4	7	5
0	4	3	4	7
5	4	4	3	4
1	1	0	4	6
1	0	3	0	4
3	3	0	3	1
4	3	7	0	1
3	4	7	7	1
4	7	4	7	5

4	4	7	2	5	0	8	5	8	5	0	0
2	2	6	7	9	1	0	2	2	2	6	5
5	8	1	4	9	7	2	2	5	6	1	7
0	0	7	8	1	4	0	6	0	5	1	9
	7	0	7	0	1	4	1	6	2	3	1
	5	3	1	6	5	9	8	0	4	8	5
	0	8	9	5	9	3	9	9	8	5	5
	5	0	0	3	5	4	2	7	0	8	2
	8	3	7	5	0	0	5	7	2	9	7
	8	4	3	8	1	5	0	5	6	1	0
	9	4	5	0	5	8	4	2	7	9	1
	8	7	7	3	4	6	0	6	7	4	8
	4	7	8	9	5	4	7	3	5	8	2
	8	1	0	4	1	0	0	3	3	7	5
	0	9	0	2	7	5	1	7	2	5	2
	4	5	6	1	4	1	2	0	7	6	7
	3	6	4	5	2	3	4	9	8	4	9
	8	1	5	6	7	0	5	5	5	1	3
	9	7	5	6	0	8	2	6	0	1	2
	0	5	2	9	0	7	6	7	6	8	5
	0	7	5	0	4	6	9	2	3	0	5
	2	5	4	2	8	3	2	0	2	0	8
	2	6	8	0	5	8	6	3	0	2	9
	2	1	2	6	1	9	7	2	7	5	2
	4	4	1	1	9	4	7	8	3	3	7
	3	0	5	1	1	7	8	4	4	6	7
	5	7	3	8	0	9	5	2	5	4	1
	8	1	3	7	0	2	4	1	1	1	7
	8	8	4	8	0	6	3	8	1	3	6
	9	3	9	0	1	4	6	4	3	3	3
	9	8	0	9	8	7	9	4	8	4	7
	6	6	4	7	6	5	4	6	3	3	9
	4	5	2	7	1	5	7	0	7	4	5
	4	3	0	3	7	4	3	6	4	5	5
	8	4	0	5	6	7	1	7	4	9	5
	5	0	9	9	3	7	4	6	4	4	3
	8	2	4	5	9	4	1	0	4	3	7
	0	7	5	3	7	6	1	1	8	1	5
	0	2	6	5	2	7	0	9	8	6	2
	2	9	0	2	7	7	5	2	0	7	8
	3	4	3	7	3	4	2	5	6	7	5

03147434050574340311743403243434030634340
32374340306743405057434031174340324343403
06343403237434030674340505744565353551455
17434030634340302343403177434032434340314
7434050634340330343401007434031674340303
3434030233434032174340317744565353472127
34346060347511373445711534345113434010007
4546736743405113475533074654535743403147
3405057434031174340324343403063475531034
47516347465023403257464550374646107343
4
0327347463353514031234340325743403277455
3
7023445610734340314743405057434032734340
3
2374340327743403253434030230343403203434
0
6743403033430305743401010150256160040161
6014736160144761601511763210443616006140
61
0153761601405616024276366257563645475636
2
6575632025076160244563234423616014636160
242762272

第二部：覚醒

幕間1　北條正人

目を開けると僕は、箒ノ坂通りにいた。

「もう少し、実験していこうか」

ああ、そうだ。僕は実験をしていたんだった。

例えば、あの子が配っているティッシュを受け取っている人と、そうでない人には、どんな違いがあるのだろうか。優しいとか関心がないとか、そういうものまで、僕は視ることができるんだろうか。コーヒーを片手にコンクリートの壁に寄りかかり、町行く人を眺める。ふくよかな香りが鼻腔をくすぐる。そうしている内に、ティッシュを受け取る人に二つのパターンがあることに気付く。

一つは、ただ差し出されたから受け取った、特に関心がない人たち。これは、受け取らなかった人の中にも同じ色を持っている人がいたから、間違いないと思う。

二つ目は多分、優しい人。ただ、あまりにも色々な感情が混じり合っていたから、これを一括《ひとくく》りにしていいのか、少し悩んだ。

僕らはよく「優しさ」と一口にまとめるけれど、実際のところ、優しさには色々な種類があると思う。心からの優しさや、下心のある優しさ、そして欺瞞《ぎまん》に満ちた優しさ。そういうものがきっとごちゃごちゃと混在しているから、すぐには見分けがつかないのではないだろうか。

長時間共感覚を使ったためか、あまり集中しなくても「本質」と「感情」が視えるようになっていた。加えて、普段なら集中しなくては視えないようなものも、簡単に視えた。

「うわ、出た……」

例えば——体に蔦《つた》のように絡まり、手足を鎧のように覆う「本質」。

肩から腕、腰にかけて絡みついたピンク色のそれは、寄生植物のようにも視えるし、鎧のようにも視えた。夜の町でギラギラと光るネオンみたいに下品に発光する「本質」は直視できないわけではないけれど、僕は本能的に嫌悪感を抱く。

前々から気になっていたが、いったいどんな人間が、あの光景を生み出しているのだろうか。直感的には、相手に対する見栄とか、周りの攻撃から身を守っているとかがしっくりくる。

ガラス張りのコンビニの中で商品を物色する男性も、そんな「本質」を持つ一人だ。彼を視ているうちに、ティッシュを受け取る人の二番目のパターンと似た「感情」の色を発していることに気付いた。

つまり、「優しさ」だ。狭い通路で人とぶつかったとき、同じ商品へ手を伸ばしかけたとき、レジ前の長い列に並ぶとき、彼は一際強く、その「色」を発した。

「なるほど」

僕はほんのり熱を帯びてきた頭で思考する。

あんな気持ち悪い「本質」を有する男が優しいなんて、どう考えたっておかしい。きっと何か裏があるはずだ。例えばあれは偽善で、自分をよく見せるために、優しいフリをしているだけなんじゃないだろうか？

まあ真偽のほどは定かではないけれど、と思ったとき……ふと僕は、共感覚を使えば実態を掴めるのではないかと思った。昔から悩まされてきた気色の悪い「本質」について、今ならばもっと知ることができるのではないかと。

なら、やってみようか、と頭の中に声が響いた。

気付けば僕は、その男性の歩いていく方向に先回りし、困った表情を張りつけていた。

そしてあたかも、たまたま目が合ってしまったかのように彼の方を振り向き、じっと見つめた。

「あれ？　どうしたんだい？」

案の定、彼は爽やかな笑みを浮かべて僕に話しかけてきた。

「え、と……。うちで飼っているインコが逃げ出してしまって」

「インコ!?　それは大変だね」

「はい……。で、この路地の奥に入っていくところまでは見えたんですけど、一人で捕まえられるか不安で……」

これだと、まだ甘いかな？　男性はちょっと困った顔で言った。

「鳥を捕まえるのは難しいだろうね……鳥籠《とりかご》とかは？」

「あの、家から飛び出していったのを慌てて追いかけてきたので……」

特に何も考えていなかった僕は、適当に答えた。そんなことよりも、大事なことがある。

例えば彼の「優しさ」が偽善に満ちたものだったとして、彼の偽善は何を拠りどころにするものなのだろうか。困っている人がいたら助けてあげるんだ、という自分に酔っているわけでは、どうやらなさそうだ。

彼の「感情」を視ながら、僕は考える。

「うーん、もう他の場所に飛んでいってしまっているかもしれないしね……」

「そうですよね……他の誰に聞いても、同じことを言われました」

「……他の人にも聞いたの？」

色が揺らいだ。僕はその瞬間を見逃さない。

「はい。何人かに。でも、誰も耳を貸してくれなくて……」

「そうだろうね」

「ここまで話を聞いてくれたのは、お兄さんだけです。ありがとうございます」

「いやいや、当然のことをしているまでさ」

なに満更《まんざら》でもない顔をしてるんだ？

僕は嘲笑《あざわら》ってしまいそうになる表情筋を必死に抑え込んで、柔らかく微笑んでみせた。

「お兄さんは、他の人とは違いますね、ありがとうございました。自分で頑張ってみます」

「まあ、待ちなさい」

——あハ、ちょろいナァ……自分ハ他の人とは違うと思いたくテ、他の人よりも優れてイルと思いたくて。そうやって優しさを振りまいているんデショウ？

「二人で探した方が、効率がいい。僕も手伝うよ。日が暮れる前に見つけよう」

「あ、ありがとうございます！」

——笑わせルナよ。コノ、偽善者ガ。


こうして僕は、普通ならついて来ないような人気のない路地裏に、彼を誘導することができた。日もかなり傾いてきた時間帯、ビルとビルの狭間にある路地裏は薄暗い。

「やっぱりいるとしたら上の方かな？」

「多分、そうだと思います」

彼の偽善に気付き、彼の偽善の根源に気付き、僕は彼の行動を操った。

これってすごいことなんじゃないだろうか。

「なかなか見つからないね。特徴とか教えてもらえるかい？」

「お腹は緑色で、頭と尻尾は黄色です。羽根に黒い点々があります」

「セキセイインコだね！　僕は生物学専攻で、動物とも戯《たわむ》れているから、よく知っているんだよ」

戯れている？　あはは、冗談はよしてくれよ。切り刻んで殺しているの間違いだろう？

さっきから鞄の中でカチャカチャと音を立てている、医療器具独特の「色」に、僕が気付かないわけないだろう？

「そうなんですか、すごいですね」

「ははは、所属しているからすごいってことはないさ。でも僕はその中でも成績はいい方でね、そういう意味ではスゴイと言っても過言では――」

――ああ、もうウルサイ……分かったよ。お前がスゴクないのにすごく見せたいだけの小物だってことは、痛いほどよく分かったよ。

「あはは……」

気分がよくなってきたのか、彼はどうでもいい内容をべらべらべらしゃべり続けた。それと呼応するみたいに、体を覆うギラギラの鎧が下品に光っている。声もうるさけりゃ、「本質」もうるさい。もうどうしようもなく、存在がうるさい。

――アレ、消せないかな。

そういえば「本質」が視えなくなることは今までなかった。眠っていても、当人の「本質」はうっすら視える。

――ジャア、気絶したらどうなるんだろう？

その発想はなかった。昏倒してしまえば「本質」の光景も消えてしまうのではないだろうか？　試したいと思った。試せばいいと、また頭の中で声がした。

ごっ、という鈍い音とともに、目の前を無防備に歩いていた男が倒れた。

地面に落ちたコンクリートブロックは固い音を立てて砕けた。ごろりと、足元にブロックの破片が転がる。

「へえ、消えないんだ」

電源の落ちたロボットみたいに、目の前でかっくんと地面に崩れ落ちた男を観察する。

「本質」は消えなかった。依然としてギラギラとした鎧をまとっていて、目に優しくない。寝ても消えない、昏倒しても消えない。

おかしな話だ。もはや生きてさえいればどんな状態でも視えるのではないかとすら思ってしまう。生きてさえ、いれば。

「そうか」

――ナラ、死ンダラどうなる？

「よし、やってみようか」

ちょうどこいつの鞄の中には医療器具が入っているから、手ごろな凶器があるだろう。

鞄を開けると、案の定、解剖用の鋭いハサミやメスが見つかった。同時に、施術の際に使うのであろう手袋も目に入った。

指紋が残らないようにしなくちゃいけないね。

手袋を手に嵌めて、一番鋭くて長いハサミを取り出し、仰向けになった男の人に向き合う。

「やっぱり心臓かなあ」

この後大通りを歩いて帰ることを考えると、血が服につくのは避けたい。頸動脈を切れば血がすさまじい勢いで飛び出すらしい。

心臓も刺し方によっては同じように血が噴き出すだろうけど、このハサミの鋭さならば、無駄なく心臓に穴を開けることができるはずだ。勢いよく振り下ろして一突きにすれば、問題ないと、冷たい声が囁いた。

肋骨の隙間を手で確かめる。心臓があるのは体の中心だ。いくら医療用とはいえ、ハサミでそこを貫くのは不可能にちがいない。肋骨の間から差し込み、心臓を傷つけるのが一番いいはずだ。

一応念のために刺した瞬間に飛び退けるように身構えつつ、僕は狙いを定め、ハサミを振りかぶった。

ハサミは体の奥へスムーズに引き込まれていった。名も知らぬ男を傍から見下ろして、僕は様子を見る。

じわじわと胸の中心から赤が広がっていく。真っ赤ではなく、どこか汚らしい。彼の着ていたグレーの服に染み渡っているからだろうか。

一分が経過した。当然だけど、彼は動かない。これだけの出血量だ、もう死んでいてもおかしくない。それでも、鎧は消えなかった。

「これでも消えないんだ」

衝撃だった。生きている限り視え続けると思っていたそれは、死んでもなおギラギラと輝き続けていた。

「これでも、消えないんだ……！」

鳥肌が立つ。すごすぎる。僕の共感覚は一体どうなっているんだ？

「どうして？」

――ドウシテ消えナイ？　ナンで消えナイ⁉

「じゃあ、次は」

僕はまた、メスを手に取る。この鎧を体から切り離したらどうなるんだろう？　この光景は視え続けるのだろうか？

体から切り離された肉片は――ただの肉塊《にくかい》だった。体から切り離してしまうと「本質」が消えることを、僕は知った。

「本質」の光景は、生きていても死んでいても、消えることがないけれど肉体を切り離せば消える。こんな法則があったのか。僕の共感覚は、いまだ分からないことがたくさんある。

月澪先輩や木之瀬准教授よりも早く、僕はこの真実にたどり着いた。すごいことだ。

これは記念に持って帰ろうか。

熱に浮かされた頭で僕は頷いて、メスや施術用の手袋、肉片なんかをかき集め、鞄に詰め込んだ。肉片はタッパーに入れた。

「……買い物して帰らなきゃ」

諸々の食材が切れていたことを思い出して、僕はスーパーに足を向けた。

僕がフォビアに遭遇したのは、スーパーや雑貨店で一時間ほど買い物をした、その後だった。

「――っあああああああああああああああああ！」

ハンマーで殴られたような衝撃とともに、僕は覚醒した。薄暗い、見慣れた天井が目に飛び込んでくる。僕の体を包む布団は柔らかく、そして優しい。浅く速く呼吸を繰り返しながら、僕は自分が置かれている状況をよくよく確認した。

ここは僕の部屋だ。僕は寝ていた。僕は夢を見ていた。

「ゆ、め……」

目をつぶれば、名も知らぬ男性を殺したときの感触が蘇ってきそうなほどに、あまりにもリアルな夢だった。

大量の汗をかいた僕は、タオルを探して、のそりと重い体を持ち上げた。喉がからからに渇ききっていた。

「変な夢……だな」

タオルで体を拭きつつ、ぽそりと呟く。誰かいるわけでもないのに、声に出さずにはいられなかった。

夢だ、あれは夢なんだと自分に言い聞かせるように呟く。

だって僕はあんな人と出会ったことがない。あんな言葉を交わした覚えもない。

もやもやとした気持ちを抱えて、冷蔵庫の扉を開ける。お茶を取り出そうとしたとき、目がばちりと『そこ』にくぎ付けになった。

肉があった。

『これは記念に持って帰ろうか』

――アの肉は、ドウシタ？

「――っ………ちがう」

――よく思い出セ。考エろ。考えロ。カンガエロ考えロ考えるな考エろカンガエロ！

あれは……あの肉はっ……

いつもの通り、考えすぎて頭が熱くなってきたとき、冷蔵庫に貼られたチラシが目に留まった。


お買い得！　国産豚三十％オフ！


チープでポップなその見出しを見て、僕は強張《こわば》った肩をすとんと落とした。

そうだ、あれはあの日買った豚肉じゃないか。セールで安かったから、思わず買ってしまったんだ。視線を冷蔵庫の棚に戻せば、やっぱりそこにあるのは豚肉で、安堵とともに笑いがこみ上げてきた。夢と現実がごっちゃになって、挙句の果てに夢の方に引きずられるなんて、どうかしている。

「寝ないと……」

再び布団をかぶり、僕は目をつぶる。もうあんな夢に惑わされたりはしない。

だって僕は、普通なんだから。

1

漣レンの事件から、二週間が過ぎた。

あれから連続殺人事件に動きはない。もちろん、被害者の数がこれ以上増えないことは喜ぶべきことなのだが……同時に私たちは、手掛かりを失ってしまった。

これまでの三件の連続殺人事件、最初はサイコパスによる、それぞれ単体の通り魔的な事件だと考えていた。しかし、第一の事件の被害者の持ちものが、第三の事件の現場で発見されたことにより、一連の事件は同一犯による犯行であると判断され——捜査はさらに難航した。

あまりに一貫性のない犯人の行動は、私をはじめ、捜査をする人間全員を混乱させている。明乃麗奈、もとい漣レンのときに考えた「多重人格」の説を棄却できるほどの案も、まだ浮かんでいない。

新たな手掛かりについては、必死で長瀬がかき集めているようだ。彼からの連絡が届くまで、私は大人しく待機するしかないのだろうか。歯がゆい思いが、胸を焦がす。

「月澪さん？　大丈夫ですか？」

「っ……あぁ、すまない。少し考えごとをしていた。なんの話だったかな、明日葉君」

研究のミーティングをするため、今日は明日葉君が研究室に顔を出していた。

こっちの方で友達と会う予定があったとかで、珍しくまだ日の高いうちから顔を合わせることとなった。

「え、ええ……月澪さんに担当していただく統計解析の部分なんですけど……その話の前に、少し休憩しましょうか」

「はは、すまない。気を使わせてしまったようだな」

本来、私のやるべきことは研究だ。サイコパス関連の事件調査は、あくまで手を貸しているだけ。それが本職の方に影響を及ぼしているのでは、私もまだまだだなと自分を戒《いまし》める。

せめてわざわざ外部から来てくれている明日葉君がいるときくらいは、集中しなくては。

「はい、コーヒーです。と言っても、淹れてくださったのは木之瀬先生ですが」

「ああ、今日はいたんですか、先生」

「うっ……僕ってそんなに影薄いかなあ……。いたよ？　いたからね？　月澪さん、もう三杯は僕が淹れたコーヒー飲んでるからね？」

「それは失礼。最近よくお出かけになってるので、てっきり今日もいないものかと」

どこへ行っているのかは知らないが、准教授は最近、会議以外でも席を外していることが多くなった。

「あはは、最近はうちの研究室にもよくいらしてますもんね」

「あ、明日葉君！　しーっ！　しーっ！」

「ほう……詳しく説明してもらおうか」

いたずらがバレた子供みたいな顔で、頭を抱える木之瀬准教授のことを視界から追い出し、明日葉君に問いかける。

「この人はしょっちゅう秦野研に顔を出しているのか？」

「え、ええ。よく、というか既にデスクとロッカーまで持ってらっしゃいますよ。個人資料保管用の棚の鍵も、この前うちの教授が渡していましたし」

「そんなものまで使っているのか……」

明日葉君の言葉に、私は思わず頭を抱えそうになる。うちでは資料もレポートも全て本棚に突っ込んである。大方こっちで入りきらなかった資料や、向こうの研究室で取得したデータなんかを、そこにまとめてあるのだろう。

「先生、他の研究室にまで迷惑をかけるのはやめてください……」

僕は紙媒体派だからと、准教授は出したデータやダウンロードした論文を全て一度プリントアウトし、ファイルに保存していた。おまけに家で仕事をやらない主義らしく、全ての資料を研究室に置いておくものだから、研究室内の棚という棚はもうファイルでパンパンだった。

「迷惑だなんてとんでもないです！　こちらのゼミでも何回かお話をしてもらったりしてま

すし、みんな助かってますよ！」

「ほ、ほら月澪君！　僕は遊びに行ってるわけでも、迷惑をかけてるわけでもないんだよ！」

「明日葉君、この人をあまり甘やかさないでくれ。研究者としては一流だし、人間もまあそこそこできてはいるが……いかんせん幼い部分が多すぎる」

「月澪さん、身内には厳しいですね……」

　少々高ぶってしまった気持ちを落ち着けるため、ズズッとコーヒーを飲んで一息つける。悔しいが美味しい。これを飲んでからは缶コーヒーが飲めなくなったと、北條君もこぼしていた。

「それで……一体何をそんなに考え込んでいたんですか？」

　机の上にあるクッキーをぽりぽりとかじりながら、明日葉君が言った。

　私は少し逡巡した末、まあいいか、と切り出した。

「実は、ある殺人事件について意見を求められていてね。それが結構厄介で……研究以上に頭を抱えてしまっていたというところなんだよ。すまない、明日葉君」

「いやいや！　僕の質問にはいつも的確に答えてくださってますし、十分すぎるほど力になってもらってますよ！　月澪さんは自分にもストイックすぎます」

「そう言ってくれると助かるよ」

「それにしても事件って……まさかあの、今話題の……？」

「ああ、その通りだ」

私の研究内容と、殺人事件という単語を聞けば、そこにたどり着くのはそう難しくないだろう。明日葉君はスマートフォンを操作し、ニュース記事を私に見せた。

「これですよね。『犯人は人喰いか⁉　連続人肉嗜食《カニバリズム》事件！』」

「ふざけた呼称だ」

その記事には既に目を通していた。どうしてマスコミの人間はこういった事件に悪趣味な名前を付けたがるのだろうか。

派手な名称というのはすこぶるタチが悪い。事件の詳細を知らない人間でも、事件の名前だけは知っていて、外観だけは知っていて、そしていつの間にか名前が独り歩きし、真実はねじ曲がってしまう。

今回で言えば、被害者の体の一部が切り抜かれている部分だけを誇張し、人肉嗜食《カニバリズム》というキャッチーな名前をつけたのだろうが……実際にそれが行われたのは第一と第三の事件だけだ。

さらに言えば、犯人がどういう意図で体の一部を切り抜いたのかも定かではない。

こういう誤った情報が広がるのは決して喜ばしいことではない。

もちろん、この事件が広く周知されることで、民衆の危機意識は底上げされるわけだが……一方で警察に集まる情報の質が著しく落ちると、長瀬が嘆いていた。

「こんな有名な事件に関わっているなんて……やっぱり月澪さんはすごいです！」

「関わっているというか……どこぞの馬鹿が仕事をしないせいで回ってきただけなんだ

がな」

　しかし「理解できないサイコパスに出会いたい」という私の望みに近付いたわけだから、文句ばかり言っていられない。この事件の犯人が捕まった暁《あかつき》には、ぜひ一度お目にかかりたいものだ。長瀬あたりを言いくるめれば、面談の許可くらいは下りるだろう。

「でもその様子だと、あんまり状況はよくないみたいですね」

「そうだな、なかなか手ごわい相手だよ」

「そうなんですね。……ちなみに、どういうところまで分かってるんですか？」

「……」

「えっと？　どうかしました？　僕の顔に何かついてます？」

「いや、こういう内容に興味があるのかと思って、少し意外でね」

　彼と知り合って約一年、こういった世間を騒がせているような事件に興味を抱く、ミーハーな部分は持ち合わせていないと思っていたのだが。

「あはは、実は僕、ミステリーとか推理とか、そういうのが好きなんですよ。頭の体操になるというか、論理構成の勉強になるというか……って、不謹慎ですよね！　すみません……」

　なるほど、それならば納得もいく。少々行き詰まった今、新たな視点から意見をもらうのも一つの手かもしれない。

「守秘義務もあるから、あまり詳細なところまでは話せないが――」

　そうして私は、事件のあらまし……と言っても、ニュースで報道されている範囲をあまり逸脱《いつだつ》しない程度に伝えた後、自分の推理や意見を一通り述べた。

研究の打ち合わせをしているときと同じく、実直かつ真摯《しんし》な目でそれを聞いた明日葉君は、数拍の間を置いてから、口を開いた。

「なるほど、つまり月澪さんは『消去法的』に真実を明らかにしようとしているんですね」

「ああ、そうなるかな」

論理的、あるいは消去法的な推理は、スタンダードだ。提示された情報を階層ごとに並べて、客観的に考察することは必要だし、さらにその中で可能性を一つ一つつぶしていき、残った数例を吟味していけば、自ずと真実にたどり着く。間違いがなく、正確だ。

「確かに手堅い方法だと思います。ですが……」

そこで明日葉君は、はっとしたように口をつぐんだ。

大方、私に意見することをためらっているのだろう。私は軽く笑って続きを促す。他人の意見に耳を傾けられないほど、私は愚かではないつもりだ。

「すみません……。えっと、今回の事件のように、可能性が多すぎるとき、あるいは可能性を消しきれないとき、きっと新たな切り口が必要なのではないでしょうか」

私は頷く。私も、そう思っていたところだ。

「例えば、決め打ちの推理というのはどうでしょう」

「決め打ち？」

「ええ、通常の推理とは逆方向の推理ですね。犯人や犯人像をあらかじめ『決めて』から推理する。必ずしも真実にたどり着けるとは限りませんし、当然リスクもありますが……解決の糸口を探る一つの手段としては有効かと」

「ほう……」

それは論理的、いわゆる垂直思考とは対をなす、水平思考に近い思考法だった。縦に深く深く穴を掘り進めていくのではなく、あらゆるところに穴を開けて道筋を作る思考法は、私にはない発想だった。

「なかなか面白いな」

「あはは、まあ犯人の目星がついていない状況では使いにくいかもしれませんが」

そう言われて私の脳裏をかすめたのは「フォビア」の存在だった。

北條君が現場近くで見かけた、彼にしか分からない「異端」な人間。明乃麗奈がフォビアではないか、という仮説を立てたのは、「決め打ち」の方法に近かったかもしれない。

「とてもいい助言だったよ、明日葉君」

「お役に立てたならよかったです」

あれから北條君がフォビアを見かけたという話は聞いていない。彼に負担をかけない範囲で、少し話を聞いてみてもいいかもしれない。

ちょうど、木之瀬准教授の助言で、研究も次のステップに進んだところだ。

明日葉君と再び研究の話し合いを進めながら、私はそんなことを考えていた。

幕間2　北條正人

夕方、相も変わらず本がぎっしり詰まった部屋の中で、僕はぺらりとページをめくった。

今日は共感を扱った本だった。

相手への共感とは、すなわち調和であり、それによって引き起こされる行動は生存と集団の維持に大きな影響を与える。共感は感情、意思、決断を司る前頭葉の働きが関与していると考えられ、ここが欠損している生物は著しくその感受性が落ちるとされる、と。

なるほど。相変わらず頭の痛くなる内容だ。

「どう？　分かった？」

「二割くらいですかね……」

「あはは、それだけ分かれば十分さ。まあゆっくりやりなさい。はい、これコーヒー」

「あ、いつもすみません」

もはや恒例となってしまった木之瀬准教授の差し入れを受け取り、ズズッと一口飲む。独特のコーヒーの香りが鼻に抜ける。舌の上に広がるしびれるような苦みを楽しみつつ、僕は大きく伸びをして、脳に酸素を送り込んだ。

「そういえば、誰かお客さんが来ていたんですか？」

テーブルの上に空《から》のマグカップが一つ置いてあるのを見て、僕は何の気なしに言った。パソコンに向かってぶつぶつと呪詛《じゅそ》のような独り言を呟いていた月澪先輩がくるりと振り返り、答える。

「ああ、明日葉君が来てたんだよ」

「明日葉、君？」

僕の知らない名前だ。今この研究室に所属している学生は先輩だけだったはずだけど……

コーヒーを啜りながら、木之瀬准教授が応じる。

「他大の秦野研っていう研究室に所属している修士一年の学生さんでね。共同研究の話し合いとかでたまに来てるんだよ。北條君は、まだ会ったことなかったかな？」

「そうですね、一回もお会いしたことないです」

「すれ違いになっちゃってるのかもねえ。ふふふ……背が高くてイケメンで頭もいい、とんでもないスペックの持ち主なんだよ」

「……そうなんですか」

なぜか面白くない気分になって、月澪先輩の方に視線を向ける。特に何も感じていないのか、先輩は「ああ」と小さく頷いた。

「そうだな、先生の言う通りだ。頭は切れるし、顔もいい。くく、あのタイプの男は異性に困らないのだろうなあ。浮いた話は聞かないが」

「へえ……」

「相当に『いい人』みたいだよ。最初は英国紳士でも気取っているのかと思ったんだが……

そうではなくて、老若男女全てに等しく優しいんだ。一度、外で見かけたこともあるが、あのときは驚いたな。迷子の子がいれば助け、車が脱輪していたら助け、店員さんが柄《がら》の悪い客に絡まれていれば助けていたよ。私には到底できないことだから、素直にすごいと思ったし……くく、でもやっぱりちょっと変なやつ、とも思ったな」

月澪先輩がここまで人のことを褒めるのは珍しい。どんな人なのだろうか。僕がいない間にどんな話をしているのだろう。話すときの距離感はどの程度なのだろう。僕がいない時間帯ということは、深夜近くな可能性もあるわけで……そんな静かな時間に、先輩が違う男の人と狭い空間で一緒にいるというのは、想像すると非常に気分が悪かった。

僕は感情が籠もらないように、新しい本を選びながら聞く。

「次はいつ、いらっしゃるんですか？」

「明後日の昼に、ここに来ると言っていたよ」

「そうですか」

明後日の昼か、ちょうど僕もその日は授業がなかったはずだ。いつもなら浩太と馬鹿話をしつつお昼を食べるところだけれど、一度顔を出してみようかな。

「別の本を探しているのかい？　だったらこれとこれと……ああ、これと……これも外せないな。うん、全部オススメだぞ」

「あ、はは……なかなかへビーな本ですね。重量も、中身も」

飾り気のないハードカバーに、ゴシック体の堅苦しい文字が躍る本を見下ろして、僕は頬を引きつりそうになりながら、それを受け取った。

「なに、難しそうなのは見た目だけだ。君なら三時間もあれば全部読めるだろう」

いいえ、それは先輩だけです……

認知心理学、行動心理学、感情とは何か、人は嘘をつくときどんな仕草をするのか、詐欺師はどう人をだますのか、ミスディレクションとは。

研究室に来なければ間違いなく一生拝むことのなかったタイトルの本を机の上に置き、僕はコーヒーをぐびりと流し込む。

時に睡魔と、時に頭痛と戦ってでもこんなに本を読んでいるのは、ひとえにこれも月澪先輩と木之瀬准教授の考えた実験だからだった。

最初に言いはじめたのは、確か木之瀬准教授だったと思う。

『北條君の共感覚って、成長しないの？』

最初は意味が分からなかったが、要はこういうことだ。

僕の共感覚は、僕自身の経験にもとづいて映し出される具象だ。言い換えると、人の所作、言動、音、その他、場所やものの雰囲気など、諸々の機微から読み取った光景を、僕の経験というフィルターを通して脳が勝手に映し出している。

つまり、僕が読み取れる情報量が多くなれば、共感覚で映し出される光景も変わってくるのではないか、ということらしい。

この准教授の言葉に、月澪先輩は目を輝かせた。

『これまでの研究も一段落ついたし、いい頃合いだ。次の段階へ移るぞ、北條君！　君はより性能のいいサイコパスレーダーになるんだ！』

そんな嬉しくもなんともない宣言を受けた僕は、サイコパスとの面接から、たくさんの情報を頭に入れる作業へと、ここ一、二週間は切り替わっていた。

しかし、この実験はなかなか思うように進まなかった。つまり、僕の共感覚は目に見えた変化を起こさなかった。人生で一番勉強しているのに、こんなのおかしい、と一度ぼそりと呟いたことがある。そしてすぐ後悔した。

『何を言っている北條君。いいかい？　この前の実験、つまりサイコパスの識別の実験ですぐさま結果を得ることができたのとはわけが違うんだ。君はヘルマン・エビングハウスの忘却曲線の話を知っているか？　記憶の中でも特に長期記憶の忘却に関する曲線で、簡単に言ってしまえば、一度完全に記憶した内容を再び完全に記憶しなおすまでの時間をどれだけ節約できたか、つまり節約率を表している。結果から言うと、忘却というのは原学習の直後に急激に起こる。つまり一度で頭に入る情報量なんて限られているということだ。エビングハウスの実験は客観性に欠け、数多《あまた》の議論を呼んでいるが、その後の実験で一日ごとに復習すれば記憶量があがることが証明されている。つまりだ、記憶の定着にすらそれほどの時間がかかるというのに、さらにそれを実際に使えるようになるためには、一か月や二か月では到底足りないということだよ。あ、ここまでは分かったかい？』

とりあえず神妙な顔で、分かりましたすみませんと謝り、もう絶対に不満は言わないでおこうと心に誓った。要するに、本を読んだり、勉強したりしたことがすぐに自分のものにできるわけがないだろう、ということだ。

確かにそうかもしれないと納得し、僕はほぼ毎日木之瀬研に足を運び、先輩のデータの補完に協力したり、色々と雑用を手伝いながら、合間の時間で勉強を進めていた。

今のところ目に見えた変化はないが、先輩曰《いわ》く、ふとした瞬間に変化が生じるはずということだった。学習の結果が目に見えるのは、いつだって突然らしい。

早く効果が表れて、この読書地獄から解放されるのを期待しつつ、今日も僕は本の世界へと埋没した。


研究室からの帰り道、僕は箒ノ坂通りをのろのろ歩いていた。本の読みすぎで頭が重い。

九月に入り、暑さは下り坂を迎えようとしているが、日が暮れるのはまだまだ遅い。相も変わらずぎらぎらと照りつける橙色の太陽の光が、町の陰影をはっきりと浮かび上がらせている。

この時間、ここは多くの人でにぎわっている。様々な感情の「色」を振りまいて、多種多様な「本質」の光景を引き連れて、人々が足早に行き交っている。

「うーん……」

僕は目頭をぎゅっと押さえてコリをほぐした。

どうも、共感覚の精度が上がっている気がする。

具体的には、視界の端にちらりと入った人の「感情」や「本質」も、しっかり認識できるようになった。逆に言えば、共感覚をオフに近い状態にしにくくなった。

おそらくこれが、共感覚の成長なのだろう。

「先輩が言ってた通り、急だな……」

要するに、僕が相手から得る少しの情報で「感情」も「本質」も見抜けるようになったのだ。例えば、前までは視えなかった家電量販店の店頭に並んだテレビの中の人間にも、ぼんやりとではあるが「感情」や「本質」が視え隠れしている。

またまた月澪先輩の実験は大成功というわけだ。先輩の嬉しそうな目を想像して、思わず上がりそうになる口角を抑え、様々な色が飛び交う大通りを歩く。

そして近くをすれ違った人の中に一人、目立った「本質」を持っている人がいた。

「たまにいるんだよね……」

その人の「本質」は体に絡まっていた。フォビアほどではないけれど、あれも僕ができれば視たくない「本質」の一つだ。直視できないことはないが、嫌悪感はある。その「本質」を持つ人が足早に通りすぎていき、視界から消えたことにほっとしたとき——僕はあの夢を思い出す。

体に蔦のように絡まり、手足を鎧のように覆った「本質」を纏う男の夢を。

確かに嫌悪感はある。できれば視界に入れたくないと思うけれど……

「殺しは、しないよ」

当たり前のことを、僕は半ば自分に言い聞かせるように呟く。

人は殺してはいけない。人殺しは罪だ。そんなの、当然のことだろう？

もやもやとした気分で、僕は家路を急ぐ。強烈な西日が、僕の背中を押している気がした。

【次は―明日月町～明日月町～】

どこか間の抜けた車内アナウンスとともに体が大きく揺れて、目が覚めた。あたりはすっかり暗くなっていて、車窓には自分の顔が映っている。どうやらまた寝過ごしてしまったらしい。

ホームに降り、飲み終えたコーヒーの容器を捨てて時計を見やる。時刻は十時少し前。終電まではまだ余裕がある。今日は先輩の実験の手伝いを相当量こなし、終わったのは確か九時を過ぎたくらいだったはずだ。お昼を食べてから今まで、飲み物しか口にしていなかったことを思い出し、せっかくだからと駅から出て、何かを食べることにした。

いつもなら歩いて箒ノ坂通りを帰るところだが、昨日殺人事件があったと今朝聞いていたので、通学路を変更していた。改札を出ると、会社帰りのサラリーマンがいそいそと歩いていたり、飲み会帰りの大学生が道の上でたむろしたりしていた。

「ああ……またか」

ぼんやり見渡すと、すぐに共感覚が発現する。疲れているからだろうか。

多種多様な「本質」と色とりどりの「感情」の中を泳ぐように進む。楽しそうな人、何も考えていない人、警戒心が強い人、優しい人……顔を見ずとも、言葉を交わさずとも、たくさんの情報が僕に流れ込んでくる。

「うわー……」

ぼんやりとする頭で、僕は独り言ちる。顔が仮面のような「本質」で覆われた人を見つけた。

この前は鎧で、今回は仮面だ。体に絡みつくような「本質」、これは何を意味しているのだろうか。直感的には何かから身を守っている、というのがしっくりくる。例えば、前回の男性が周りに自分をよく見せるための派手な鎧だとするなら……外見が影響していたりするのだろうか？

「こんばんは、お姉さん」

気付けば僕は、その人に声をかけていた。

服装から女性であることは分かったので、とりあえず無難な呼び方をする。顔は、分厚い仮面に遮られて、よく見えない。

「え、私？　私のこと？」

「当たり前じゃないですかー、他に誰がいるんですか？」

「え、えと……何か御用ですか？」

「んー？　なんだと、思います？」

特に何か考えていたわけではなかったので、僕は適当に返事をする。

彼女の所作、挙動、そして声色で、彼女が何を望んでいるかを勘考《かんこう》する。

「そ、そうだなー……」

仮面の奥に見える目がちらちら揺れる。僕は気取られないように、その視線の先を追う。

彼女の服や髪から、居酒屋と同じ黄土色の雰囲気が漂っている。

これは多分、酒と油の臭いを表しているのだけれど、彼女自身が酒気を帯びている感じはしない。彼女は、居酒屋かそれに類する場所で働いているのだろう。

だとすれば……僕は彼女の思考を読み取り、笑顔を作る。

「せーかい」

「……え？」

「キャッチじゃなくて、ナンパだよ？　お姉さん、綺麗だから」

「え、えぇぇぇ!?　そ……そんなこと言われたことない……よ……？」

大きな醜い仮面で顔が見えないから、綺麗なのかどうかは分からないけれど、ナンパ慣れしてないのは間違いなかった。

それがなぜなのか。彼女の仮面の「本質」は、何に起因するのか。答えは明らかだ。

「あはは、嘘だあ。こんなに端整な顔立ちなのに？」

「端整って……それは嘘だよー」

ああ、こうじゃないのか。

「整ってると思うけどなあ」

「ねえ、からかってるの？」

実際に顔が見えないんだから分かんないんだってば。感情の色を見つつ、僕は慎重に言葉を選ぶ。

「ごめんなさい、本当のことを言いますね。えっと……僕の好みなんです」

「……ふ、ふーん……変な子。悪い気は……しないけどさ？」

なるほど。きっと今までの人生で顔を褒められたことがなかったから、懐疑的になっていたんだろう。だから彼女は、顔を隠すように、無意識にそういう所作をしていたのだと思う。もしかしたら、前髪を長めに揃えてるのかもしれない。度のきついメガネをしているのかもしれない。真相は分からないけれど、きっとその手の情報全てをもとに、僕は彼女に仮面をかぶったような「本質」の光景を当てはめたのだろう。矛盾のない解にたどり着き、僕は満足した。

「じゃあ、これからどうする？」

しかし、これ、どう処理しようかなあ……

「どっか飲みに行く？　カラオケでもいいけど」

どっちも遠慮しますとはいえず、僕は考える。ここで無下に断れば、きっと面倒くさいことになる。正直、今日は疲れがピークだし、そういういざこざはできれば避けたい。

……彼女が自分から身を引いてくれるのが一番いい。素早く思考を巡らせて、僕は口を開く。

「じゃあ、ちょっとこっち来てください」

パシッとお姉さんの手を取り、路地裏に入る。人通りの少ない場所を、僕はちょうど知っていた。

もう夜も遅い。建物の陰に隠れた通路は、相当暗く、初めて会った人に連れてこられる場所としてはどう考えても不適切だった。これならば彼女も不審に思って身をひるがえすだろう。そして、晴れて僕は解放される――はずだった。

「へー、こんなところに道、あったんだ。面白いね。君、このあたり詳しいの？」

彼女は楽しそうに僕の手に指を絡めてついてきた。

「あ、でもこのあたりは居酒屋の裏だよねー。従業員さん御用達の近道なのかな？」

なるほど、このあたりで働いているから、若干感覚が違ったのか。もしくは、元々流されやすい人なのか。

これは誤算だ、と僕が立ち止まると、不思議そうに仮面の女性が声を上げる。

「どうしたの？」

――もうナンか、面倒クサイな……。疲れタシ、お腹も空イタ。なのに、この女ハ離レナイ。

「殺そう」

「……え？」

――うん、確かにソレが一番早い。ごちゃごちゃ考えるノハ、もう面倒だ。

「い、今なんて……っ」

ああ、声に出てしまっていたのか。

少し怯えた目で、彼女は僕の方を見ていた。恐怖からか、視点は定まっていない。

それでもなぜか、僕の手を離さなかった。変わった人だ。

「げっ……か……は？」

声にならない音が彼女の口から漏れる。ふと見ると、彼女の喉にメスが深々と刺さっていた。他人事のように冷めた目でその光景を見ていた僕は、強く握られていた手を、離す。

喉から空気とともに血液が漏れる。

彼女はまだ少し意識があるようだ。しかし体を動かす余力はないらしく、地面の上で死にかけの虫のようにもがいている。

ただ――目は僕の方を見ていた。その目は、とても雄弁だった。

なぜ？　なんで？　どうして？

そんな疑問符で満たされた視線を、僕に投げかけてくる。

「そっちが悪いんじゃないか」

僕は疲れていているんだ。

「僕にはそんなつもりがないのに、勝手に本気でナンパされたと勘違いしてしつこくついてきて」

僕はお腹が空いていているんだ。

「それなのにいつまでも、いつまでもいつまでも後ろにくっついてくるのが悪いんじゃないか」

ほら、僕は悪くない。悪くないのに。

「……なんだよ、その目は」

なんで責めるように僕を見るんだよ。どうしてそんな醜い仮面の奥から語りかけてくるんだよ。

なんで？　どうして？　聞きたいのはこっちだよ！

「だからさあ……そんな目で、僕を」

お誂《あつら》え向きに、近くにレンガが落ちていた。

「僕を、見るなよ」

血しぶきが舞い、体液が散った。ゆっくりじっくりたっぷりと、彼女の顔面にレンガが押しつけられていく。仮面が邪魔をして、顔面がどうなっているのかは分からない。それでも丁寧に丹念に、顔面が耕されていく。

まだ終電はあるのだろうか。なかったら歩いて帰るしかない。面倒くさいなあ――

「――っあっ……がっ……！」

すさまじい吐き気に襲われて、僕は跳ね起きた。急いでシンクへ向かい、胃の中のものを全て吐き出す。

駆け上った吐瀉物が、食道をひりひりと焼く。全力で吐き出したからか、体中が気怠《けだる》い。

またた、またあの夢だ。

正確には相手が違うけれど、それでも傾向は同じだった。

誰かを殺す夢……。連日そんな夢を見るなんて、僕の精神状態は大丈夫なんだろうか。

まったくもって覚えがない。まったくもって記憶にない。だからあれが僕のはずない。僕であるはずがない。

「ひっ……！」

ふと、壁に目を向けると、たくさんの瞳が僕を見ていた。ネットから取ってきた月澪先輩の写真だ。彼女は研究者としてとても有名で、検索をかければ大量の写真が手に入る。美しくも気高い彼女の写真には、うっすらと美しい炎すら見て取れる。

けれどそれ以上に、彼女の目が僕を見つめていた。まるで、責めるように。

「ち、違うんです。あれは僕じゃなくて、僕は何もやってなくて、ただの夢で……だから、だからっ！」

怖くなって、僕は布団に逃げ込んだ。

体が震えている。それは恐怖を覚えたからか、はたまた寒さからか。それとも、他の何かか。

分からない。

——ホントウか？

分からないから僕は、全ての思考を放棄して、眠りにつくことにした。

――マタそうやってオマエハ思考を放棄スル。

大丈夫。大丈夫。だって僕は普通なんだからと、そう何度も自分に言い聞かせて。

――ソレでいいのカ？　そのままでイイのか？

僕を責める脳内の声には、気付かないふりをして。

2

【御足労いただきありがとうございます。本日はどのようなご用件で――】

【犯人はまだ捕まらないのですか】

【現在、警察の方でも総力を挙げて――】

【そんな型通りのセリフなど求めていない！】

そこで机を叩いたような音がして、しばし沈黙が続いた後、再び男の声が聞こえてきた。

【すみません、つい感情的に……しかし既に事件があってから三か月近く経過している。目星くらいはついているんでしょう？】

【通り魔的犯行は非常に犯人の特定が難しいのです。そう簡単には……】

【くそっ！　なんで……なんで修也《しゅうや》がそんなものに巻き込まれなくちゃならないんだ……】

【お察しします】

父親の方の声は、だんだんくぐもっていく。

【修也はねえ、優しいいい子だったんですよ……なかなか子供を授かれなかった私たちの間にようやくできた一人息子でねえ……私たちの言った通りの高校、大学に進んでくれた。ちゃんと言いつけを守って、友達だって家柄のしっかりした子としか付き合わなかった……息子は特別なんです】

【特別、ですか】

【そうです。息子にもそう言い聞かせてきました。お前は特別だと。何をやったっていつも一番になれたんです。よその子とは違うんですよ、刑事さん。才能があった、天に愛されていた】

【なるほど……】

【それでいて、それを鼻にかけず、周りのフォローもしっかりとするんです。そんな、そんな素晴らしい未来ある我が子を……いったい誰が……誰がっ……】

早送りをして、次のチャプターへ進む。耳に付けたイヤホンから、女性の声が流れてくる。

【祥子の母の真希絵《まきえ》です……。夫は急な仕事が入りまして、私だけ参りました】

【御足労いただきありがとうございます。少し、祥子さんのことをお聞きしたいと思いまして】

【祥子のことを……】

【ええ。どんな些細なことでも構いません】

【そうですね……ただあの子、うちを出ていってからここ数年間、実家には戻ってきておりませんでしたので……お役に立てるかどうか……】

【つまりここ数年、まったく動向を把握していなかった、と？】

【ああ、いえ……メールや電話はたまに……。こちらからかければ、もちろん出てくれますし……。ただいかんせん自由に育てすぎたと言いますか、放っておきすぎたと言いますか……ああ、でも優しいいい子でした……】

【と、言いますと？】

【大学に入るまでは、当然実家にいたんですけど……頼んだことはお使いでもお掃除でもなんでもやってくれましたし、学校の友達にも、色々お願いとかされていたみたいです……ただ、大学に入ってからのことは、よく知らないんですけど……】

【居酒屋でバイトをして生計を立てていたようですが、ご存知でしたか？】

【え、ええ……そうですね……どうにも就活がうまくいかなかったらしく、バイトしていた居酒屋にお世話になっていると言っていました……そろそろ将来を考える歳だと、娘も分かっていたとは思うんですが……】

　再び早送りのボタンを押し、次のチャプターへ進む。

【いつまでちんたら捜査してんだ⁉　なあ、おい⁉】

　あまりのボリュームに思わずイヤホンを引き抜いた。ここでボリュームを落とすのを、いつも忘れてしまう。

【ちょっとお父さん、少し声を抑えてください……】

【これが落ち着いていられるか？　ええ⁉】

【お気持ちは分かりますが、どうかお静かに願います。えー……美亜子さんのお父様の源三《げんぞう》さん、それから、お母様の智子《ともこ》さん。お名前、間違いありませんか？】

【はい、相違ありません。主人が申し訳ありません……】

【なんで謝る必要がある！　こっちは可愛い一人娘を殺されてるんだぞ！】

【警察の方だって必死に捜査してくださってるんですから、そんな言い方……】

【うるさいお前は黙ってろ！】

咳払《せきばら》いとともに、刑事の声が続く。随分と落ち着いた声音だ。

【では、美亜子さんについてお聞かせ願えますか？】

【優しいいい子だったよ。虫も殺せねえような優しい子だ。母親に似て少々気弱なところが、少し心配ではあったな。もっと背筋を伸ばせ、声を張れとあれだけ言っていたんだがな……】

【内気な子だったということですか？】

【そうだな……だがよく気がつく子だった。俺が何も言わなくても、お茶を淹れてくれたり、新聞を取ってきたりしてくれたよ……なんであいつが……こんなことに……】

「ふう……」

被害者の肉親の声というのは、何度聞いても慣れないものだ。嘆き悲しむ者、怒り狂う者、そして現実を受け入れられず、ただただ呆然とする者。そのどれもが悲哀と苦悩で満たされていて、耳を塞ぎたくなる。

だがその一方で、この一連の事件の犯人である、得体のしれないサイコパスに出会えたことを喜んでいる自分がいることも、自覚している。こんな不謹慎なことを考える自分には、親族を悼《いた》む資格も、同情する資格もない。私にできるのは、これらの情報を使って犯人を特定することだけだ。既に受け取ってから何回も再生した音源の停止ボタンを押し、私はノートパソコンをそっと閉じた。

「それで、何か分かりました？」

「一応確認なんだが……このやけに落ち着いた声音の刑事、まさかお前ではないよな？」

「え？　僕ですけど？」

「爆《は》ぜ散れ」

「なんで⁉」

私としゃべるときとキャラが違いすぎるだろう。これでは、実はこいつが仕事のできるやつ、という不愉快な推測が、ますます現実味を帯びてきてしまうではないか。

いや、そんなことはどうでもいい、と私はかぶりを振り、今しがた電話をかけてきた長瀬に言う。

「なかなか興味深い情報であるのは、間違いないな」

昨晩、長瀬が急に送りつけてきたのは、一家族につき約三十分程度の面談を録音した音声ファイルだった。新しい角度からこの事件を見つめ直すことができる、いい情報だ。

「その録音データの中でも僕がチラッと言ってますけど、通り魔的な犯行は本当に検挙率が低いんですよねー。現場証拠が少ない割に、対象範囲が広すぎて広すぎて……情報の海に溺れそうですよ……。だから藁《わら》にもすがる思いで、こんな情報でも月澪さんにお渡しした次第なんです」

「お前は大体いつも溺れかけているだろうが」

「今回の事件はもう溺死《できし》しそうですよー。捜査本部内でも色んな意見がしっちゃかめっちゃかで、もう収拾つきませんもん」

「……内容について考察するとしようか。こういう言い方はあれだが……最初私は程度の差はあれ、どの被害者もありふれた家庭環境で育っている、と感じたよ」

「ですよねー」

どこにでもありそうな家庭。どこにでもいそうな子供。都会で二、三十人ほどランダムに人間を選んだときに、こういう家庭で育った人間が一人は引っかかるだろう。

「だが、よくよく聞いてみると、気にかかる点はある」

「そ、それは……？」

「……お前は私と話しているとき、大体思考を放棄しているな」

「そもそも思考する気がないとも言えますね！」

「恥を知れ」

心からのセリフを吐き、咳払いを挟んで仕切り直す。

「気にかかるのは、優しいいい子、という言葉だ」

そう、どの親族も皆、口を揃えてこう言った。


【優しいいい子だったんです】


さて、被害者を貶めるつもりも、侮蔑する気持ちもないが、私は思う。

果たして本当にそうだったのだろうか？

一人目の被害者は、とても大切に育てられていた。大切にされすぎていた、とも言える。お前は特別だと、すごい人間なのだと、肉親から言われ続けてきた人間は、果たして真っ当に育つだろうか。付き合う人間すら制限され、あまつさえそれに従っていた子供は、どこか他人に対して差別意識を持つのではないだろうか。つまり、彼の優しさは、彼にとって『施し』でしかなかったのではないかと、私は考える。その場合、彼の優しさというのは、自分より劣った人間に対する、慰みであり、優越感を感じるための行為でしかない。

二人目の被害者は、対照的に奔放に育てられていた。放任されていた。

彼女は頼んだことは何でもやってくれたという。しかし、自分から何かをやったというニュアンスは感じられなかった。あるいは母親自身、そこに何か感じるものがあったのかもしれない。本当に家族のことを思うのであれば、家に何年も帰らないなんてことはない。電話を掛けなければ連絡がとれないこともない。つまり、彼女はただ「流されやすいだけ」、もしくは「言い争うのが苦手」なだけだったのではないだろうか。何かを断るのを面倒くさいと感じていたのかもしれない。結果的にそれが、優しさとして受け取られていただけなのではないだろうか。

三人目の被害者は父親に問題があったように思う。

悪い人間ではないだろうが、声が大きく、態度もでかい。妻に対しても横柄《おうへい》な態度を取っていた。何もしなくてもお茶を淹れ、新聞を取ってくる、という行為……捉え方はいかようにもある。母親のようになりたくないための行動だったかもしれないし、父親に怒鳴られるのが嫌だったからとった行動かもしれない。なんにせよ、それは優しさではない。「防衛」もしくは「刷り込み」といった行動が、そう見えただけだ。

そこまで一気に話した後、私は締めくくる。

「さすがに極論すぎるかもしれないが、もしこれが当たっていた場合、被害者に共通点があることになる」

「共通点、ですか」

「ああ」

所詮は肉親の三十分程度の話だ。それだけで被害者の在り方を把握できていると思うのは、いささか軽率ではある。だが、もしこの推測が当たっているとすれば、今まで一貫性にかけていた連続殺人事件に、初めて明確な共通点が生まれる。

自尊心を守るために優しさを振りまいた男。争うことが面倒で流されることを選んだ女。痛みを避けるために隷従《れいじゅう》することに慣れてしまった女。

「彼らはみな、心の歪み、もしくは、心の脆弱さを持っていたのではないか」

「つまり、そこに付け入られて、言葉巧みに人気のない路地裏へと連れ込まれた、と」

「そうだ」

だとすれば、気になるのはその手法だ。すなわち、いかにして犯人がそれを知り得たか。

被害者全員に共通して出会ったことのある人物がいるのであれば、その人物が最有力候補ではあるが、そういった人物は捜査線上に浮かび上がっていないようだ。すぐに思い当たる可能性としては、やはり街頭アンケートの類だろうか。最小限の質問で心の弱さを見抜き、該当した人物だけを狙う、無差別殺人。

「ああ、確かに街中アンケートなら市内のどこでもやってますし、不審な人物として名前が挙がらないのも頷けますね」

「だが、最後の事件には符合しない。あれは深夜に起こっている。そんな時間にアンケートを取っているはずがない」

また、思考は振り出しに戻る。そもそも被害者たちの人物像の解釈に無理があったのだろうか。それとも、何かまだ見落としている点があるのだろうか。

「例えば犯人が多重人格だったとして、最後の事件だけが違う手法で殺された可能性はありませんかね？」

「あり得なくはないが……それを示す証拠はどこにもないからな」

「んー、じゃあとりあえず、街中アンケートの件は検討してみます。被害者の共通事項っていうのも新見解なので、上に報告しときますー！」

「ああ……」

ありがとうございましたー！　と切られた電話を机の上に投げ出し、私は天井を仰ぎ見る。

やはり、真相にたどり着けない。

明日葉君の言っていた通り、与えられた情報をもとに推察し、消去法的に可能性をつぶしていく思考法には限界がある。特に今回の事件のように、犯人像がはっきりしないパターンは、私にとっても初めての経験だ。今までの方法ではダメだ。

「フォビア……か」

現状私が持つ中で一番不確定要素が大きく、それゆえにどうとでも化ける可能性があるワイルドカード。私はこのカードを、どう切るべきなのだろうか……？

腕を組んで考えていると、後ろからのんびりした声で木之瀬准教授が話しかけてきた。

「あ、電話終わったの？　なんだか大変そうだねえ。この後、明日葉君も来るっていうのに」

「先生……いらしたんですか」

「君の目には僕の姿だけ映らなくなる呪いでもかかってるの？」

「そういう先生には、誰の目にも映らなくなるような呪いでもかかってるんじゃないですか？」

「月澪さんは僕のこと、たまに先生だと思ってないよねえ……」

「そう言う先生も、私が学生だということを忘れかけてませんか？　この前の経理係への報告書とそのとりまとめ、一体誰がやったと思って――」

「あ、あぁあああ！　そろそろ時間だ！　病院行かなくちゃいけないんだよね、今から！」

不自然なくらい急に会話をぶった切ると、木之瀬准教授はわたわたと外出の準備を始めた。

「病院ですか。どこか悪いんですか？」

「いやあ、ちょっと前からどうも眠れなくてねえ。睡眠導入剤を処方してもらってるんだよ」

「そうだったんですか。精神的なものかもしれませんし、たまにはゆっくりしてください」

「……ごめん聞き間違いかな、もう一回言ってくれる？」

「さっさと病院行って、帰ってきたら学会役員の仕事と財団宛ての研究報告書と大学施設課への連絡をまとめてやってくださいって言いました」

「それ全部ひっくるめても、仕事の一部でしかないっていうのは、眩暈がしそうだよねえ……行ってきまーす……」

「はい、行ってらっしゃい」

なんやかんや言いつつも、仕事も研究も期限に間に合わなかったことがない。私に仕事を投げてくるのは、私に経験を積ませたいからなのか、それともちょっとサボりたいからなのか、はたまたその両方か……。適度に手を抜く人間ほど、優秀だという話だが。

「……私の周りの人間は先生といい長瀬といい、そんなやつばっかりだな」

なんだか自分が貧乏くじを引かされている気がして、顔をしかめた。

そのとき、こんこんこん、と三度扉がノックされた。

何度も来ているにもかかわらず、相変わらず礼儀正しくそんなことをするのは明日葉君くらいしかいない。はいはいと私は返事をし、彼を促す。時刻は正午ちょうど。時間までぴったりとは相変わらず真面目なやつだ。

頭を切り替え、明日葉君との共同研究の方へと、私は思考をシフトした。


「つまり、だ。赤ん坊を育てたい、とか実の子を守りたい、というのは『優しさ』ではなく本能だ。それは切り離そう。血縁関係のまったくない第三者へ、どの程度自分のリソースを割くことができるか。これが本質だろう」

「そうですね。となるとやはり、相手の感情を理解し共感して行動した場合、それは『優しさ』ととらえていいのかもしれませんね」

「そうだな、理解できるが共感できない場合は――」

明日葉君と研究の内容について議論を進めていると、扉ががちゃりと開いた。

時間はまだ昼頃。今日は平日だから、北條君が来るには早すぎるし、准教授はこの時間は講義のはずだ。はて、誰が来たのだろうと顔を上げると、北條君が立っていた。

「やあ北條君、今日は早いんだね」

「……あ」

「そうだ、紹介しよう。彼が噂の明日葉君。今ちょうど研究の話をしているところでね。いつもの通り、その辺で本を読んでいてくれるかい？」

彼は……返事をしなかった。扉の前から、動くことすらしなかった。

私たちとの距離は数メートル。それだけ離れていても分かるくらいに、みるみると彼の顔色が青くなっていく。

「北條君……？　――っ！」

異変に気付き、歩み寄ろうとした瞬間――彼は脱兎のごとく駆け出した。

一番近くの男性用トイレに入った彼の後を、私は一瞬と置かずに追う。

「すまない明日葉君、少し待っていてくれ！」

「は、はい！」

途中、手洗い場から出て来た学生が大変驚いた顔をしていたが、気にせず中へ入る。奥の個室が半開きになり、北條君の足が見えた。どうやら屈みこんで吐いているらしい。

「北條君、どうした、具合が悪いのか？」

ためらいなく中へ入り、うずくまる北條君の背中に手を添える。ひどい汗だ。おまけに震えている。風邪か、あるいは何かしらの発作か……

私が今後の対応を考えている中、北條君がか細い声で呟いた。

「……ビア……」

「すまない、もう一度言ってくれ」

胃酸で喉がやられているのだろう。がらがらの、力のない声で、彼は言った。

「フォ、ビア……です」

「なに？」

「フォビア、です……あの、明日葉って人……」

「――っ⁉」

あまりに衝撃的な言葉に驚愕する。

フォビアの正体を知ることができれば、連続殺人事件解決の糸口をつかめるかもしれない。

ならばどうやって北條君に負担をかけずにフォビアを見つけるか、それを考えていた矢先の出来事に、私は言葉を失う。何かの歯車がかちりと嵌まり、からからと動き出した音が聞こえた気がした。

幕間3　北條正人

家について火照《ほて》った頭を抱えながら、僕はずっとずっと考えていた。

『私を――みないで』

あれはどういうことなのだろう。

『最後の消え入りそうな声とともに、唇に「何か」が触れた』

なぜ、彼女はあんなことをしたのだろう。

分からない……分からない。

相手が何を考えているのか分からないなんて――僕はやっぱり、おかしいのか？

「違う、そんなはずない……」

彼女の「感情」の色を、必死で思い出す。

その色は……綺麗だった。美しかった。けれど――何も読み取れなかった。

彼女が何を考えているのか、何を感じていたのか、何一つ分からない。

相手の気持ちを理解できない僕は、その事実から逃げ続けている。

わずらわしい人付き合いからは逃れてきた。人の多いところも避けてきた。

けれど相手の感情を読み取って、そこに適切な言葉を投げかけることで、気持ちが通じる気がした。やっぱり僕は正常だと感じることができて、それを嬉しく思っていた。

なのにまた、分からなくなった。また僕は、普通じゃなくなった……？

「違う、僕は普通だ……普通、なんだ」

火照った頭を冷ましたくて、僕はふらりと外へ出かけた。

どこに向かうでも、どこを目指すでもなく、僕はただ、明乃さんがなぜあんなことをしたのか、彼女がどんな感情を抱いていたのか、それぱかりを考えていた。

疲労からか、頭の使いすぎか、次第に夢見心地になりながら、ふらふらと徘徊《はいかい》していた。

思考に霞がかかっているみたいな気分だ。

「ふう……」

いつの間にか買っていたコーヒーを半分ほど飲んで、ほぅっと一息つく。頭の芯がしびれるような、脳髄にまで響く苦みと奥ゆかしさが、心地よかった。

そのまま歩き続けていると、鈍い音とともに額に鋭い痛みが走った。どうやら電柱にぶつかってしまったらしい。

「いっ、てぇなぁ……」

反動でよろめいて、僕は悪態をつきながら尻もちをついた。体を持ち上げるのも億劫《おっくう》で、生ぬるい夜風を頬に受けつつ、僕はそのまま動かなかった。

痛みも苦悩も晴らしてくれない無能な風に、意味もなくイライラした。

そんなときだった。

「あの……大丈夫、ですか?」

女性の声がした。どうやら、電柱にぶつかってそのまま動かなくなった僕を心配して、声をかけてくれたらしい。

大丈夫ですって、言わなきゃ……。きっと心配しているだろうから、優しい笑みを浮かべて、ちゃんとそうお礼をしないと……

「あ、大丈夫で――」

そうして顔をあげて、目に入った女性の「感情」の色は……恐れているようにも、怯えているようにも視えた。僕を、怖がっているように視えた。

「なん、で……？」

思わず、呟く。なんでそんなに怯えているのに、僕を気遣っているんだ？　こんな夜遅くに、僕に声をかけたんだ？　おかしいじゃないか、普通は避けるだろう？

「あ、あの、お水とか、いりますか？　コンビニすぐそこですし、買ってきた方がいいですか？」

なんでだよ……そんなに怖がっているのに、なんで優しくするんだよ。

矛盾しているじゃないか。

分からない。分からない……相手の感情が、分からない……っ！

――今更何を言っているンダ？

「違う」

――他人の気持ちにナンテ、これっぽっちモ興味ガナイくせニ。

「違う」

おかしくない、おかしくなんてない。

「僕は普通だ」

――普通ジャナイ。

「うるさい、黙れ」

黙れ、ダマラナイだまれだまれだまれ！

「あの……あなたは――」

「うるっさいなあ！」

なあ、ちょっと黙ってくれよ。静かにしてくれよ……っ！

僕はおかしイだろう？　ちがうっ！　おかしくなんかない！　普通ジャナイよ？　だから、普通だっつってんだろ！　おかしいのは僕じゃない！　こいつだ！　こいつがおかしいんだ！

感情を偽って僕に話しかけてきた、優しくしてきた、こいつが全部悪いんだ！

「ぐ……ぁ……ぇ……ぁあっ……」

「お前が悪いんだ。お前が悪いんだ。お前がおかしいんだお前がおかしいから僕は普通なんだ普通なんだ普通なんだよ！　なあ！　そうだろ！」

頭を掻きむしり、地団太《じだんだ》を踏みながら、僕は問いかける。目をあげると、彼女はもう答えを返してくれなくなっていた。

「……お前もか」

そのとき、彼女の「本質」を僕はようやく視ることができた。

体に絡まり束縛して傷つける、棘のついた太いツタ。

「それのせいか」

周囲から身を守るために、自分を偽り、自分を守る醜い「本質」。それが、僕を惑わすんだ……僕を普通じゃないと嘲《あざけ》るんだ！

醜悪な見た目をしたそのツタに、僕はどうしようもなく苛立った。

ポケットには手袋とメスが入っている。

ああ、そうか。いつも通りやればいいんだ。

「これが、あるから、僕はっ……僕はっ……！」

ツタはなかなか切れなかった。おかしい、最初はあんなにきれいに消えていったのに、なんで今日はこんなにもしつこく残り続けるんだ。

「くそっ！」

全然思うように切り取れなくて、僕は手に持ったメスを地面に叩きつけた。

甲高い金属音とともに、メスはどこかへ転がっていった。

上がった息を整えようと、僕はその場に座り込んだ。見上げれば、夜道を照らす人工的な明かりに延々と蛾《が》がぶつかり続けていた。馬鹿みたいだ。

その様子をぼんやり眺めているうちに、考えるのが面倒くさくなった僕は、いつもの通り思考を停止し、ふらふらと家路についた。

3

眠るように気絶してしまった北條君を明日葉君と一緒に研究室に運び込んでから、一時間が経過した。

少し彼の様子を見たいからと、いくつか質問をした後、明日葉君には適当な理由をつけて帰ってもらった。彼は特に文句を言うでもなく、むしろ北條君の体のことを心配しつつ、相も変らず礼儀正しく帰っていった。

明日葉昴が、フォビア。

この事実をどう解釈するべきか、私は研究室のソファーで深い寝息とともに横になった北條君を眺めながら、思案していた。

「う……ぁあああっ……」

そのとき、急に北條君が苦しそうに呻《うめ》き出した。体調がすぐれないのだろうか、それとも、嫌な夢を見ているのだろうか。どちらにせよ、ただ事ではない雰囲気だ。

「あ、ああああああぁあああっ！」

「北條君、どうした？　大丈夫か？」

「つ、月濤、先輩？　せん、ぱい……先輩……先輩っ……！」

「お、と……」

かがみこんだ瞬間、抱きつかれた。

突然の出来事にバランスを崩しそうになりながら、北條君の背中をゆっくりと撫でる。

「せん、ぱい……違うんです、違うんです、僕は……僕は……違くて、僕じゃなくてっ……！」

「大丈夫だ、北條君。君は怖い夢を見ていたんだ。ここには私がいる。私が君の傍にいる。それだけで、もう、怖くはないだろう？」

私の言葉がしっかり届くように、北條君の耳元で囁いた。

北條君の体は、汗でびっしょりと濡れていた。相当怖い夢を見たようだ。フォビアの影響かもしれない。頬に、首筋に、彼の汗がつく。だが、まったく嫌ではなかった。

「せんぱい……先輩……」

ぎゅうっと北條君の腕に力がこもる。それは愛情表現にはほど遠い、すがりつくような力だった。だから私は彼を落ち着かせようと、背中と頭を、撫で続ける。

「大丈夫だ。私はどこへも行かない。君の傍にいる。大丈夫、大丈夫だ」

「せんぱい……せ、ん。ぱい？」

落ち着いてきたらしく、北條君の力がだんだんと緩んでくると同時に、うわごとのようだった声がはっきりとしはじめる。現状を把握してきたのか、ゆっくりと私から体を離した北條君は――

「うっわぁあああああああああ！　ご、ごごごめんなさい！」

——先ほどとは打って変わって慌てはじめた。そんな彼をなだめつつも、私は苦笑いする。

「落ち着いたかい、北條君？」

「はい……」

こういうときはコーヒーよりお茶だろうと思い、ジャスミンティーを渡すと、北條君はゆっくりとそれを嚥下した。

「それで……明日葉君がフォビアというのは、本当なのか？」

「……間違いありません」

震える息を吐き出しながら、彼は頷いた。

「あんな『本質』、他に視たことありません。視間違えるはずもありません。間違いなく、フォビアその人です」

「そう、か……」

私は明日葉昴という人間について考えてみる。

彼は共感に関する研究をしている。具体的には、「共感と利他的行動の関係について」だ。

共感に関する研究は歴史が深い。

遡《さかのぼ》れば十七世紀初頭から哲学・倫理学・美学などの分野で考察された概念だ。その当時は「共感」という単語ではなく、「同情」「哀れみ」「感情移入」などの表現で扱われていたらしい。

「共感」という言葉は、心理学者のティッチェナーによって、他者の意識を内的模倣すること、と定義し命名された。それはすなわち、相手の置かれた境遇に感じ入り、自分の中で消化する、ということ。

　これはサイコパスに著しく欠如している能力の一つだ。サイコパスは相手の感情を知る能力には長けているが、そこに共感することはない。そもそも共感という事象そのものに、理解を示さない。脳の一部が未発達であることが原因であるとも言われている。

　私は考える。

　もし仮に、共感を学び、高度にその学問を理解したサイコパスがいたとするならば、そいつは容易に他人の心に入り込むことができるのではないだろうか。他人を操ることができるほど、深く、人気のない路地裏へ誘導できるくらい、深く。


『君は三週間ほど前に起きた連続殺人事件の現場に遭遇していたんじゃないのか？』

　北條君を研究室に運び込んだ後、私は明日葉君にそう質問した。

　決め打ちの推理を実行に移すべく、明日葉昴をフォビアと仮定して、そして、連続殺人事件の犯人であると仮定して行動する。

『ええ、最初の事件——箒ノ坂通りの事件のとき、ちょうど居合わせましたよ。木之瀬研にお邪魔するちょっと前のことですね。でも、急にどうしてそんなことを？』

私の問いに、隠すことでもないというように、彼は答えた。

『いやなに。君に似た人をそこで見かけた、という噂をふと思い出してね。君の住んでいる地域からだと、大学に来るのに箒ノ坂通り経由では遠回りになるだろう。あそこに一体何の用だったんだ？』

『友達が近くに住んでるので、遊びに行ってました。手土産にコンビニでお酒でも買っていこうかなーってときに事件現場に遭遇して……色々大変でしたよ』

『色々、というのは？』

彼の表情に、所作に、動きはなかった。なんら不審な点は見当たらない。

『あそこ人通りが多いでしょう？　死体が見つかった、なんてことが分かったら、大騒ぎになっちゃって。パトカーは動かないわ、警官は通れないわ、人は将棋倒しになりかけるわのパニック状態。だから、交通整理とかしたんですよ』

『交通整理……？』

『交通整理っていうと大げさですかね。立ち止まらないように注意喚起したりとか、警察の人のために道を作ったりとか、パトカーが入れるように、人の動きを誘導したりとか、そんなのです』

それは十分交通整理と言うと思うが、そんな些細なことは置いておこう。

明らかに不意打ちの質問であったにもかかわらず、彼の返答は早く、かつ具体的だった。

明日葉君が犯人だった場合、彼の心理はおそらく二パターンに分かれる。

一つは殺人現場にいたことをできるだけ隠しておきたい、と考えるパターン。

もう一つは、殺人という行為を隠す必要がないと感じているため、特に隠蔽《いんぺい》しないパターン。

後者は著しく倫理観の欠如したサイコパスに見られる特徴だ。

例えば過去に、動物を虐待する様を家族に見せびらかした男児がいる。彼はそれを悪いことだとは微塵も感じておらず、最高にクールな娯楽だと信じて疑わなかった。そのため、家族に見せることに躊躇いがなかった。動物が人間にすり替わったとしても、同様のことが言える。

しかし明日葉君の場合は、これには当てはまらない。彼はそこにいた理由を、「友達に会いに行っていた」「交通整理を手伝っていた」と具体的に述べた。後者に該当するならば、極論、「人を殺していました」と返答するだろう。つまり明日葉君はサイコパスであったとしても、殺人や犯罪を「隠さなくてはならない行為」として認識している、前者のパターンに該当する。そして彼が考える素振りも見せず、すぐさま返答したことも踏まえると、この回答が事前に準備されていたものなのだと推測できる。

さらに興味深いのは、その準備していた答えを私に返した、という点だ。警察の取り調べでもなんでもないのだから、現場にいなかったと嘘をつくこともできたはずだ。

彼は、私がサイコパスに関わる事件の捜査を手伝っていることを知っている。そこを警戒して、後々厄介なことにならないよう、そこにいた事実は隠さなかったのかもしれない。

そうなると気になるのは、交通整理をしていたという言葉だ。そんなことをしていた人間は、少なからず目立つ。つまり誰かの記憶に残っていても不思議ではない。もし仮にこれが嘘なのだとすれば、あまりにもばれやすく浅はかだ。事前に準備していたのなら、もっと手の込んだ嘘を用意するだろう。つまり逆説的に考えて、彼は本当に交通整理を行っていたのではないだろうか？

——殺人を犯した、その後で。

だとすると、なんと大胆不敵で狂った行動だろうか。

人を殺した後で、できれば一番出会いたくないであろう警察に自ら近付くなど、普通の神経ではできはすまい。恐怖の欠如したサイコパスの特徴には一致する。

だが一方で、「明日葉昴が犯人である」という仮定を外し、この発言を素直にそのまま受け取れば、彼はただの善人だ。そちらの可能性も、今の段階では十二分にあり得る。

善人か、サイコパスか。

ここの判断を間違うわけにはいかない。彼がフォビアたる由縁《ゆえん》を探ることが、おそらくキーになるだろう。しかし結論を下《くだ》すには、彼を理解するための時間が圧倒的に足りない。

ならばどうするか？　決まっている。私は——

「うん、やはりそれしかないな」

覚悟を決めて、私は言う。せっかく手に入れたチャンスをふいにするわけにもいかないし、後手に回り続けるのも、もうたくさんだ。そろそろ真相に踏み込もうじゃないか。

「明日、私は明日葉君とデートしてくるよ、北條君」

そう告げると、北條君は面白いくらいにぴたりと固まった。

「今、なんて……？」

「あれだ。君が明乃……漣レンとデートしたのと同じだよ。ランチョンテクニック、連合効果、それらを全力で使って、私は明日葉昴、もといフォビアという人間の『本質』を探ろうと思う。実はもう話はつけてあるんだ」

ご飯には何度か一緒に行ったことがある。

たまには気分を変えて違う場所で研究談義に花を咲かせないかと言えば、彼は一も二もなく首肯した。特に誘い方に不自然なところはなかったし、疑われてないだろうと思う。

「……そ、んな」

「なに、心配するな。デートといっても夕方には切り上げる予定だし、危険は少ないだろう」

もちろん、少ないだけで、何かある可能性はゼロではない。

もし、本当に彼が連続殺人事件の犯人であり、私がまだ理解できないサイコパスなのだとしたら……彼の行動が私には読めない。いつもの通り、先手を打って、画策して、安全策を取ることはできない。

けれど、それでもいいと思った。この事件を解決するためには、安全なところでぬくぬく推理するだけでは足りない。

「というわけで、明日私はいないが……いつもの通り、先生の手伝いや雑用、よろしく頼むよ」

そう話し終えるや否や、私の腕を北條君の手が掴んだ。

ぎゅっ、という効果音ではまだ足りないくらい、力強く掴んだ。

「だめです」

「北條君?」

「だめですよ、そんなの」

私は彼の共感覚のような特殊な体質ではない。それでも彼の声や表情、私の腕を握った手から、彼が何かに怯えている感じが伝わってきた。

「危険です、危ないです。それに何より……フォビアは、あの連続殺人事件の、犯人なんですよ?」

「ん……? 正しくは、そうかもしれない、だな。だからこそ私は、彼の人となりを把握しなくてはならない」

「それはつまり、フォビアが、先輩の探し求めていた、『理解できないサイコパス』かもしれない、ってことですよね」

「まあ、可能性はあるな』

今までの情報をつなぎ合わせれば、彼がそこに行きつくのは自明の理だろう。

私が一か月以上かかっても掴みきれない連続殺人の犯人は、ほぼ間違いなくサイコパスだ。

そして、私は自分が理解できないサイコパスをずっとずっと、探していて……彼は、その相手かもしれない。

だが、それがどうしたというのだろうか。

「なら、なら……やっぱりだめです。だって先輩は……先輩が『理解できないサイコパス』を求めるのはっ……」

「言っただろう？　つまらないからだ」

「ちがう！」

あまりにも強い否定に、私は気圧《けお》された。北條君の表情には鬼気迫るものがあって、ただならぬ気配を感じ、私は黙って次の言葉を待つ。

「あなたは、自分が正常であると確信したかったんだ！」

「……どういうことだ？」

「自分がサイコパスの感情を理解できてしまうことに。周りが、先輩が普通だと思う人間にサイコパスというレッテルを張ることに、先輩はずっといい知れない不安を感じていたんだ。だから、あなたは自分が理解できないサイコパスを求めた。それが現れれば、貴方は普通であると証明されるから！　そう信じることができるから！」

時に呟くように、時にぶつけるように彼は言う。熱に浮かされたような言葉のつぶてには、決して正常とはいえない感情がまとわりついているような気がした。

だから私は、口には出さず、否定する。

違う……それは違う。私はそんなことを思ってなんかいない。

「そんなずっと、ずっと、心から求めている相手に、貴方が出会ってしまったら……先輩は、きっとその相手のことを、好きに――」

「いや、それはないよ」

ぽん、と彼の頭に手を置き、言葉を遮る。

きっと北條君は、疲れているんだ。さっきフォビアと出会ったことによる後遺症が、まだ残っているのかもしれない。感受性の強い彼なら、十分に可能性はある。だからこんな突拍子もない考えを口にしてしまったのだろう。

私は、そんなことはあり得ないと、再度心の中で否定する。

たとえ、明日葉昴が連続殺人事件の犯人だったとしても――

「だから、安心して待っていてくれ」

「先輩……」

――そんなことは、あり得ないと。

だってそうだろう？　複数の相手を好きになれるほど、私は恋に慣れていない。

幕間4　北條正人

家に帰ってくると、途端に睡魔が襲ってきた。

フォビアが僕の精神に与えたダメージは相当大きかったみたいだ。

「月澪先輩、大丈夫かな……」

フォビアとデートする。

その言葉を聞いたとき、僕は全力で止めたけれど……それでも先輩は優しく笑って、僕を諭して、いつも通り、自分の意見を曲げることはしなかった。

彼女の言い分ももちろん分かったし、事件を解決するために必要なことだと分かってはいるものの……危険すぎると思う。

だってあいつは、連続殺人事件の犯人なんだから。

そんなことを考えながら、僕はいつしか眠りに落ちていた。


暗い路地裏を歩いていた。

どこかで見たことがあるようで、まったく見たことがないような、そんな曖昧な風景だ。

男の人が倒れていた。後頭部から少し血が流れている。僕の手には、コンクリートブロックがあった。確かな質量をもつそれを、僕は思わず取り落とす。地面に落ちたブロックは粉々に割れた。

視線を移すと、男の体が仰向けになっていた。

心臓から噴き出す血を見せつけるように、何もしていないのに自然と仰向けになった。

そして——僕は長く鋭いハサミを握っていた。

僕が、やったのか……？

そうだ、柔らかい心臓にずぶずぶと突き刺さっていくハサミの感触を、僕はよく……よく……覚え、て……

『あれ？　どうしたんだい？』

突然、男の口が開いた。心臓からどくどくと血を流しながら、吐血しながら、爽やかな笑みを浮かべて僕に話しかけてきた。

『インコ⁉　それは大変だね』『鳥を捕まえるのは難しいだろうね……僕はその中でも成績はいい方でね、そういう意味ではスゴイと言っても』『セキセイインコだね！　セキセイインコだね！　セキセイインコだね！』

目は虚ろで何も映し出してないのに爽やかな笑みを浮かべ、べらべらと意味のない言葉を発し続ける。

うるさい止まれと願っても、頼むからやめてくれと懇願しても、まるで壊れたレコードのように、呪詛を垂れ流し続けた。

『セキセイインコだね！　他の人にも成績はいい方で』『鳥を捕まえるのは難しいセキセイ戯れているから……僕はその中でも成績はいい方でね、そういう意味ではスゴイと言っても』『セキセイインコだね！　セキ過言ではないセイインコだね！　セキセ難しいイインコだね！』

『なんで殺した？』

微動だにしなかった顔がこちらを向いて、そう言った。その目は確かに僕を捉えていた。

思わず声にならない叫びをあげて、僕は言う。

違う、違うんだ、僕は殺してない、殺すつもりなんてなかった！

……いや、殺してない……殺してなんかない！　だから責めないでよ！

僕は悪くないのになんで責めるんだよ？　悪いのはお前だろ？

お前なんて消えてしまえ！　消えろ、消えろ、消えろ！

瞬間、男の顔がぐちゃりとつぶれた。

目だけを残して、ゆっくりと確実に、じわじわと顔がつぶれていく。耕されていく。

僕の手には、今度はレンガが握られていた。

彼の顔がつぶれる度に、僕の手に肉をえぐる感触が伝わる。

彼……いや、彼女の目は、それでも僕を見据え続ける。

……彼女？　ああ、確かに彼女だ。

ベロベロになった唇がゆっくりと動き、穴の空いた喉から空気を漏らしつつも、彼女は言う。

『じゃあ、これからどうする？　どっか飲みに行く？　カラオケでもいいけど』

その場に不釣り合いな明るい声に、僕はかぶりを振る。

行かない、そんなところになんていかない。

大体僕は、飲むのもカラオケも好きじゃない。そんなところに行きたくない。

『なんで誘ったの？』

知らないよ。誘ってない。お前が勝手についてきたんだろ！

そう叫んでも、叫んだつもりでも、声は一向に形にならない。僕の声が届かないから、彼女は僕に問いかけ続ける。

『ねえどうして？　なんで？　どうしてなんでなんでなんでなんでなんで？』

『なんで、コロシタノ？』

知らないって言ってるだろ！

もう、うんざりだ。そう吐き捨てて、僕は立ち去ろうとした。なのに体は動かなかった。

縫いつけられたみたいに、僕の体は一ミリたりとも動かなかった。

それどころか、首も、目線も動かせない。僕はただ、雄弁に語るその死体を眺めるしかなかった。

『ぐ……ぁ……ぇ……ぁあっ……』

突如、ソレは苦しそうに呻きだした。

肉が剥がれ落ちた腕を喉元に持っていき、それはそれは苦しそうに悶える。

まるで誰かに首を絞められているようだ。

誰かに……誰、に……？

瞬《まばた》きをした次の瞬間、首を絞めているのは僕だということに気付いた。

生温かい首の感触がする。息づいている生の感覚が伝わってくる。

それをじわじわと今、僕がこの手で奪い去っている実感を覚えた。

『ぐ……ぁ……ぇ……ぁあっ……』

僕の指は首から離れなかった。

恐ろしいほどの力で、僕は首を絞めつけていた。とくとくと、脈打つ鼓動を感じた。

苦しそうに呻くソレは、ゆっくりとこちらを見て――言った。

『あの……大丈夫、ですか？』

――っ！

なんで、心配するんだよ……。僕は今、君を殺しているのに……それなのにどうして僕の心配をするんだ！　おかしいだろう！

『あの……大丈夫、ですか？』

うるさい！　うるさいうるさいうるさいっ！

黙れ！　黙れよ！　黙ってくれよ！

こんなに喉を絞めてるんだから、いい加減その口を閉じてくれよ！

『認めたな』

ソレが言った。

『お前が殺したと、認めたな』

ち、ちがう。僕は、僕は後頭部を殴っただけだ！

心臓を刺しただけだ、喉を刺しただけだ顔をつぶしただけだ、首を！　絞めただけだ！

『そうだ、全部お前がやった』

そうだよ、ボクだよっ！　僕がちがうっ！

違う！　違う！　違う！　違う！

頭を抱えた僕を見下ろすように、ソレはのそりと立ち上がった。

地面に血肉をぶちまけながら、地に落ちる血肉の瑞々《みずみず》しい音を背負って……ソレは歌うように、奏ではじめる。

『カラオケ大丈夫、ですか？　でもいいけどこれからどうする私のこと⁉　大丈夫、でキセイインコだからかってるのね！　他の人にも成績はいい方で』『インコ⁉　それはそんなこと言われたことない大変だねそう嘘だよーだろうね』『鳥を捕まえる私のこと⁉　のはえと……何か御用？　難しいセキえ、ええええ⁉　セイ戯れてい変な子るから……僕はその中でも成績はいい方でね、そういう意味ではスゴイと言っても』『セキセイイ変な子、悪い気はンコだね！　他の人にも成御用達績はいい方で――』

……跳ね起きた。夢だと分かった。夢じゃないとおかしいと思った。

その場で僕は吐き散らかした。床の上に吐瀉物が広がる。

勘弁してくれ。もう許してくれ。

こんなんじゃ満足に寝ることもできない。安心して眠ることすらできない。

あの夢を、あの光景を、受け入れろっていうのか？

僕は何もやっていないのに。

「ぁ……あぁあああ」

ふと目を上げると、月澪先輩と目が合った。たくさんの月澪先輩が僕を見ていた。

「違うんです……違うんです違うんです、違うんです！　僕は悪くないんです僕はやってないんです信じてください……信じてください信じてくださいよ！　ねえ！　なんで何も言ってくれないんですか！　どうして黙ってるんですか！」

どれだけ叫んでもどれだけ懇願しても、月澪先輩は何も言ってくれなかった。

ただ、僕を見つめていた。

「ご、ごめんなさいごめんなさい！　違うんです僕じゃないです、僕じゃないんですけど……許してください責めないでください嫌いにならないでください！　ごめんなさいごめんなさいごめんなさい！」

僕は謝罪した。どうすればいいか分からなくて、ただただ謝罪した。

「ごめんなさいごめんなさいごめんなさいごめんなさいごめんなさいごめんなさいごめんなさいごめんなさいごめんなさいごめんなさいごめんなさい……」

声が嗄《か》れるまで、体力が尽きるまで、僕は先輩に謝り続けた。

4

待ち合わせ場所には、十五分前に着いた。私は待ち合わせの目印である大きな虎の石像に背を預け、昨日の北條君の言動について考えていた。内容の真偽は別として、彼の様子が気にかかる。殺人犯に必要以上に感情移入しかねない私を心配してくれていたのだと思うが……とりあえず、あれこれ考えるのは後にしよう。今日の観察対象がお目見えだ。

「すみません！　お待たせしてしまって！」

「何を言う。待ち合わせ時間ちょうどだ、問題ない」

「僕ももっと早く着くつもりだったんですが……途中で色々あって」

「色々、とは？　ああ、歩きながら話そうか」

休日ならではの賑わいを見せる町中を歩きはじめると、カップルと思《おぼ》しき男女のペアが平日より多くいることに気付いた。周りから見れば、私と明日葉君もそんな風に見えるのかもしれない。

「で、ここに来るまでに何をしていたんだ？」

「あはは、何と言いますか……簡単に言うとお節介、ですかね？」

「お節介？」

「はい。薄々気付いているかもしれませんが、僕は他人の事情に首を突っ込みすぎるんです」

「そうかもしれないな」

もう一年近い付き合いになる。それは何となく察していた。

彼は困っている人を見捨てない。老若男女問わず、手を差し伸べる。そんな光景を目にしたのは、この短い交流期間で一度や二度ではない。

そういった一連の行動は、彼の本質を示すものなのだろう。

「それで今回も似たようなことを……。階段の途中で降りられなくなったおばあちゃんを背負って降りたり、構内を迷っていた外人さんを案内したり……」

「ほう？　人との待ち合わせ前なのにか」

「そうなんですよねえ……。これが原因で、僕、女性との付き合いも長続きしなくて……」

「くく、冗談だ」

待ち合わせ時間には間に合っているのだから、気にすることはないだろうと思う。

だが、そんなことはどうでもいい。私は一気に本題を切り込む。

「なあ明日葉君。君はどうしてそんなに『優しい』んだ？」

一見、優しさに起因しているように見える彼の行動には、実は別の意味や彼なりの理由があるのではないか。それが北條君には、醜悪な「フォビア」として映ったのではないか。私はそう仮定し、明日葉君に問いを投げる。

「優しいって……僕のお節介のことですか？」

「ああ。君はお節介と言うが、それは他人から見れば『優しさ』だ。時に自分を顧《かえり》みないほどの君の異常な行動力に、少し興味が湧いてね」

そしてこの質問は、たとえ彼が犯人であったとしても、警戒されないであろうと、私は踏んでいた。なぜならこの質問は、普通であれば、彼が連続殺人の犯人であると特定する直接の判断材料にはならないからだ。

明日葉君を犯人だと疑うならば、交通整理をしていた事件当日や、その他の連続殺人のあった日の彼の行動を聞くのが正攻法だ。当然、彼もそれを警戒するだろう。

だが、私はその方法を取らない。

なぜなら、彼がなぜフォビアであるかを知ることが私の目的だからだ。

そして、彼がフォビアである原因を掴むことができれば、犯人であると決め打てる。

彼の事件当日の行動を模索するのは、その後だ。

「うーん、そうですね……そういえば、理由なんて深く考えたことなかったですね……」

「……ほう」

「誰かに優しくするのに、普通は理由がいるんですよね。うん、それは分かっているんです……」

彼は心底困ったように言った。私はいくつかの返答を頭に浮かべ、そのうちの一つを慎重に選択する。

「君は共感の研究をしているはずだろう。共感とは優しさの源だ。自分のその行為について考えたことがないというのは、いささか無理があるんじゃないか？」

「で、ですよね……。うーん、改めて言われると、難しいですね……あ」

眉間にしわを寄せ、本気で考えているような顔をしていた明日葉君は、ふと足を止めた。

「ちょ、ちょっと待っていてもらっていいですか？」

「あ、ああ。構わないが……」

「ありがとうございます！　すぐ戻ります！」

明日葉君が向かった先は、すぐ近くにあった駅の改札口だった。少し大きめのリュックを背負い、地図かパンフレットと思われる紙を持った少年に、何やら話しかけている。

数分後、問題が解決したのか、少年は満面の笑みで手を振り、去っていった。

「また人助けか？」

「あ、月澪さん。すみません、話の途中だったのに……」

少年を見送る明日葉君に近付き声をかけると、彼は申し訳なさそうに答えた。

「構わないさ。ところで、今の子は何に困っていたんだ？　君の知り合い、というわけでもないだろう」

「そうですね、初対面です。ただ、道に迷っているのが見えたので……」

確かに少年は、構内の地図と手に持った地図をひっきりなしに見比べていたが……

「なにも、君が助けなくてもいいだろう。その程度のことなら、駅員にでも聞いたらいい」

「ああ、いえ。彼、日本語がしゃべれなかったんですよ。片親が日本人で、片親が外国人。いわゆるハーフです」

　明日葉君は少年とは初対面だったはずだ。だとすると、彼は遠目に一目見ただけでそれを見抜いたことになる。

「……なぜ、彼と話す前に分かったんだ？」

「あはは、そんな難しい話じゃありません。彼が持っていたのは、外国から来た観光客用のパンフレットでした。リュックについていたキーホルダーは、日本では放送していないアニメのキャラでした。でも、見た目は日本人だったので、ハーフかなと。近くで見ると、目鼻立ちとかはやっぱり日本人離れしてましたけどね」

　それだけでハーフと断定するのは、少々早計だとは思う。

　同じ条件でも、海外在住の日本人であれば該当する。だが大事なのはそこではない。見た目が日本人であるということ、そして日本語が得意でないだろう、というのがポイントだ。

「もちろん、ハーフでも日本語をしゃべれる人はごまんといますが、それなら日本語のパンフレットを使えばいい。母国語に頼るくらいには日本語に慣れていないのは確実です。それでしばらく同じ場所に立ち尽くしていたのが見えたので、つい……」

　日本人であれば、駅員に聞けばいい。私が考えたように、きっと誰もがそう考えるはずだ。

　あまりにも多くの人間が行き交う都心の駅構内で、見知らぬ人間をそこまで観察する変わり者はそうそういない。

「きっとあの子、僕が声を掛けなかったら長い時間あのままだったと思うんです。それはすごく可哀そうだな、と思って」

私の目の前の変わり者は、それに気付いた。だから行動した。

「使命感、ということか？」

「それもちょっと違いますね。今、気付いたんですけど、多分僕が誰かを助けるのは自分のためです」

予想外の答えに、私は思わず返答に窮《きゅう》した。

明日葉君はつい今しがた自分の気持ちに気付いたかのように、一言一言を丁寧に紡いでいく。

「僕はあの子が困っていることに気付きました。でも、彼は僕に気付いていなかった。そのままスルーしても、当然誰にも責められはしません。でも……」

そして、とてもきれいな笑みを浮かべて彼は言った。

「それは僕が嫌なんです。絶対に後悔します。気になって気になって、その後の行動に支障が出ます。だから、何とかしてあげたいと思うんです。こう考えると、僕の優しさは利己的なのかもしれませんね」

「……その行動で、人に愛想をつかされても？」

「正直、何度もつかされてます。でもまあ、それはそれでしょうがないかなって思います。

小さい子は皆守りたいと思いますよね。自分の子は無条件に愛おしいですよね。それと同じように、僕は行動してしまうんです。きっと」

私は本気で戸惑った。そんなのは、利己的でもなんでもない。

本能に刷り込まれているんじゃないかと思うほどの、人のよさ。

見返りを求めない。自分の損もいとわない、異常なまでに下心のない優しさ。

――無償の愛。

それが……そんな美しい精神が、彼の「本質」だとでも言うのか？

おかしい、矛盾する。だって……彼はフォビアなんだ。

行き場のない出口を探して、思考が空転する。

何を見落とした？　何を間違えた？　どこから論理を組み立て直せばいい？

「まあ、誰にも理解されませんけど」

「当たり前だ。そんなの、私だって理解に苦し……む……」

はたと、歩みを止める。さーっと、血の気が引いていく。

今、私はなんて言った？

「月澪さん？」

待て、落ち着け、よく考えろ。私は何か、大きな思い違いをしていたのではないだろうか。

私の思考は、そもそも根本から大きくずれていたのではないだろうか。

「な、なんでもない。行こうか」

「え、ええ。あ、こっちです」

頭の中で閃光のように繋がった仮説は、眩暈がするほど鮮烈で、そして同時に——とてもとても、残酷だった。

5

どさり、とソファーに身をうずめる。

当初の予定通り、夕方には明日葉君と別れた私は、研究室に戻って火照った頭を落ち着けていた。別れ際に手を振っていた、嫌味のない彼の笑顔が脳裏をよぎる。

シミが多く、時代を感じさせる天井をぼんやりと眺めながら、私はふと、ガリヴァー旅行記を思い出した。

ガリヴァー旅行記。

正式名称は、「船医から始まり後に複数の船の船長となったレミュエル・ガリヴァーによる、世界の諸僻地への旅行記四篇」というタイトル。その名の通り、医師のレミュエル・ガリヴァーが不思議な国を冒険する、空想冒険譚だ。

第一篇のリリパット国渡航記では、ガリヴァーは常人の十二分の一程度の身長しかない小人の国に迷い込む。彼は別段大柄な体躯だったわけではないが、周りが小さかったために、巨人として扱われた。第二篇、ブロブディンナグ国渡航記では、逆に全てが巨大化した国に迷い込み、愛玩動物のように扱われた。

ガリヴァー自身の身長は変わっていない。全ては比較対象の問題だ。

今回の事例に当てはめれば、明日葉君と北條君がそれに該当する。

北條君が明日葉君の「本質」に恐怖を抱いたのは、明日葉君がサイコパス、ないし、それに類する人間だからだと、私は勝手にそう思い込んでいた。

だが、今日確信した。彼は善人だ。遺伝子レベルで刻み込まれているんじゃないかと錯覚するほどのお人好しだ。

……ならば、と原点に戻る。そんな明日葉君に恐怖を抱く北條君は、どんな人間なのだろうかと。

私はフォビアを、恐怖の象徴だと考えた。では、恐怖とはなんだろうか？

諸説あるが、私は「理解できない」ということが、全ての根源にあるのではないかと考える。

分からないから、想像できないから、恐怖を抱く。

太古から人が暗闇を怖がるのは、そこに何がいるのか分からないからだ。

人が霊的なモノを恐れるのは、正体が分からないからだ。

人が狂人を恐れるのは、何をしでかすか分からないからだ。

北條君が明日葉君を恐れたのは、無償の優しさを振りまく彼を、どうしようもなく理解できなかったからだ。

これ以上考えてはいけないと、頭のどこかで声がする。

これ以上踏み込んではいけないと、心のどこかで警鐘が鳴る。

それでも私は考え続ける。それが私のやるべきことだから。


ならばなぜ、彼は理解できなかったのだろうか。誰よりも感情を読むことに長けた彼がなぜ、明日葉君の「本質」に限って理解できなかったのか。

さらに深く思案する。そもそも、優しさとはなんだろうか？

明日葉君と話した内容が頭をよぎる。優しさとは共感の産物なのだと、彼は言っていた。

共感は、他人の気持ちに自分の気持ちを重ねる、人間独自に発達した、感情に対する一つの脳内アプローチだ。それは優しさの起源ともいわれてるし、他人の人となりを理解するために必要な感覚だともいわれている。

そして――サイコパスに著しく欠けている感覚だ。

打算的な優しさ、優しさの皮を被った別の何か。そんなものは世の中にいくらでも存在している。だが、明日葉君のような無償の優しさは珍しい。彼は自分のため、と言っていたが、そもそも助けたいという気持ちが沸き上がるのは、彼が相手の立場でものを考えるからだ。

あの人は今きっと、とても辛い。あの人はこのままでは報われない。そんな、相手の感情に対して共感する力が強いのだろう。

だから、他人に共感できない北條君は、それを当然のようにやってのける明日葉君が理解できず、本能的な恐怖を抱いたのではないだろうか。だとすれば――

「――北條君は、サイコパス、なのか……」

消化しきれないほどの衝撃的な事実を、できるだけ冷静に受け止めて、私は考え続ける。

彼がサイコパスだと仮定すると、一つ腑《ふ》に落ちることがある。

漣レンの部屋を見たとき、彼は「普通だ」と言った。しかし漣レンは、部屋に入られたことで豹変した。私はそれを、北條君は見なかったのに、漣レンは見られたと勘違いしたからだと、勝手に解釈していた。

しかし……本当は、彼は見ていたのではないか？　見ていたにもかかわらず、それを異常だと認識できていなかったのではないか？

続けて、漣レンを癒したときの北條君を思い出す。

彼女の感情を読み、彼女の感情を操作した彼の話術。それは決して善意の心からきたものではなく、多くのサイコパスがそうするように、彼女の感情をただコントロールしただけなのではないのか？

漣レンの一件、そして明日葉君の一件。それらを考えると、彼がサイコパスであると説明できてしまう。

私は考える。考えることが私の武器だ。だから……北條正人がサイコパスであったらと考える。

北條君は共感覚を持っている。共感覚を有するサイコパスというのは、どう行動するのだろう。どんな考え方をするのだろう。

答えは……分からない。

なぜなら、私は彼の視ている世界が視えないから。私はその世界を知らないから、そんな彼がサイコパスとしてどんな行動を起こすのか、まったく想像できない。

「はは……こんなこと、あるのか？」

馬鹿らしいとは思う。けれど私の頭の中に、どうしても一つの仮説が浮かんでしまう。

私の理解できないサイコパスは、もう一人いる。連続殺人事件の犯人だ。

もしこれが、同一人物なのだとしたら？

強引すぎるし、極論すぎると分かっているけれど、私は推理を始める。

……北條正人が犯人であったらと仮定して。


今回の事件において、クリアするべき問題は大きく分けて五つある。

一つ、北條正人はそもそも、殺害現場にいることができたのか。

二つ、なぜあんなにも、殺し方に一貫性がなかったのか。

三つ、人気のない場所に連れ込む手段はあったのか。

四つ、なぜ、あの時期に事件が集中したのか。

五つ、そもそもなぜ彼は、人を殺したのか。


順に解き明かしていこう。

まずは一つ目、彼が現場に居合わせることができたかどうか。

第一の事件。箒ノ坂通りの事件現場のすぐ近くに彼はいた。それは明日葉君を目撃していることからも明らかだ。

第二の事件。彼の住んでいる場所から随分離れたところで、事件は起こった。

だが、彼は言っていた。

『うーん、でも遅いとはいえ、まだ九時ですし。今日は箒ノ坂通りを通らないつもりですから、大丈夫です』

例えばその別の帰り方が、電車だったとしたら？　あの日疲れていた彼が、寝すごしてしまったとしたら？　明日月町に行くことは可能だ。犯行時刻とも矛盾しない。

第三の事件が起こった赤瀬町は彼の家の近くだ。あの日は漣レンとのデートの日だったが、犯行時刻は深夜を回っていた。事件現場に彼が行けない理由はない。

二つ目に移ろう。

彼はどうしてあんなに残酷な殺し方をしたのだろうか。どうして肉を切り取り、顔をすりつぶしたのだろうか。ずっと謎だった問いに、私はあり得ない回答をする。

そんなのは、分からない。分かるはずがなかったのだ。なぜなら、それは共感覚を持つ彼にしか視えない世界が関係しているから。

視ていて気分がよくない本質もあるのだと、彼は言っていたではないか。明日葉君の場合は、精神に異常をきたすほどのものだったが、あれは例外だ。そうではなく、例えば彼を苛立たせるような「本質」もあるのではないだろうか。それが手足に、あるいは顔面に被っていて、潰したいと切り取りたいと、思ったのではないだろうか。

「ばっかばかしい……」

吐き捨てた言葉とともに一蹴したい。けれど私は、この推理をまだ棄却できない。

だから、進めよう。

三つ目、人気のない場所に連れ込む手段。これこそ問題ない。

彼は「感情」を読み取り、ふさわしい言葉を投げかけ、相手を操ることができる。それは漣レンの一件で明らかだ。心のどこかに歪みを抱えた被害者たちに取り入り、警戒心を解くことなど、彼にとっては赤子の手をひねるより簡単だろう。

棄却、できない。

四つ目、なぜあの時期に犯行が集中したのか。

五つ目、なぜ、殺人を犯したのか。動機はなんなのか。

私の推理は、ここで止まる。あの時期に事件が集中したのは、たまたまなのだろうか。それこそ、思いつきで人を殺していただけ、なのだろうか。だが、それにしては三件目の事件には感情が入りすぎている。この二つを、たまたまや、なんとなく、といった言葉で片づけるのは早計過ぎる。

私は考える。考えなくてはならない。

なぜなら、ここを明らかにしない限り、私は自分の推理を確信することも、そして——はねのけることも、できないからだ。じっと動かず、意味もなく本棚の一点を見つめて考え続けていると、思考に邪魔が入った。

私はこの推理を、成り立たせたいのか？　それとも……棄却したいのか？

今までにないほど真相に近付いている期待感と、相反する焦燥《しょうそう》が入り交じり、混沌とした醜い何かになって、私の身を内側から痛いほど焼いた。

無駄なことを考えている暇などないと、自分を叱咤《しった》する。

時に高揚し、時に絶望し、大きすぎる感情の振れ幅に、気がおかしくなりそうになる。進んでは立ち止まり、振り返っては心が痛み……それでもやはり、私は前に進む。少しずつでも、進み続ける。

考える。考えて、考えて。考えて考えて考える、けれど。

浮かばない。見えてこない。答えが、分からない。

いつもあれだけ偉そうに語っていながら、不可能などないのだと、傲岸不遜に言いながら……

この、程度か。

「くそっ！」

溜まりに溜まったどす黒い感情を少しでも外に出したくて、私は叫んだ。

無意味に叩きつけた机から、たくさんの本が滑り落ちる。私がプロファイリングをする際にかき集めた資料の数々だ。

ものに当たったところで、何も解決しない。少し冷静になった私は、自分の愚かさにほとほと呆れながら、資料を拾い集める。

つい数週間前のことなのに、すこし懐かしさを感じながら私は本を集める。

心理学、精神医学、認知心理学。そして――脳科学、遺伝学。

「脳、科学……」

脳科学領域からのサイコパス研究は、近年急速に発展してきた分野だ。加えて最近では遺伝学との関わりも多く見られる。サイコパスの行動様式や、その内面の特徴が、何に起因するものなのか。そういった観点で、研究は進められているようだ。その中で、分かっていることは――

「まさか」

すさまじい勢いで、脳内で論理が展開される。点と点は線となり、面を作り、一つの真実を浮き上がらせる。

「まさか」

事件の発生時期と彼の動機を、私は別々に考えていたけれど……それらは別物ではなく、同じものなのだとしたら。

「まさか」

事件発生時期と、資料を見比べる。資料をめくり、脳内の推理をぶちまける勢いで、裏紙にメモを取る。ペンを動かす手が追いつかないほど、考えがまとまっていく。

符合する。一致する。全てが、つながる。

「なるほど、な……」

気付いてしまえば、一瞬だった。

どんな難解な問題でも、取っ掛かりさえ掴めれば、悩んでいたのが嘘のようにあっさりと解けてしまうように。

後は確認するだけだ。

彼の心を……彼の、真意を。私はしばらく考えた後、一本の電話をかけた。

「ああ、私だ……実は折り入って、お願いしたいことがあるんだ……」

幕間5　北條正人

暗い人気のない路地裏に立っていた。

ああ、またこの夢か。

『カラオケ大丈夫、ですか？　でもいいけどこれからどうする私のこと⁉　大丈夫、でキセイインコだからかってるのね！　他の人にも成績はいい方で』『インコ⁉　それはそんなこと言われたことない大変だねそう嘘だよーだろうね――』

お前はそればっかりだなと、僕は笑う。

ソレは相も変わらず醜悪な見た目をしていた。

顔は潰れ、喉に穴が空き、体中の肉が削がれていた。ひゅーひゅーと空気の漏れる音を出して、べろんべろんにはがれた唇を動かしながら、意味のない言葉を垂れ流し続けている。

馬鹿みたいだ。

『ナンで殺した？』

『どうシテ殺した？』

『なんで？　ドウして？』

「うるさいなぁ。知らないよ、そんなこと」

吐き捨てるように、僕は言った。

目をつぶれば、苦しそうな呻き声が聞こえた。

目をつぶれば、肉をすりつぶす感触がした。

いつ殺したのかも、なんで殺したのかも、よく覚えてないけれど、きっとこれは僕が作り出した光景なのだろう。

もう、ごちゃごちゃと考えるのは面倒くさかった。考えれば考えるほど、頭が割れるように熱くなる。否定すれば否定するほど、グロテスクな怪物は僕を責め続けた。

だから、呪いの言葉も醜い姿も、そして生々しい感触も僕は受け入れることにした。僕がやったんだと認めれば、途端に苦しくなくなった。どうしてあんなに抗っていたのかと、自分がやったことを受け入れられなかったのかと、疑問に感じるほど。

滑稽《こっけい》な見た目をした怪物を眺めて、僕は笑う。

前から分かっていたことだ。僕は頭がよくないし、細かいことを考えるのも得意じゃない。

考えるな、考えるなカンガエロ考えるな。

全て受け入れてしまえ、全て許容してしまえ、全て承認してしまえ。

被害者たちが紡いだ協奏曲を。

僕《サイコパス》の奏でた狂騒曲を聞きながら。

僕は今日もゆっくりと眠る。気持ちよく、眠る。

目を覚まし、スマートフォンを確認すると、月澪先輩からメッセージが来ていた。話したいことがあるから近くの公園まで来てくれ、とのことだった。

なんの話だろう？　とりあえず……とりあえずいつもの通り、刃物と手袋は持っていこう。

分かりましたと、僕は先輩にメッセージを返した。そういえば、フォビアとのデートはどうなったんだろう。その話も、聞かせてもらえるのだろうか。

もったり寝返りを打つと、先輩の写真が目に入った。

僕は静かに、彼女のことだけを考えながらそれを見つめる。

どうすれば彼女を自分だけのものにできるだろうかと、考えながら――


呼び出された公園に向かうと、先輩は既に僕を待っていた。

周囲には誰もいない。今朝の天気予報で、「今日は大型の台風が近付いております。不要不急の外出はお控えください」とお天気お姉さんが読み上げていたのを思い出して、そりゃそうかと僕は一人で納得した。

ポケットに手をぎゅっとつっ込んで、今にも押しつぶされそうな灰色の雲の下、僕は先輩の方へと歩を進めた。

僕が近付いてくることに気付いていないのか、はたまた気付いてはいるけれど、あえてそうしているのか。先輩は空を見上げたまま微動だにしなかった。

「先輩」

紺色のカーディガンの裾のほつれや、襟についた小さな毛糸が確認できるくらいまで近付いたとき、僕は声をかけた。顔を少し傾けて、アーモンド形の大きな目で僕の姿をちらりと確認すると、先輩は口を開く。

「ああ、来たのか」

それだけ言って、また空を見上げた。ずしりと重なった曇り空に興味があるわけでは、もちろんないのだろう。絹糸のように滑らかな髪が、吹き抜けた風を受けて踊る。

「覚えているかい。君に話した、私の夢を」

ぽとり、ぽとりと、まるで言葉を地面に落とすように先輩は話しはじめた。

「ええ」

「そうか」

静かな……とても静かなその声を聞きながら、僕はこの光景を絵にするならば、背景は灰色に塗りたいと思った。水をたっぷりと含ませた絵筆で極限まで伸ばした、薄い薄い灰色だ。

「『私が理解できないサイコパスに出会いたい』ですよね」

「うん」

そう、彼女は。

どんなに猟奇的な犯罪でも。

どんなに快楽的な犯罪でも。

どんなに狂気的な犯罪でも。

罪を犯した者の気持ちを、理解できてしまう。だからつまらないのだと、常日頃から口にしていた。世間が勝手にタグ付けした精神病質者《サイコパス》など、私にとっては一般人と変わらない、というのが彼女の持論だった。理解できない犯罪者を望む彼女を、僕は理解できなかった。

「例えばその相手に出会えてしまったとして――」

ああ、やめてくれ。先輩が紡ぐ言葉を聞きつつ、僕はポケットの中で強く拳を握り締めていた。刃物の柄の固さが、しっかりと伝わってくる。

「——その相手に……こ、恋を、してしまったとして」

そう言えば、今日は見たい番組があったんだ。早く帰って適当な駄菓子でも食べながら、ただ流れてくる情報を阿呆みたいに聞いて、聞いているふりをして、聞き流して……何も考えたくない。

嫌な予感が当たってしまったなと、自嘲する。やっぱり、僕の勘はこういうときばっかりよく当たる。

「私は、どうすればいいと思う？」

知るか。とは言えず、僕も先輩と同じく空を仰ぎ見た。

残念ながら、その相手には心当たりがある。きっかけにも思い当たる。

明日葉昴。彼はフォビアでもあり、連続殺人の犯人でもある。

先輩の求める、理解できないサイコパス。

長年恋い焦がれていた相手を見つけた先輩は、その相手に無条件に恋をしてしまうのだろう。恋のような感情を、抱いてしまうのだろう。

だからなんだという話だ。僕にはどうすることもできない。

「助言を、くれないか……？」

いつもよりだいぶ弱々しい先輩に呆れて、僕は大きく吐いた息に乗せて言う。

「無理ですよ。だって、僕は——」

先輩との思い出が、頭の中でフラッシュバックする。

彼女との記憶は、どれも僕にとっては印象的だった。まるで昨日のことのように、鮮やかに脳裏に蘇る。

意識しはじめたのは先輩にフォビアのことを話したときだろうか。

得体のしれない化け物の恐怖に怯えていた僕の背中を優しく、何度も何度もさすってくれた手の温かさも、僕の頭を撫でてくれた手の柔らかさも、よく覚えている。

いつもは傲岸不遜で、自由奔放で、そして前を見続けるかっこいい先輩と、そのときの優しい先輩とのギャップに、僕は惹かれていったんだ。

「――貴方のことを」

思い出せば思い出すほど、二か月足らずという短い期間ではあったけれど、募りに募った想いは、抑えようもなく溢れてしまう。

それからどんどん、僕はこの人に惹かれていった。

僕のことを心配して、研究室に泊まっていくように言ってくれたあの日。優しい言葉に喜ぶ半面、一晩だけでも風呂に入らない自分を見られたくないという気持ちが強く出てしまったあの日。

先輩を女性として、異性として、強く意識していることを自覚せざるを得なかった。先輩にメールを出すか出さないかを、一晩悩んでしまうほどに。

ああ、なのに……なのにどうして。

どうして僕じゃないんダろう。なぜ、あいつなんダロウ。

「貴方の、ことを」

脳内で先輩と交わした会話の数々がリピート再生される。先輩に抱いた気持ちがどんどん増幅していく。自分の気持ちを確認すればするほど、胸のあたりがつねられたようにキリキリと痛んだ。

そうだよ。僕ハ先輩のことを――


こんなにも。

こんなにも……

こんな、にもっ……！


「殺したいと、思っているんだからっ！」

僕は、いつの間にか喉が張り裂けるくらいそう叫び、握り締めていた刃物を振りかざし、先輩に襲いかかった。

彼女のことを殺《あい》したいと思った。

彼女のことを愛《ころ》したいと思った。

このまま、他の人のモノになるならいっそ、僕だけのモノにしたいと思った。

殺せば、永遠に一緒にいられるはずだから。だから僕は、今まで何人もの命を奪ったみたいに、容赦なく、手際よく、後腐れ、なく――

――ナア、お前はそれでいいのか？

また、頭の中で声がした。

こんなときまで邪魔するのかと苛立ち、僕は足を止めた。

急に立ち止まった僕を、月澪先輩は訝《いぶか》しげな表情で見ている。だけど僕は、先輩に注意を払う余裕がない。頭の中の声は、雄弁に語り続ける。

――オマエには心底がっかりダよ。

いつからか頭の中で勝手にしゃべりはじめたこいつのことが、僕は嫌いだった。

だってこいつは、見たくもない光景を突きつけて、考えたくもない事柄を並べ立てて……僕を責めるから。

――普通でありたイと思って、願って、僕の言うことを否定し続けたクセに。

――ソの結末がこれ？　はっ、笑わせセルナよ。

今もまた、こいつは僕を否定する。

――お前は逃げてばっかりダ。自分に都合が悪いことに向き合いたクないから、すぐ思考放棄シテ、本当のことを知るノガ怖くて仕方がナイから、すぐ考えるのをやめる。

――そんなだからお前は、すぐそばにある真実サエ、見落としてしまウんだよ。

止めてくれと願っても、どれだけ頭を振っても、僕を責める声は脳内に響き続けた。

――弱いヤツだな……しょうがない、手伝ってヤルよ。ほら、思い出セ。

直後、問答無用で脳内に月澪先輩のセリフが流れた。

『私が犯人を特定したところで、死んだ人間が還ってくるわけじゃない。死は絶対的なもので、この世で唯一、決して覆らない事象であり……そして暴力的なまでに唐突な概念だ。私のやっていることなんて、そんなものの前ではあまりにもちっぽけだ。結局のところ、自己満足にすぎないと、私は思う』

これは確か……月澪先輩が、自分の理解できないサイコパスに出会いたいと、そう明かしたときに言っていたことだ。

『いいか、漣レン。人は死んだら還らない……還らないんだよ。死んだ人間は君に何もしてくれないし、君が唯一できることは彼女を供養することだ。彼女を模倣し、彼女になって生きることなんかじゃ決してない。それが彼女のためになるし、みんなが幸せになれる唯一の方法だ』

こっちは漣さんに、先輩がとどめを刺した言葉だ。頭の中の声は淡々と語り続ける。

――先輩も言ってるダロ。人は、死んだラ還らない。

うるさい
――オマエハ何を考えていた？　先輩とズット一緒にいられる？　先輩が僕ノものになる？　バカを言うな。

うるさい……

――そんナノは、お前の勝手な思い込みダ。

「うるっさいんだよなぁさっきからごちゃごちゃごちゃごちゃとほんとにさぁあああ！　あぁあああああ⁉　じゃあ！　一体！　どうすればいいんだよっ！　先輩のことがこんなに好きで！　好きで！　好きでたまらないのに！　先輩は違う人のことが好きだから！　僕のモノにはならないんだよ！　だったらもう方法は一つしかないだろ！　もう戻れない？　知ったことかよ！　こっちはもう何人も殺しちまってんだよ！　もうとっくに戻れないんだよ！　だからもういいんだよ！　先輩が誰かのものになるくらいなら！　いっそ！　この手で！　殺――」

――ジャア、想像してみろ。先輩を殺シテからのことを。

そう言われた瞬間、一つのイメージが僕を支配した。

僕の両手は、刃物の柄を握っていて、先輩の腹部には刃が深々と突き刺さっていた。こんこんと溢れ出る赤い液体は、僕の手を鮮やかに染め上げていく。

それは、僕が先輩を殺しているイメージだった。先輩が今まさに死にゆくイメージだった。

「――っ！」

その光景は一瞬で脳裏から掻き消えたけれど、僕は鈍器で頭をぶん殴られたような衝撃を受けた。

ああ、そうか……逝《い》ってしまった彼女は、確かに誰のものにもならないけれど……だけど同時に、もう二度と動くことはない。僕に笑いかけてくれることも、話しかけてくれることもないんだ。それが、死ぬということだ。還ってこないということだ。

――ようやく気付いたカ。

確かにそんなことは許されない……。けど……けど、ならどうすればいい？

傷つくのは嫌なんだ。考えるのも怖いんだ。

だったらいっそのこと、ただすべてを受け入れて、短絡的に、感情的に、今この手の中にあるナイフを振り下ろしてしまいたいんだよ……！

胸の奥でぐつぐつと煮えたぎる醜い感情が、先輩の命を奪ってしまえと、早くナイフを突き立てろと僕をせかした。

頭の中の声は、お前はどうしたいのだと、目を背けるのはもうやめろと、冷たい声音でそう告げた。

相反する二つの感情に振り回され、翻弄されながら、僕は歯を食いしばって思考する。

僕がどうしたいだなんて、そんなの……そんなのっ……！


「北條君っ！　しっかりしろっ！」


そのとき、唐突に視界が開けた。

月澪先輩の心配そうな顔が、目の前にあった。

凛とした先輩の声を聞いて、大好きな先輩の顔を見た瞬間……僕の決意は固まった。

ナイフを持った手を高く振り上げ――

「くそっ……がぁあああああああああああああああああああ！」

――突き、立てた。持っていたナイフを、自分の手の甲に突き立てた。

肉を裂き、骨をかすめ、ナイフは手の甲に深々とめり込んでいく。

「ぐっ……ぁあああ……っ」

焼けるような痛みが脳天を焦がす。どっと噴き出た涙と汗で、顔や体がべとべとに濡れた。けれどそんな不快感はどうでもよくなるくらいに、体中が痛みで痙攣する。本能が悲鳴を上げる。それでも僕は、突き立てたナイフを引き抜かない。ナイフの柄を捻り、肉をえぐり、その痛みを脳髄に焼きつける。

もう二度と、同じ過ちを繰り返さないように、強く強く、ナイフの柄を握り締める。

「ほ、北條君⁉　一体何を――っ」

「先輩っ！」

痛みと思考で、今にもホワイトアウトしてしまいそうな頭を振って、僕は叫ぶ。

「僕はっ――！」

――ああ、ようやく向き合う勇気が出たんだナ。

頭の中の声がそう言った。その声は少し、笑っているみたいに聞こえた。

――なら、一緒に考えよウ。答えはアの悪夢の中にある。心の準備はできてイルか？

僕は心の中で頷いた。

瞬間――あの悪夢が、瞼《まぶた》の裏に鮮明に映し出された。
目を背けたくなるようなおびただしい数の凄惨な光景が、現れては消え、消えては現れた。
直視するのが怖くて、考えるのが嫌で。深く考えるのをやめて、ただ受け入れることにした悪夢を、今ようやく僕は注視する。

【男性がブロックで殴られ、その場に崩れ落ちた。気を失った男性の心臓にハサミが突き立てられ、周囲にどす黒い血が広がっていく】

――ウルサイ男だったな。
そうだね……自分が特別ではないという事実を直視する勇気がなくて、そう周りから思われるのが怖かったんだろう。空虚な自尊心で自分を守ろうとしていた、可哀そうな人だったよ。

【女性をナンパし、裏路地に連れていった。女性は僕の方を怯えた表情で見ながらも、僕の腕をぎゅっと握って離さなかった。彼女は喉をメスで貫かれ、レンガで顔を耕された】

――シツコイ女だった。
違いない。自分の顔に自信がなくて、それでも非日常的な何かが起こる可能性を捨てきれない、哀れな人だった。

【僕が道端でうずくまっていると、一人の女性が怖がりながらも声をかけてきた。感情と行動が一致しない彼女を見て、僕はどうしようもなく苛立った。気付けば女性は死んでいて、なかなか切れないツタに僕はまたイラついた】

——コイツはお節介だった。

今思えば……反射的に僕に声をかけてしまったんだろうね。でも、そうしないと自分を守れないと思い込んでいる、臆病で逃げ腰なあの人が悪いよ。

ああ、そうか……。三人の被害者のことを改めて注視して、僕は気付く。

——そうだ、よく分かってるじゃないカ。こいつらは皆、他人の目を気にしすぎているんダよ。

自分のことを周りがどう思っているのかを気にしすぎること。それを僕はくだらないと思っていて、嫌悪感を抱いていたから……あんな風に視えたのだろう。

——嫌いか？

嫌いさ。

——昔の自分を思い出すから？

うるさいな……。単純に、自分が思うように生きてる人の方が恰好いいじゃないか。

——あはは、違いないな。

僕と頭の中の声の境目が、だんだんなくなっているような気がした。

何となく気付いてはいた。頭の中で警鐘を鳴らし続けてくれていたこの声は、僕という人間の一つの側面に過ぎない。どんなときも冷静に、ともすれば冷酷すぎるほど物事を俯瞰し続けていた……他の誰でもない僕自身なんだ。

——そうだ。その視線で、もう一度……事件を思い出そう。

主観を抜き、感情を取っ払い、冷たい思考を持って、僕は三つの情景を思い浮かべる。

三人を路地裏に連れ出した記憶はある。三人がどう殺されたかも知っている。

この二つは揺るぎようのない真実だ。だけどよくよく考えてみれば……一つ足りない光景がある。それが無視できないほどの違和感を生み出した。

……僕は何か、大きな勘違いをしているのではないだろうか。

例えばこの、二人目の女の人。この人は死ぬ直前まで、僕のことを怯えた目で見つめ、それでもなぜか僕の手を離さなかったけれど——

手を離さなかったのは、彼女の方だっただろうか？

それに……彼女が怯えた目で見ていたのは、本当に僕だっただろうか？

そこまで考えたとき、僕は唐突に理解した。欠けていたピース、違和感の正体に。

迅雷《じんらい》のごとく僕の体を駆け抜けた、鮮烈な真実。それを掴み取った瞬間、僕は叫んだ。

「僕は、やってないっ！」

「何……っ!?」

確かに僕の声は届いたようで、先輩は驚愕の表情を浮かべていた。

短い間に脳を酷使しすぎたからだろうか。それを確認した瞬間、僕の意識はあっという間に遠のいていく。だけど僕はもう、この手に掴んだ真実を決して離さない。

あのとき、僕は一人ではなかった。


?


夜、僕は研究室に向かっていた。数日前に通り過ぎていった台風の影響か、心地よい風が足元を吹き抜けていった。

人の少なくなった講義棟に、僕の足音だけがこつこつと響いている。

ふと、誰かの視線を感じた気がして振り返ったが……視線の先には誰もいない。少し過敏になっているのかと自嘲して、再び歩を進める。

いつものように研究室へ向かったところで、ふと違和感を覚えた。扉の隙間から光が零《こぼ》れている。それ自体は不思議ではない。勉強熱心で研究フリークな彼女が研究室で夜を明かすのは、ほとんど恒例イベントだ。

僕が動きを止めたのは、部屋の中の雰囲気がどうもおかしいと感じたからだ。誰かが言い争っているような声が聞こえて、僕は耳をそばだてた。

「――なのに！」

「――落ち着け、――條君！」

「――るさいっ！」

どくん、と心臓がひときわ大きく跳ねた。

まさか、これは……？

大きく深呼吸し、震える手で拳をぎゅっと握りこんだ。落ち着け……入るタイミングを間違えてはいけない。そう自分に言い聞かせながら……

言い争いはさらに激しさを増していった。もはや言い争いというより、片方の感情が暴走してしまっているようにも聞こえる。

数分の後、部屋の中から激しい物音が聞こえた。

机の上からあらゆるものが落ちてしまったような音、ついで、張り裂けるような雄たけびと、何かを殴りつけたような鈍い音、何かが割れる音。そして――静寂。

物音がしなくなってから十数秒が経ち……僕は動いた。

扉を開け、中に入る。

「……こ、れは」

研究室には二人の学生がいた。

一人は研究室きっての鬼才、月澪彩葉。

そしてもう一人は、唯一無二の能力の持ち主、北條正人だった。

北條君は荒れ果てた研究室の中で一人、生気の抜けた表情で立っていた。彼の視線の先には月澪さんが横たわっていた。彼女は、ぴくりとも動かない。静かに胸のあたりが上下しているのを確認し、辛うじて息はあるようだと僕は判断した。

「北條君……君が、やったの……？」

僕の言葉に、北條君はこちらを見ずに答えた。

「ええ」

彼の左手に包帯が巻かれていることに気付いたが、今は月澪さんの方が先だ。僕は問う。

「あんなに彼女のことを慕っていたのに？」

「あんなに慕っていたから、ですかね」

「……どういうことかな？」

「だって、死んだら先輩はどこにもいかない……僕の……僕だけのものになるじゃないですか」

吐息とともに、少し熱っぽくそう答えた北條君に、僕は心の中で微笑んだ。

歪んだ答えだ。実にいい仕上がりだと、喜びのあまり飛び上がってしまいそうな体を、理性で抑えつける。

「僕は……おかしいんでしょうか」

「どうして？」

「最近、僕が殺した人たちが、夢に出てくるんです。訴えかけてくるんです。お前が殺した、お前は犯罪者だって」

「それはひどい」

「でも……何も感じないんです」

だってそうでしょう？　と北條君は月澪さんを見下ろしたまま優しく笑った。

「僕がみんなを殺したのは、あの人たちが汚い『本質』を持っていたからじゃないですか。そう考えるのは、おかしいことなのかなあって……」

「おかしくなんてないさ」

僕は彼の肩をぽんと叩いた。

「人は誰しも、他人とは違う自分を、違う価値観を持っているものだよ。君の視ている世界は、僕らとは違う。それを責めることは誰にもできない。そんなことは許されるべきではないんだ。だから君は……思うがままに生きればいい」

「……ありがとうございます」

じゃりっと足元から音がして、僕は視線を下に降ろした。

踏みつけていたのは、花瓶の残骸だった。

「これで殴ったのかな？」

「はい。思ってたより衝撃が強くて、落としてしまいました」

「なるほど」

これで殴られたのであれば、彼女はもう致命的な傷を負っているということだろう。そう思った僕は、月澪さんの様子を確認しにいこうと足を踏み出した。

「まだ……生きてるんですよね」

しかし、それよりも先に北條君が彼女のもとへ向かい、ポケットからナイフを取り出して、気絶している月澪さんに馬乗りになった。

「綺麗な炎だ……」

うっとりとした声音でそう言うと、彼はナイフをゆっくりと振り上げた。

その様子を生唾を呑み込みながら目で見ていた僕は、静かに助言することにした。

「心臓のあたりは骨が多い。肋骨の隙間を狙うんだよ。やり方は覚えているかな？」

「ええ」

「そう、触って確認するんだ……少しでも外れたら、うまくいかないからね」

「……ええ」

彼女の胸のあたりを触り、場所を特定した北條君は、再度ナイフを振り上げた。

北條君が彼女を殺せば、晴れて自分の悲願は達成される。死体など、適当に隠してしまえばいい。なに、難しいことではないだろう。最も恐れるべき相手は、そのときこの世にはいないのだから。彼女がいなければ、この事件は解明されないと、僕は確信していた。

「……どうしたんだい、北條君」

「……ぃ」

しかし、いつまで経っても北條君はナイフを振り下ろさなかった。

思わず口を挟む。ぶつぶつと、北條君は何かを呟いている。

「うるさい……違う……違う違うちがうちがう……！　殺さなくちゃいけないんだ、愛してるから殺さなくちゃいけないんだ……邪魔を……邪魔を、するなよ……っ！」

またこれか、と僕はため息をついた。

今回は相手を傷つけるところまではクリアできたのだから、あるいは、と思ったが……そうとんとん拍子にはいかないらしい。

一度目はメスを振り下ろすことができず。

二度目は出会った女のことをかばおうとし。

三度目には死んだ女の体さえ、結局切り刻むことができなかった。

しかし……あと一押しだ。

僕はいつもの通り、水筒を取り出して、その中に粉薬を入れた。

「北條君、これを飲みなさい」

「……ぁ」

「そう、いつものやつだ。楽になるよ」

「……りがとうございます」

からん、とナイフを落とし、北條君は震える手で受け取り、一口飲んだ。

それを確認し、僕はほくそ笑んだ――その刹那《せつな》。

「北條君、目をつむれ！　明日葉君、彼を頼む！」

「分かりました！」

　今までぴくりとも動かなかった月澪さんが鋭く声を上げるとともに、大きな音を立てて研究室の扉が開かれた。

　そこに現れたのは明日葉昂だった。

　どうしてお前がここに……と僕が口にする前に、明日葉は北條君に目隠しをして背中に背負うと、脱兎のごとく研究室から飛び出していった。

　まさに一瞬の出来事に、僕は動くことができなかった。ただ、自分が今窮地に立たされているということだけは直感的に理解した。

「こ、これは……？」

「まったく……やられ役というのはどうも性に合わないな。肩が凝ってしょうがない」

　頭を左右に振り、小気味よく首を鳴らして、彼女は立ち上がった。

「しかしまあ、北條君が動揺する姿を見られたからよしとするか。くく……私の胸を触ったときの彼の表情ときたら……あれだけでご飯三俵はいけるな」

　飄々《ひょうひょう》と、堂々と。彼女は研究室の中を横切り、ぐちゃぐちゃになった本棚の中から何かを取り出した。

「さて……じゃあまあ、お約束というかなんというか……答え合わせといこうじゃないか」

彼女が手にしているのは、ビデオカメラだった。間の抜けた電子音が響く。おそらく、録画が終了したことを表すのだろう。

「ではまず、結論から話そうか」

研究の話をするようにテキパキと、彼女は言った。

その立ち姿はあまりにも存在感があった。

手を腰にやり、小首を傾げ、右手は細やかにご機嫌に動く。

大胆不敵に、傲岸不遜に。尊大に高慢に自信たっぷりに。

彼女は明かす。

彼女は語る。

真相を、語る。

「木之瀬、お前が黒幕だ」

6

木之瀬准教授……いや、木之瀬は。

私の言葉に何も返さなかった。ただ、立ち尽くしている。

「くく……どうやら頭が追いついていないらしいな……。しょうがない、順を追って説明してあげよう。まず、お前の研究テーマは、恋愛感情が引き起こす心理的連鎖反応の研究だ。例えば、恋愛感情の有無は、国家の存続にどの程度影響を与えるのか、とかね」

恋愛感情は、国家を破綻《はたん》させる。歴史的にもそれは明らかだ。

楊貴妃《ようきひ》、クレオパトラ、ポンパドゥール。恋は人の感情から論理的な思考を奪い取る。恋をした人間は、通常時なら行わないような非合理的な選択を、誤った選択を、容易く行ってしまう。だから恋愛感情というのは、人間の歴史上もっとも必要のない感情なのかもしれない。それが木之瀬の研究だった。

「そしてお前は、その研究の次の材料として、サイコパスに目を付けた」

依然、木之瀬は口を開かない。

私は語り続ける。

「サイコパスは利己的だ。ほとんどのサイコパスは、基準に差こそあれ、自分に利益があるかどうか、で相手を判断する。恋愛に関しても、同じように」

サイコパスの人間関係は、多くの場合、情を介さない。

ゆえに、過去の人間との関係は希薄で、その場その場の関係でしかないことが多い。そして、益がなくなれば、興味をなくす。

「もし、サイコパスが国家の頂点に立てばどうなるのか。サイコパスが国家を形成すればどうなるのか。惚《ほ》れた腫れたで心が動じない、人間関係のいざこざで心が痛まない人間ならば、安定したかじ取りができるのではないか。お前はそう考えた」

そしてそんな考えが突拍子もないものではないと、私には分かる。

サイコパスは他人との軋轢《あつれき》を生み、もちろん、社会にうまく適応できない。

周りから見れば、適応できていない。

しかし、それで心が痛まないサイコパスは機械のように正しい判断をくだし続けることができる。益がある人間とは親しくし、益がなくなればばっさりと切り捨てる。非人道的であるけれど、合理的な彼らは、社会のトップに立つことが珍しくない。

「アメリカでは二十五人に一人はサイコパスである、とまことしやかに言われているとはいえ、その実、真のサイコパスはやはり数が少ない。社会を統《す》べるほどの頭脳の持ち主となれば、なおさらだ」

サイコパスも多様だ。

知能レベルが高く、企業や国家のトップに立てる者もいれば、ただ暴力的だったり、寄生的だったりする者もいる。マイルド・サイコパスのように、普通に暮らすことができる者もいる。

「だからお前は考えた。サイコパスを後天的に作り出すことはできないものかと」

サイコパスの数が増えれば、社会を牛耳る器を持つ者が現れる確率も高くなる。

人がサイコパスになる要因は二つある。

一つは先天性、つまり遺伝的な要因。もう一つは後天性、つまり環境的な要因だ。

遺伝的な面はいまだ分かっていないことが多い上、そもそも人の遺伝子に手を加えるのは非常に難しい。一方、後天的な要因なら、様々な実験を行うことが可能になる。

「そして、北條君に白羽の矢が立った」

「……お、面白い仮説だねえ、月澪さん。でも、少々飛躍しすぎ——」

「ああ、まだ少し黙っててくれないか。今、私が話している」

話が脱線するより早く、私は木之瀬の言葉を遮った。

「そうだな、研究課題名は……『共感覚を用いた脳への過負荷実験による、サイコパスの後天的創造』なんて、どうかな？」

ぴくり、と木之瀬の肩が動いた。

「近年発達してきた脳科学の分野において、一つ明らかになったことがある。サイコパスは通常の人間に比べ、脳のある部分に大きな問題を抱えている、ということだ」

それは、共感に関わる部分でもあり、恐怖を覚える部分でもある。

人が人であるために、必要な部位。

「扁桃体《へんとうたい》。サイコパスは、扁桃体と前頭前皮質、もしくは眼窩《がんか》前頭皮質の活動と結びつきが弱いとされている」

前頭前皮質はいわゆる「良心」を。眼窩前頭皮質は「共感」を。そして扁桃体は、それらを受け取り、総括する。

例えば、誰かに対して殺意を抱いたとしよう。

しかし普通は、本当に相手を殺したりはしない。相手の痛みを想像してしまうから、相手が刺されたときの気持ちを、少しでも理解できてしまうから。サイコパスはその理解が、共感が著しく欠けている。だから躊躇いもなく人を傷つけることができる。

「つまりだ。なんらかの形で、この脳の部位に負荷をかけることができれば、サイコパスを作り出すことができる」

だが、それは許されない実験だ。

人の脳に直接手を入れる実験は、日本ではタブーとされる。日本でなくとも、公然とそれを行うことができる国は、今世界中のどこにも存在しない。

「そこで、共感覚だ」

共感覚は、外部からの刺激を脳内で別の情報と結びつけ、それをアウトプットする。複数の感覚が脳内で結びついている。

「共感覚は通常一つの情報を処理する場合においても、複数の処理を必要とする。例えば、音を聞いて色を感じる『色聴』の人間の脳は、通常の人間の脳が活動する部位に加えて、上前頭回と言われる部分に強い活動活性が確認されている」

北條君の共感覚はさらに多くの脳部位が活動していると考えられる。

彼は自らの経験をもとに、相手の所作、行動、その他諸々の情報から、最もそれらしい光景に結びつける処理を脳内で行っているのだから、色聴のそれとは比べものにならないだろう。

「さて、ここからお前の実験は始まる。仮説はこんなところだろう。『サイコパスの素質を持つ人間の脳に高負荷をかけると、扁桃体と前頭前皮質との結びつきは脆弱になる』」

そう、木之瀬にとって都合がいいことに、北條君は共感覚を持つだけでなく、サイコパスの素質があったのだ。

しかし彼の性質は、非常に穏やかなものだった。

場合によっては、マイルド・サイコパスとして人生を終えることができたかもしれない。

「お前は私と北條君を言葉巧みに誘導し、必要以上に共感覚を使う状況を作り上げた」


『こんな風に、北條君の共感覚について一つ、また一つと色々なことが分かっていけば……僕らもハッピーだし、北條君自身も、ハッピーになれるよね』

『少し自分で共感覚について調べてみるのも、いいかもしれないね。もちろん、無理のない範囲で』

『実験に関しては准教授と綿密に話し合い、サンプル数、試行回数、データバイアスを考慮しながら慎重にデザインを組み立てた。抜かりはないはずだ』


「彼はおそらく、共感覚の使い方を外でも実験していた。そして私は、お前と相談して決めた人数のサイコパスを彼と面談させた。普通に生活していれば行わないくらい集中して、共感覚を使わせた」

ずっと気になっていた。なぜあの時期に殺人事件が集中したのだろうか、と。

そこには何か明確な理由があるはずだ、と。

簡単な話だった。あんなに多くの回数、共感覚を使わせたのは、あのときだけだ。

「五十人を超える多数のサイコパスと面談させたとき、あるいは漣レンの正体を明かすために、彼に彼女の『感情』のメモを取るように指示したときに、彼は異常なほど共感覚を使い、脳に負荷をかけた」

実験がうまくいっていれば、良心と共感が著しく欠如した彼は、欲望の赴くままに、あるいは最善最短の手段として、殺人を行う可能性が生じる。サイコパス化しているかどうかの確認方法の一つとして、木之瀬は北條君が「殺人鬼」になっているかどうかを指標としたのだろう。

「共感覚が脳に負荷をかけるのか、最初はお前も確信はなかっただろう。しかしあの事件の話を聞いたとき、自分の実験がうまくいっていることを確信した」


『どうだった？』

『取るに足らないサイコパスだと思います。テンプレートを外れないような』

『そうかあ』

『准教授の呑気な声は残念そうにも、興味がなさそうにも聞こえた』

あのとき一体、どんな顔をしていたのか、真相は分からない。

少なくとも木之瀬は、ある程度実験がうまくいく見込みを立てていたように思う。

例えば脳内のネットワークが過剰に活動することで、幻想をみる、集中力を失う、といった精神疾患の症状が引き起こされる可能性は、数年前から示唆されている。これは、前頭葉や海馬といった記憶に関わる領域の繋がり方に異常が生じることに起因すると言われている。

北條君の共感覚もまた、脳内のネットワークを過剰に活動させている。脳内ネットワークに異常な負荷がかかることで、元々脆弱だった扁桃体と前頭前皮質間の結びつきが相対的に弱くなる可能性は、低くないだろう。

「だが、三件の事件が起こっても、お前の目論見通りにはならなかった。北條君のサイコパス化は中途半端なままだった」


『北條君の共感覚って、成長しないの？』


「だからお前は次のステップへ進んだ。題目は『共感覚の過剰発現に伴う、サイコパス性の安定化』」

彼の共感覚は、完璧でないにしてもオフにすることができていた。それはつまり、脳への負担を通常時は軽くすることができていたということだ。木之瀬はそれに気付き、彼の共感覚を鋭敏化することにした。それが、第二の実験だ。

「結果、彼の共感覚は強化された。彼の脳は日に日に負荷に悩まされ、悪夢を見て、お前の計画通り、サイコパスに身を落とす直前までいった」

「あのねえ……」

大きなため息とともに、木之瀬が口を挟む。

「君の話だからと最後まで聞いたけれど……荒唐《こうとう》無稽《むけい》にもほどがあるよ。僕が黒幕？　僕が操っていた？　冗談を言うのはエイプリルフールだけにして欲しいなあ。一体、どんな証拠があって、そんなことを言うんだい？」

木之瀬は熱っぽくそう言った。

どうやら少し調子が戻ってきたらしい。

自分の思い通りに私が推理をしていることで、余裕を取り戻しつつあるのかもしれない。

「道理だな」

だが……私はあえて木之瀬の策に乗る。

「三手だ」

「なに？」

「三手で、お前に証拠を突きつけよう」

「……不可能だ」

「くく、何を言ってるんだ、木之瀬」

まったく、とんだ道化師だよ……。私も、お前も。

だがお前を地獄へ叩き落とすためなら、やられ役でも道化師でも、なんでもやってやるさ。

「私に不可能はない」

「……」

「さて、といっても慎重なお前のことだ。簡単に証拠は残すまい」

全ての実験は私が行った。木之瀬はほんの少し、口添えをしただけだ。

それでは、例えば全ての発言をレコーダーに録音していたとしても、私が話した内容を裏付ける証拠になりはしない。

「だが、私は知っている。お前は良くも悪くも研究者だ。自分が行った実験の記録を取らないはずがない。つまり形としての証拠は存在している。これが一手目」

経過観察、あるいは結果、そして考察。自分が行った実験は、全て記録しなければ気が済まないのが、研究者だ。ましてやこれだけの労力を割いた実験だ。確実に記録は残している。

「なら、問題はその記録の在処《ありか》だ。記録はどんな媒体で残しているだろうか。データ？　いや、違うな。お前は紙媒体派だ。たとえデータに残していたとしても、必ず紙媒体での記録も行っているだろう。二手目だ」

数か月にわたる実験をしたためたレポートだ、数枚では収まるまい。それこそ、ファイル何冊かに及ぶ大作になっているだろう。

「なら、その紙媒体はどこにある？　家か？　いや、お前は家に仕事は持ち帰らない。なら、研究室か？　それも違う。研究室のレポートは私が唐突に閲覧する。そんな危険な場所においてはおけまい。なら、どこだろうなあ？」

『え、ええ。よく、というか既にデスクとロッカーまで持ってらっしゃいますよ。個人資料保管用の棚の鍵も、この前うちの教授が渡していましたし』

『そんなものまで使っているのか……』


「秦野研の個人ロッカー」

「……っ」

「他人の研究室ではあるものの、准教授のロッカーだ。誰も無断で開けはしまい。一番安全な隠し場所だ。ほうら、三手だ」

「月澪さん……まさか」

「ああ。既に入手済みだ」

明日葉君に頼んで、既に木之瀬のロッカーは押さえてある。

中に入っていたのは、まったく関係のない大量の書類と――謎の数字が羅列された紙がバインドされた数冊のファイルだった。

「しかしこの暗号、少し簡単すぎやしないか？　さすがに進数暗号は安直すぎる」

大量に並んだ数字を見たとき、最初に思い当たったのは文字の進数変換だ。

見たところ数字は0から9までの十種類が存在していたから、まずは十進数と仮定した。

十進数であれば、英文字を表すことはできたとしても、ひらがなや漢字を表すことは難しい。あえて行ったとしても、凄《すさ》まじい量の数列になるはずだ。しかし、一段落あたりの数の量がそこまで多くない部分もある。私は表記言語を英語と仮定した。

次に着目したのは、見出しの文字の、717336227212442００。研究の報告書として、最初の見出しに来る可能性が高いのは、Abstractもしくは、Introductionだ。

しかしここで問題が生じた。

Abstract

Introduction

どちらも同じアルファベットが単語内に含まれているのにもかかわらず、数列表記には規則性が見られない。Abstractであれば「A」もしくは「T」が同じ表記になるはずだし、Introductionであれば、「I」「N」「T」「O」が等しくなるはずだ。

そもそもこの単語ではないのだろうかと首をひねったとき、私は段落によって数字に偏りがあることに気が付いた。0から9までの数字がある段落もあれば、0から7までしかない段落もある。単純に使われなかった可能性もあるが、それにしては分量が多すぎる。私は段落によって八進数と十進数が使い分けられているのではないかと推測した。

八進数は十進数よりもさらに情報量が少ない。つまり、一つの文字を表すのに使える数の組み合わせパターンが減るのだから、同じパターンの数の羅列が散見されてもおかしくないはずだ。

にもかかわらず、報告書内の数字はあまりにも多様だった。

段落内の文字数的に日本語はあり得ない。

しかし、英語にしては組み合わせが多様すぎる。

ここまでくれば、後は簡単だ。

これらの数は、文字を高次の進数に変換してから、もう一度変換されたものだったのだ。

だとすれば、最も可能性が高いのは日本語も英語も表記可能な文字コードに置き換えられる十六進数だ。

木之瀬はおそらく、自分で書いた報告書を一旦十六進数に変換し、さらにそれを八進数、もしくは十進数に変換したのだろう。

そう仮定し、一旦段落内の数を十六進数に変換し、文字コードに置き換えたとき――それは現れた。サイコパスと共感覚の関連性に係る考察。北條君の観察記録など、証拠になりそうな情報がてんこ盛りだった。

「わざわざ暗号に変換しているなんて、『私は何か隠していますよ』と言っているようなものだぞ？　まあ、暗号が見破られない自信があったのだろうが……くく、相手が悪かったな」

印刷された文字をパソコンに打ち込み直し、文字列に変換し直す作業は途方もなく面倒くさかったが、まあ二晩寝ずにやれば終わらない量ではなかった。

「これを証拠として提出すれば、無罪放免、とはならないだろう。殺人教唆、もしくは殺人幇助《ほうじょ》の疑いで……そうだな……懲役十五年は固いかな」

「くっ……」

悔しそうな顔をする木之瀬に、私は冷ややかな視線を送る。

大きく息を吐き、がしがしと両手で頭をかきむしり、やがて木之瀬はゆっくり口を開いた。

「完敗だよ……月澪さん。まさか暗号までばれてしまうなんてね……」

「認めるのか?」

「ああ。そうだよ、君の言う通りだ。僕は意図的に北條君を『サイコパス化』させるように目論んで、その手段として共感覚を使った。殺人事件が起こる可能性もあると知りながらね……。もちろん、罪悪感がなかったとは言わないさ……。けど……けど、しょうがないじゃないか……っ！　僕は知りたかったんだよ僕は試したかったんだよ！　ありとあらゆる事象を分解し、傍観し、解明したくなる、それが研究者の性《さが》というものじゃないか！　君だってこの研究は面白いと、そう思うだろう！」

「黙れ一緒にするな。虫唾《むしず》が走る」

好きにしゃべらせておけばよくもまあいけしゃあしゃあと……。はらわたが煮えくり返ってしょうがない。全ての研究はモラルと敬意をもって行われなくてはならない。でなければ私たちは……ただの異端だ。それは歴史が証明している。

いや、そんなことはどうでもいい。大事なのはここからだ。

私は言い放つ。

「三文芝居もいい加減にしてくれないか、木之瀬。ここまでばれることも計算の上だったことは、もう分かっているんだ」

「なっ⁉」

木之瀬の素《す》っ頓狂《とんきょう》な声を聞き、私は嘲笑した。

「ああ、いい表情じゃないか。ようやく本気で焦りはじめたな？」

北條君が殺人を実行し、その教唆は木之瀬が行っていたとする。

しかし、教唆の証拠をあぶり出すのは非常に難しい。

そんな中唯一の手掛かりとして残っていたのが、暗号文。これを使えば、北條君の罪は軽減される。共感覚の証明も行われれば、たとえ長い時間がかかったとしても、彼は死罪にはなるまい。

北條君と木之瀬が二人とも罪を被る。

これが、私が最初に描いていた、北條君を救うためのストーリーだった。

だが……忌々しいことにそれすら木之瀬の思い通りだった。

懲役を十数年堪えれば再度解放され、いつかまた実験を行えるように、仮にバレたとしても自分の罪が最小限になるように、巧妙な罠が仕組まれていた。

「実に腹立たしいよ。お前の策略にまんまと引っかかっていたんだからな」

「な、んの話だ……」

「まだ気付かないのか？　何のために、私がわざわざやられ役を演じたと思っているんだ」

「……っ！」


『僕は、やってないっ！』


あのとき彼が、私を殺すことを踏みとどまらなければ……あのとき彼が、悪夢と向き合わなければ、私たちはこの真実にたどり着くことはできなかっただろう。

「木之瀬……殺人を実行したのもお前だったんだな」

「な、何を言ってるんだ？　違う、僕じゃない！」

「往生際の悪い……あまり騒がないでくれよ。頭に響く」

自分の浅慮が恨めしい。私は北條君が殺人を犯していたと、そう決めつけてしまった。

彼が明日葉君のことを「フォビア」と認識していたことがあまりにも衝撃的で、私の思考と視野は自分が思った以上に狭まっていたらしい。

「彼は被害者の連れ出ししかやっていない。しかも、共感覚の『実験』として、ね」

あの公園での出来事の後。

彼を病院に連れていき、適切な処置をしてもらい――そして彼は語った。

北條君は夜な夜な悪夢に苛まれていたらしい。

それは奇しくも私が思っていた通り、どこか心に小さな歪みを持つ人たちを人気のない裏路地に連れ出す光景と……そして残酷な手法で殺されていく被害者たちを、傍らで見つめている夢だった。

そう、傍らだ。

いくら聞いても、思い出してもらっても、夢の中には一切、彼自身が手を下したシーンはなかった。それほど鮮明な夢の中で、不自然なほど。

「北條君が殺人を犯せるほどのサイコパスになる。それがお前の悲願だったんだろうが……そう簡単にはいかなかったんだろう？　お前の願望とは裏腹に、北條君は殺人を犯さなかった」

「何を根拠に……三人を殺したのは北條君だ。どう考えてもそうだろう！」

「いいや違うね」

悪夢の内容以外にも、北條君が殺人を犯していないと結論付ける根拠はある。

彼は私を殺さなかった。悪夢に苛まれ、意識が混濁《こんだく》し、脳波も乱れ切ったあのときですら、彼は私を手にかけなかった。それどころか、そんな自分を恥じるように、深く深く、自分の手を傷つけた。

最もサイコパスに近付いていたときでさえ、彼は殺人を犯さなかったのだ。

ならば当然、他の三件についても実際に手を下さなかったと考えるのが自然だった。

「お前は『実験だ』とでも言いくるめて、共感覚を使って人気のない裏路地に被害者たちを誘い込むよう命じたんだろう。そしてあわよくば彼が殺人を犯してくれはしないかと、期待した」

事実、彼は夢の中で実にサイコパスに近い思考回路を抱いていたように思う。最も短絡的な解決手段として、殺人に手を染めていたとしてもおかしくはない。

最後までそれを行わなかったのは……ひとえに彼の人柄ゆえだろう。人は深層心理で強く倦厭《けんえん》していることに対しては、いかなる状況であっても抵抗を示す。彼は情が希薄で、他人への興味も薄いのかもしれないが――命を軽くは扱わなかった。

「しかし殺人を犯さない彼を見て、お前は予備のプランを実行した。彼の目の前で人を殺し、それを、あたかも北條君自身が殺人を犯したかと錯覚させ、殺人鬼に仕立て上げようとしたんだ」

「馬鹿馬鹿しい。そんな非現実的なこと、できるわけがないじゃないか……」

「いや、できる。これは一種の『催眠』に近い手法だ」

北條君が人を殺す悪夢を見たこと。そして、北條君の記憶が不自然なほど断片的になっていること。この二つには深い関係がある。

「脳の働きが鈍っているとき、人は『催眠』にかかりやすい状態になる。物事を把握、比較する機能が落ち、自分で考える能力が著しく低下し、他人から言われたことを信じやすい状態だ」

そして北條君の脳は共感覚の過度な使用のせいで、極度な脳疲労状態にあったと予測される。

「だが、共感覚の乱用だけを当てにして自分が殺人を犯すところを見せるのは、あまりにもリスキーだ。用心深いお前のことだ。北條君の脳機能を低下させ、かつ彼や周りが気付かないような薬を盛っていたんじゃないか？　例えば、そう。睡眠導入剤とか、な」

彼の夢を聞いているうちに、私は度々出てくるコーヒーという単語が気にかかった。いつもコーヒーが出てくるのは突然で、いつの間にか手に持っていて、そして既に飲み終わっている。

それは『気付けば』目の前で人が死んでいたのと同じく、あまりにも唐突で不自然だった。加えて言えば、そのコーヒーは非常に薫り高く、芳醇《ほうじゅん》だったという。

おかしな話だ。北條君は木之瀬の淹れたコーヒーを飲んで以来、缶コーヒーやインスタントコーヒーの類はまずくて飲めなくなった、なんて言っていたのに。

実際に殺人を犯している光景の欠如。

不自然に頻出するコーヒー。

悪夢の中にあるわずかな歪みを聞いて、私は仮説を立てた。

木之瀬は北條君を「催眠」にかかりやすくするために、さらに手を講じていたのではないかと。

人は眠くなると脳の働きが鈍り、催眠にかかりやすくなると言われている。

例えば背側前帯状皮質や背外側前頭前野は、催眠にかかったと同時に脳波に変化がみられるという研究結果もある。

「睡眠導入剤と共感覚で、北條君の脳の働きを低下させ、目の前で起こった殺人をあたかも彼自身の犯行のように錯覚させた。これがお前の犯行の全容だ」

催眠を用いた犯罪例は、特に海外においては枚挙に暇《いとま》がない。その多くは女性への暴行を目的として使われ、女性の方は記憶がすっぽり抜け落ちてしまっていることもしばしばだった。そしてその後、夢やフラッシュバックによって失っていた記憶を断片的に思い出していくというところも、今回の一件と酷似している。一八九〇年代には、催眠を用いて殺人を行わせた痛ましい事件も発生している。

通常状態の人間だって催眠にかかるのだ。脳に異常なまでの負荷がかかっていた北條君は、なおさらかかりやすかったことだろう。

「これが成功してしまえば、実証するのは非常に難しい。いやはや、大したものだよ木之瀬。ここまで自分が捕まりにくい犯罪というのも珍しい。姑息で狡猾で、実にお前らしい」

目撃者はおらず、凶器は既に手元になく、暗号は木之瀬を追いつめる証拠にはなり得ない。

睡眠導入剤の成分は体から一定期間をおいて排出されるため、証明は困難を極める。その上、睡眠導入剤程度であれば、一般人、特に激務の大学教員が所持していても不思議ではない。

おそらく催眠が上手くかかっていなければ、この男はためらいなく北條君を殺していただろう。

自分は絶対に逃げ延びることができる、吐き気がするほど保身に長けた犯罪プラン。

だから私は、一芝居打つことにした。

「お前の悲願である北條君のサイコパス化、そして事件をかぎ回っている私の排除。この両方が達成される状況が目の前にあれば、さすがに食いつくんじゃないかと思ってね」

木之瀬の呼吸が荒い。見たことがないくらい目は血走り、鼻孔が膨らみ、明らかに余裕のない態度を見せている。もう一押しか。

「予想していた通り、お前はあと一歩を踏み出せない北條君に、いつもの通り睡眠導入剤入りのコーヒーを飲ませた。今すぐ確認してもらえば、血中から成分は検出できるだろうし、飲みかけのコーヒーの中に入った成分とも一致するだろう。そして、それを渡したときのお前の間抜け面もばっちりこの中に収まっている」

公的な機関による睡眠導入剤の成分分析。そして、それを入れていたときの証拠動画。

この二点は、木之瀬を追いつめるための客観的な証拠として十分機能するだろう。

「これで本当に詰みだ、木之瀬。なんの罪もない人たちを残虐に殺し、無実の北條君に罪を擦《なす》りつけようとした大罪、しっかりと償ってもらうぞ」

私がそう言い放った瞬間。

木之瀬がついに、がくりと膝を折った。

「はは……」

頭はうなだれていて表情は定かではない。乾いた笑いが、埃《ほこり》っぽい部屋の中に落ちていく。

「はははははははは……嘘だろ……全部ばれるなんて、あり得ない……」

「……」

「そもそもあいつが最初から殺してくれれば、催眠なんて不確定要素の大きな手法に頼らなくて済んだんだ……一件目のときはメスを振り下ろすことすらできないし、二件目のときはあろうことか女をかばおうとするし、三件目に至っては死体すら切り刻めなかった……思考は染まっていたはずなのに……あんなの……あんなのおかしいだろっ！」

ぶつぶつとうるさいやつだ。そもそも、反復を取れない実験を行っている時点で、科学からはかけ離れているというのに。

しかし……思考は染まっていたはずなのに、か。

北條君の悪夢を踏まえて考えるのであれば、私が翻弄されたあの奇妙な一貫性のない殺し方は、北條君の共感覚から得た情報をもとに、木之瀬が実行したものだったのだろう。

「やはり、彼は苦しんでいたんだな」

「さあねえ……まあ、ことある度に呟いていたよ。『気持ち悪い』『視たくない』『嫌悪感がある』ってね。ぼそぼそしゃべってくれたおかげで、こっちとしては何かと都合がよかったけどね」

「……下衆《げす》が」

だが、私も同罪だ。

彼が視ている世界は、あまりにも私の見ている世界と違いすぎて、私は彼の気持ちを分かってあげることができなかった。彼の苦しみを、その数十分の一も理解してあげることができなかった。

こんな実験など、本当はするべきではなかったのだろう。

クオリア……心の哲学か。まだまだ私も、精進が足りないようだ。

「それにしても月澪さん……ちょっと詰めが甘いんじゃない？」

「何がだ？」

「僕は男性で、君はまだまだうら若き女性だ。しかも僕は連続殺人の実行犯。そんな相手と、こんな時間に二人きりになったらさぁ……」

木之瀬が動いた。

「危ないんじゃないのかなぁあああああ⁉」

北條君が取り落としたナイフを拾い、突進してくる。

そりゃそうなるか、と私は笑い——木之瀬の顎めがけて蹴りを放った。

「ぎょふっ……？」

確かな手ごたえとともに間抜けな声を上げた木之瀬は、そのまま崩れ落ちた。

素晴らしい。実に小物くさい、間抜けな最後を飾ってくれるじゃないか。

「なんだ、お前には言ってなかったか」

向かいの本棚に置いてあった、もう一台のビデオカメラを回収しながら、私は独り言ちる。なにも一台しかビデオカメラを置いていないとは言っていない。この様子も証拠として提出しよう。念には念を、だ。

「私はその辺の男になんて負けないくらい、強いんだよ」

遠くからサイレンが聞こえた。それは甲子園のサイレンさながらに、私たちの物語にピリオドを打つ音のようだった。

エピローグ

木之瀬准教授が逮捕されてから、一ヶ月が過ぎようとしていた。

この一ヶ月の慌ただしさは僕の人生の中で間違いなく、断トツの一番で……こうして公園のベンチに座ってのんびりするのは、随分久しぶりのように思う。

「北條君、買ってきたよ。ヨーグルト味でよかったかな？」

「すみません、先輩。買ってきてもらっちゃって、なんなら奢ってもらっちゃって……」

「ふふ、いいってことだ。たまには先輩らしいこともさせてくれ」

いや、それはもう十分すぎるくらいにしてもらってます、と心の中で呟きながら、僕はアイスクリームを受け取った。

「つっ……」

「大丈夫か？　まだ、痛むか？」

「いえ、いいんです。これは、まだまだ痛いままで。自分への戒めですから……」

左手に巻かれた包帯の下には、今もまだ醜い傷が残っている。きっと一生痕は残るだろうけれど……それでいいと、僕は思っている。

季節は九月。まだまだ日の光は強く、日中の気温もすこぶる高い。

僕と先輩は、木陰にある風通しのいいベンチに二人腰掛けて、アイスクリームを舐めた。爽やかなヨーグルトの味が、口の中一杯に広がる。

「まだ、気にしているのか？」

「当たり前じゃないですか……取り返しのつかないことをしそうになったんですから」

すんでのところで止まることができたとはいえ……僕が先輩を殺そうとした事実は揺るぎようがない。本来であれば、こうして横に座って仲良くおしゃべりするなど許されないだろう。

「大丈夫だ。私はその辺の男になんて負けないくらい強いからな」

「それがはったりじゃなかったことは確かに驚きなんですけど……それはどうでもよくてですね、僕は――」

「そうだ、そんなことはどうでもいいな。私が気になっているのは、どうしてあのとき、君が自力で正気に戻ることができたのか、ということだ」

「ええぇ……このタイミングでその話題ですか……」

とは言っても、バタバタしていて、そのことはうやむやになっていたと気付く。

あのとき僕が正気に戻れた理由、それは——

「一つは僕の中の……サイコパスとしての僕のおかげ。もう一つは……先輩のおかげ、です」

「ほう？」

サイコパスとしての僕は、いつも冷静で、冷淡で、そこにある真実をいつも示してくれていた。だけど僕は、ずっと拒み続けていた。

きっとそれは……僕が、自分がサイコパスであるという事実を認めたくなかったからだろう。

僕は普通でありたかった。

普通の人間として生きていたかった。

感情を共有できる人間でありたかった。

たくさんのものを、大切と思える人間でありたかった。

そういう願望があったから、僕はずっと逃げ続けてきたんだと思う。

逃げ続けた結果、危うく殺人鬼になりそうだったのは、我ながら愚かすぎるけれど……そこまで語ると、先輩は憂《うれ》いに満ちた表情で呟いた。

「そうか、君は『デミ・サイコパス』なんだな」

「かも、しれません」

デミ・サイコパス。

完全なサイコパスでもなく、サイコパスの度合いの低いマイルド・サイコパスでもなく、ましてや一般人でもない。それらの狭間で不安定に揺れ動く、どうしようもなく中途半端な存在。

学術的な定義がされた言葉ではない。境界線の狭間にある概念は、定義を確立するのが難しいのだ。

「そうか、だから私は……」

「……続けますね」

「ああ、頼む」

これに関しては、先輩も思うところがあるのだろう。

とにかく一度説明してしまおうと思い、僕は続ける。

「あのとき僕の脳裏には、たくさんの先輩との思い出がいくつもいくつもフラッシュバックしていたんです。その中で先輩が『人は死んだら還らない』って言っているシーンがあって……」

「……覚えてないな」

「あはは、とってもいい台詞《せりふ》だと思うんですけど、先輩にとっては当たり前の言葉だったのかもしれません。それでも……あのときの僕は、その一言から先輩の『死』を強くイメージしたんです。どうしようもないくらいに生々しくて凄惨な、先輩の死を。まるで、実際に体験したみたいに」

思い出すだけでも震えが止まらなくなる。言葉にすると薄っぺらいが、現実に起こらなくてよかったと、心から思う。

僕の話を聞いた月澪先輩は、ぶつぶつと独り言を呟きはじめた。もうこれで見るのが何度目になるかも分からない、先輩の真骨頂、研究者モードだ。

「なるほど……私への強い執着が海馬から記憶を引っ張り出し、強力な共感覚を有する北條君ならではの想像力により、リアルな私の死を連想したということか。そしてその衝撃は北條君の鈍っていた扁桃体へフィードバックし、一時的にサイコパス化から脱却したというわけかな。なるほど、その手があったのか……。結果的には私がやろうとしていたことと同じ。違いがあるとすれば、北條君自身の意志とその後の精神的な安定性だが――」

「あ、あのー……、先輩？」

もう少し僕にも分かるように言ってくれると助かるんだけど……

「うん？　ああ、すまない。大体分かったよ、ありがとう」

「いや、僕は全然分かってないんですけど」

「んー、まあ要約すると」

「要約すると……？」

アーモンド形の綺麗な目を細め、にやりと笑い、先輩は言った。

「北條君は私のことが好きで好きでたまらないんだなー、という感じかな？」

「一体どこをどう要約したら、そういう結論になるんですか……」

君は知らなくていいよ、と先輩はからからと笑った。

もしあのとき、僕が自分で正気に戻らなかったら先輩はどうするつもりだったのか、気にはなる。けれど、きっと先輩は教えてくれないのだろうとなんとなく思った。

一拍置き、僕は再び切り出した。

こうして先輩とゆっくり話すのは久しぶりだから。そしてこれからまた、色々と騒がしくなるはずだから……たくさん話をしておきたかった。

「色々と……あっという間、でしたね」

「ああ、そうだな」

木之瀬准教授の事件は、証拠の量と正確さのおかげで、あっという間に立件された。事件の知名度的にも、すぐにでも裁判は始まるだろう。僕は間違いなく重要参考人として出廷することになる。見たままのことを言うつもりだし、必要とあらば罰だって受けるつもりだ。

だって僕は、被害者たちを――

「こーら。また暗いことを考えているな？」

「いてっ……そりゃあ考えますよ……。だって被害者たちを事件現場に連れていったのは、間違いなく僕なんですから」

ぱちん、と指で弾かれた額をさすりながら、僕は答えた。

「言ったはずだ。君が罪に問われる可能性はごくごく低い。心神耗弱《しんしんこうじゃく》状態だったことは、もはや疑いようがないし、君は『実験』として被害者たちの連れ出しをさせられていた。幇助の罪に問われることもない。君は胸を張って生きていい」

「……違います。違うんですよ」

法の上ではそうなのかもしれない。

僕は何の罰も受けず、前科もつかないまま、綺麗な経歴で生きていけるのかもしれない。けれど、本当にそれでいいのだろうか？

僕がいなければ、被害者の人たちは今もまだ、泣いたり笑ったり怒ったり、色々な感情を世の中に振りまいて……色々な感情をその身に受けて、生きていられたはずだ。

「私は割と冷たい人間だ。だから言う。君がそんな風にうじうじと悩んでいることには、これっぽっちも意味がない」

「はは……身もふたもないですね」

それは、冷たいというよりは単に合理的に捉えているだけなのだろうと苦笑いしつつ、アイスを口に運ぶ。爽やかな甘さがどうしようもなく身に染みた。

「君が悩んだところで、被害者が還ってくることはない。人は死んだら還らない。これはもう、疑いようのない事実だ」

「ええ、知ってます」

人は死んだら還らない。この意味を僕は前よりも、もっと強く、実感しつつある。

たくさんの事件を解決し、そしてたくさんの死と向き合ってきた先輩だからこそ、口にすることのできる台詞なのだろうと思う。

「なら、その能力を社会のために活かせ、と言うべきか？　これも違うな。君の能力は日常生活を送る上では問題ないだろうが、やはり過剰な発現は控えるべきだ。第一、償いとして社会のために活かす、なんて自己満足以外の何物でもない」

正論だが、同時に救いもない言葉だ。

僕の共感覚と、それに伴う脳波や脳の活性部位については、詳細なデータがとられることになるだろう。それはもちろん、裁判においても必要になる証拠だし、何より僕がこれから普通に生活できるかどうかがかかっているからだ。

先輩曰く、日常生活を送る上では問題ないだろうということだった。

しばらく療養すれば、実験をする前と同じような状態になるはずだし、何よりこれまで二十年近く生きてきて、こんな事件が起こったことはなかったのだから、と。

「だったら、僕はどうすればいいんでしょうか……こんな……こんな中途半端にサイコパスで、中途半端に普通な、僕が」

残虐な思考、短絡的な思考。

これらは全て、木之瀬准教授の計略によって強化された僕のサイコパスの部分だったけれど。

それでも僕は知っている。……いや、知ってしまった。

情が薄いだけではなく、普通の人とは明らかに乖離した自分がいることを。

漣さんの部屋に異常性を感じなかったのは本当だ。

相手の感情について考えることが苦手なのも本当だ。

そして……異常なまでの執着心があるのもまた、本当だ。

こうやって、色々と理由をつけてあの事件のことを悔いている自分の気持ちにだって、本当のことを言えば自信がない。心の底から彼らを悼んでいるからこその発言のような気もするし、そう考えることが社会的に正しいから悔やんでいるだけな気もする。

もしかしたら——月澪先輩の意見が欲しくて、語っているだけなのかもしれない。

そんな傷つきやすくて脆い面と、それと相反するように冷淡で冷静な面。

どちらも、僕だ。

なあ……そうだろ?

心の中で問いかけたけれど、返事はなかった。

あの日以降、脳内で語りかけてきていた声はぴたりとやんでいた。それはきっと、僕が、僕の中にあるサイコパスの部分を受け入れたからだろうと、勝手に考えている。

「そんなもの、決まっているじゃないか」

こんなうじうじとした僕の心情を吹き飛ばすように、先輩はあっけらかんと言った。

その堂々とした態度や強い眼光に、僕は惹かれる。それは、僕が持っていないものだから。

「君は喜べばいい。木之瀬の姦計から逃れられたことを喜んで、そして勝ち取った自由を謳《おう》歌《か》すればいい。君自身の人生を、君のためだけに使う。これ以外君にできることはないし、これ以上に君ができることはないんだよ、北條君」

そう、なのだろうか。

きっとこれから、被害者の肉親と視線を交わすこともあるだろう。そのとき、彼らは僕をどうしようもなく責めるだろう。今は一度沈静化したマスコミも、共感覚の情報が流れれば、再度燃え上がるのは容易に想像できる。そのとき僕は、堂々としていてもいいのだろうか。

「大、丈、夫、だっ」

「もごっ……」

口の中一杯にイチゴの香りが広がった。

先輩の食べかけのアイスが、ぼんやりしていた僕の口に押し込まれた。

「たとえ、どんな視線にさらされようと、どんな非難にさらされようと——私がそばにいるからな」

「先輩……」

「いつだって君のそばにいて、守ってあげるから」

「本当、ですか？」

「うん」

一転、彼女は優しい口調でそう言った。

囁くように柔らかく、ともすれば子供たちのはしゃぐ声に掻き消されそうな、静かで小さな声だったのに。しっかりと僕の耳に届いた。

「はあ……ずるいですよ先輩は。恰好よすぎます」

「くくっ、何を今更」

謙遜もせず軽く笑った先輩に、僕は続けて言う。

「……僕は、普通じゃないですよ？」

「ああ、知っているさ」

僕の部屋にあった大量の写真を、先輩は既に知っている。

そのとき彼女は、淡々と写真の貼られた壁を眺めながら……

『なるほど、いわゆる収集癖の延長線上にある心理的な欲求を満たすための代替行為か。狩猟本能、強迫観念、寂寥《じゃくりょう》、他者との競争……いや、しかしこの写真は全部ネットにアップロードされているものばかりだから、執着対象者の情報を得るためのストーキング行為と捉えた方が自然か。そうなると現象としては酷似しているが、漣レンの一件とはまた違った要素を含んでいるということに……』

お馴染みの研究者モードでぶつぶつと呟いていた。

あそこまでいくと、度量があるとか、器が大きいとか、もうそういう次元は越えてしまったと思う。

幻滅されるのは承知で、それでも隠しているわけにはいかないと、覚悟を決めて部屋を見せた僕の葛藤《かっとう》を返して欲しかった。もちろん、その百倍は安堵したんだけど。

「それも一つの要因なのだと思うよ」

私だって普通じゃないからな、と先輩は自嘲した。

理解できないサイコパスを追い求める先輩。

中途半端にサイコパスで、不安定な僕。

僕たちは互いにどこかが欠けていて、その凹凸は奇妙なことに形が似ていて。

それゆえに僕らは惹かれ合い、求め合うのかもしれない。

「デミ・サイコパスという、学術的にもまだまだ考察が必要な存在であり、かつ、自分のことをサイコパスだと自覚しているサイコパス。そして、共感覚という特殊な能力を有するサイコパスであり、私に異常に執着するサイコパス。君は限りなく『私が理解できないサイコパス』に近い存在だ。これほどまでに私の興味を引く人間は、この世に君を除いて他にない……いやすまない、こんなことを言われても、気分を害するだけだな」

「いえ、むしろ嬉しいくらいですけど……」

「おかしなやつだ」

「それはお互い様ですよ」

結局のところ、先輩が求めていたのは、完成された至高の存在ではなかったのだろう。不完全で不安定な、いつ何時《なんどき》、何がどうなるか分からないような、あやふやな存在《デミ》を彼女は求めていたのだと思う。完全なものよりも、不完全なものを追い求める。やっぱり先輩は研究者なんだと、そんなことを思った。

さて、と僕は考える。

たくさんのものを与えてくれた先輩に、救ってくれた彼女のために、僕はこれから何ができるだろうか。

ただ与えてもらうだけの存在にはなりたくなくて。

相手のことを考えるのが苦手な僕が、共感覚も使わず、頭が熱くなってきても、それでも考えるのをやめずに、うんうん唸ってなんとかひねり出したのは――

「ならこうしましょう、先輩」

残りのアイスクリームを平らげて、立ち上がる。

「僕は先輩の研究対象として、魅力的であり続けます。あなたの知的好奇心を、満たし続けます。だから先輩は……不完全で不安定な僕を研究し続けてください。見ていてください。見張っていてください。僕が道を踏み外さないように。一人の人間として、胸を張って生きていけるように」

――情けないことに、そんな先延ばしとも取れるような、曖昧な答えだった。

「くく……なるほど？　見張る、ということは、見張られる、ということでもあるな」

「ええ。そういうことです」

共感覚の研究はもう行わないなんて野暮なことを、彼女は言わなかった。

ただ一言だけ「分かった」と呟く。柔らかく、笑いながら。

僕たちが行く先には、きっとまだ多くの困難が待っているだろう。

時に傷つき、時に逃げ出したくなるだろう。
それでも一人じゃないから。
隣に彼女がいるから。
隣に、僕がいるから。
進んでいけると、そう思うんだ。
どこか歪《いびつ》な僕らの関係は、始まったばかりだ。

参考文献

《書籍》

「共感の心理学　そのメカニズムと発達」澤田瑞也著（世界思想社）１９９２

「診断名サイコパス　身近にひそむ異常人格者たち」ロバート・Ｄ・ヘア著・小林宏明訳（ハヤカワ文庫ＮＦ）２０００

「平気でうそをつく人たち　虚偽と邪悪の心理学」Ｍ・スコット・ペック著・森英明訳（草思社文庫）２０１１

「あなたの中の異常心理」岡田尊司（幻冬舎新書）２０１２

「良心をもたない人たち」マーサ・スタウト著・木村博江訳（草思社文庫）２０１２

「サイコパス」中野信子（文春新書）２０１６

《ホームページ》

「催眠状態の「脳」で起きていること～子どもはかかりやすく、大人の５人に１人は全くかからない」(http://healthpress.jp/2016/08/51-2.html)

「なぜ眠たくなると脳の機能が低下するの？　その仕組みを解明！　―脳の領域間の情報伝達が変化―」(https://www.nict.go.jp/publication/NICT-News/1304/03.html)

《論文》

「Impaired hippocampal ripple-associated replay in a mouse model of schizophrenia」Junghyup Suh, David J. Foster, Heydar Davoudi, Matthew A. Wilson and Susumu Tonegawa.　Neuron.10.1016/j.neuron.2013.09.014

「fMRIによる共感覚の計測―色聴者の音楽聴取時の脳活動―」高橋理宇眞・藤沢隆史・長田典子・杉尾武志、井口征士

社会法人　情報処理学会　研究報告　IPSJ SIG Technical Report 2006-MS-66（17）